MANUSCRIT 1640
(El mestre pintor de Sant Julià de Vilatorta)

Joan Soler Riera

Manuscrit 1640 — (El mestre pintor de Sant Julià de Vilatorta)

Joan Soler Riera — 2012

Disseny de la coberta: Riera

Tots els dret reservats

Cap part d'aquesta publicació, incloent-hi el disseny de la coberta, no pot ésser reproduïda, emmagatzemada o tramesa de cap manera ni per cap mitjà, tant si és elèctric, com químic, mecànic, òptic, de gravació o bé de fotocòpia, sense la prèvia autorització de l'autor.

Registrat a :

safeCreative

1 201040 847061
INFO ABOUT RIGHTS

Aquest llibre el voldria dedicar especialment a l'única persona que va fer possible al seu dia que jo ara l'hagi pogut escriure, a Mercè Riera Godayol, lectora incansable, a qui de ben segur li hagués agradat llegir-lo. Gràcies mare.

Ex-libris del llibre. Tremp sobre paper 19x14cm.

Principals personatges històrics

Armand-Jean du Plessis
Cardenal i duc de Richelieu (1568-1642)
Bernat Pons
Jutge de l'audiència. Encarregat de l'aprovisionament dels terços
Dalmau de Queralt
Comte de Sta Coloma (f. s. XVI-1640)
Enric d'Aragó
Duc de Cardona (1588-1640)
Felip IV de Castella
Felip III de Catalunya — Aragó (1605-1665)
Francesc Balmes
Rector Sta Maria de Vilalleons (1628-1671)
Francesc de Tamarit i de Rifà
Diputat del braç militar de la Generalitat
Francesc de Vilaplana i Agulló
Nebot de Pau Claris (1597-1649)
Garcia Gil Manrique
Bisbe de Girona (1633-1651)
92è president de la Generalitat (1632-1635)
Bisbe de Barcelona (1633-1651)
Gaspar de Guzmán y Pimentel
Comte-duc d'Olivares. Primer ministre del rei (1587-1645)
Jaume Masferrer(Toca-sons)
Bandoler (? —1631)
Joan Sala i Ferrer (Serrallonga)
Bandoler (Viladrau 1594 — Barcelona 1634)
Manuel de Moura y Corte-Real
Majordom major de Felip IV(1590-1655)
Margarida Tallades i Serrallonga
Esposa de Joan Sala (Serrallonga)
Margarida Tallades del Mas Serrallonga (1601-1652)
Els fills :
Elisabet Serrallonga (1619 — ?)
Antoni Serrallonga — eclesiàstic (1621 — ?)
Marianna Serrallonga (1623 — ?) ?
Josep Serrallonga (1626 — ?)
Isidre Serrallonga (1634 — ?)

Pau Claris i Casademunt
Barcelona (1586-1641) Polític i eclesiàstic. 94è president de la Generalitat de Catalunya (1638-1641)
Pere Joan i Coll
Teixidor de Sant Julià de Vilatorta
Perot Rocaguinarda
Bandoler (Oristà 1582-?Nàpols-1635)
Pons Perestene
Rector. Sant Julià de Vilatorta (1626-1646)
Ramon de Sentmenat i Lanuza
Barcelona (1596-1663). Bisbe de Vic (1640-1646). Bisbe de Barcelona (1656-1663).

Pròleg

Des de l'any 1634, es podria dir que Catalunya havia mantingut, sense el seu consentiment i el de les seves constitucions, un exèrcit d'ocupació espanyol.

Felip IV, un jove rei sense experiència, va confiar la seva política en mans del precursor de la filosofia unitària d'una *España, grande y libre,* que tants mals ha causat fins l'actualitat.

El comte-duc d'Olivares, Gaspar de Guzmán y Pimentel, amb les mans lliures per fer i desfer, encara que amb forces detractors al seu voltant, va anar impulsant amb dosis letals la confrontació entre el Principat de Catalunya, les seves lleis i la monarquia espanyola.

Encara que Felip IV havia jurat la constitució catalana, com també ho havia fet el seu pare Felip III, rebia d'aquest l'herència d'un imperi en total declivi, fet pel qual, de retruc, el Principat va començar a patir els abusos i incompliments de les seves lleis per part de la monarquia.

En ple Barroc, on la pròpia Castella mitjançant el mateix rei, que va ser un veritable mecenes, donava talents incomparables com podia ser Diego Velázquez, Catalunya portava uns anys de pobresa, decrepitud, pesta i disbauxes entre els propis estaments catalans. En part propiciats per aquesta intromissió constant de les monarquies espanyoles. Les guerres francoespanyoles, deixaven a Catalunya en el centre del rovell de l'ou. Els abusos dels militars espanyols, les incursions franceses, el partidisme intern entre bàndols, varen fer de motius evidents, la creació dels mítics bandolers. Rocaguinarda, Serrallonga (Nyerros) Trucafort , Els Coixard (Cadells) . Les bandositats entre Nyerros i Cadells, sobretot a la vegueria de Vic, van començar a finals del segle XVI fins ben entrats els anys 1635-40. Seguidors d'una fracció o una altra, tenien suport social fins i tot de certs estaments eclesiàstics, com per exemple els bisbes o canonges de Vic. I en concret, el 1598 del bisbe Francesc Robuster, futur capitost del bàndol cadell. Aquest panorama creava la inseguretat, el desgavell, la confrontació i àdhuc la por, i en cap cas deixava pas a la cultura.

Els catalans, per contra, com hem dit d'altres països, estaven immersos en una clara renaixença pictòrica i artística en general, que va ser el Barroc. On sorgien clarament talents en la creació d'obres. Per contra, com dèiem, i malgrat uns quants, estaven més per salvar la pell que per pintar-la en un llenç.
També, malgrat tot, en contra del que havia pensat el comte-duc d'Olivares, que els catalans havien perdut l'esperit de lluita aferrissada pel seu país, deixant per l'oblit llurs conqueridors passats, Catalunya va ressorgir aquell 1640 amb revoltes populars en contra de les opressions, com va ser el Corpus de Sang i la guerra contra la monarquia espanyola.
A Felip IV li va sortir car escoltar els consells d'Olivares. No solament no va aconseguir unir tots els regnes, sinó que va perdre Portugal; Andalusia gairebé es proclama com a regne independent i el Principat de Catalunya, per voluntat pròpia i amb l'ajut del cardenal Richelieu, instaura la república catalana, proclama a Lluís XIII de França com a comte de Barcelona, posant-se sota la seva sobirania fins la seva mort el 1643 i després a Lluís XIV, fins el 1652. La direcció en aquest canvi la gestiona la Diputació del General o Generalitat, que des del 1638 tenia uns nous dirigents. El canonge Pau Claris, diputat del braç eclesiàstic, fou nomenat president. Francesc de Tamarit, diputat del

braç militar o de la noblesa i Josep Miquel Quintana, prohom de Barcelona, diputat del braç popular.

La guerra contra els espanyols va durar dotze anys amb l'ajut dels francesos. Evidentment, després d'aquesta desfeta, Olivares es radicalment cessat del càrrec de primer ministre.

Malgrat això, la resta d'història fins l'actualitat, ens demostra que aquella llavor que el comte-duc d'Olivares va sembrar tard o d'hora va germinar. Encara que aleshores fracassés el seu pla uniformista. Va ser al segle XVIII, amb l'entrada de la dinastia dels Borbons, que aquesta llavor va germinar del tot.

Aquesta història que tot seguit relato és paral·lela als esdeveniments que varen tenir lloc al 1640. Tot i així, no és pas un relat de guerres i confrontacions, sinó d'amor, on la realitat i la ficció, són una part d'història que de ben segur hagués estat possible... o no.

I
MADRID 1624, ESTANCES DE FELIP IV

Amb pas decisiu, el camarlenc de Castella, comte d'Oropesa i el majordom major Manuel de Moura van arribar a les portes de l'estança del rei tot discutint sobre qui havia d'informar al rei. El majordom va ser més ràpid a l'hora de trucar, va esperar la conformitat per a passar i s'endinsà pel petit rebedor que duia fins al saló gran. El camarlenc, ofès va seguir-lo amb gran gesticulació.

—Majestat, perdoneu que us molesti... però es que el comte-duc d'Olivares us demana audiència, diu que vol parlar amb vós, que és molt urgent. Jo ja li he dit al camarlenc comte d'Oropesa aquí present que segur que vós el rebríeu. Però ell diu que seria millor...
—Majestat, lamento aquests embolics —el va tallar el camarlenc decididament— però crec que el comte-duc hauria d'informar primer a la cort de...
—Feu-lo passar! —aquest cop va ser el rei qui tallava les queixes.
—Majestat, però és que primer, com us deia...
—Deixeu-vos de bajanades, comte i digueu-li que passi.
—Com vulgueu senyor. Voleu que em quedi amb vós? —va preguntar el majordom.
—No, no caldrà. Vull parlar en privat amb el duc. Podeu retirar-vos... els dos.

El majordom, primerament satisfet per l'actitud del rei que li donava la raó davant el camarlenc, va assentir amb una ganyota de desaprovació la negació del rei que ell estigués present en la reunió. El rei ni es va girar. Va seguir mirant per la finestra, absort amb les picabaralles contínues d'aquells vassalls.

La trobada amb el comte-duc d'Olivares sempre l'alterava un xic ja que era un home arrogant, presumptuós i molt perspicaç. Però alhora era l'únic que el tractava amb consideració al seu rang. Estava fart de les xerrameques de palau, de la seva immaduresa política com a rei. La situació que havia heretat no era pas culpa d'ell. Però malgrat tot, no deixava de sentir-se greument atacat per tots aquells que no el veien de bon grat en el tron.

Va escoltar com amb un pas ferm el comte-duc entrava i s'aturava a pocs metres d'ell:

—Bon dia majestat, heu descansat bé?
—Sí, però si no fos així estic segur que vós tindríeu la solució al meu possible insomni redactat amb una memòria* com la que em vàreu fer arribar.

El comte-duc va abaixar el cap, mentre el rei l'obsequiava amb aquell retret. El rei es va girar i va seure a la butaca del seu despatx. Havia començat bé, pressentia el jove monarca. Un bon atac per deixar clar qui manava era la millor arma davant aquell home. Mentrestant, el comte, amb el cap cot, va deixar que el rei exercís la seva superioritat, amb la ironia de saber que malgrat aquests cops de mal geni, el seu pla continuaria executant-se.

—Digueu-me doncs, tant important era que em llegís les vostres cabòries? No podien esperar a convocar les corts? Parleu.
—Perdoneu si us he molestat, però vaig creure oportú fer-vos arribar la memòria abans de convocar res i abans de comparèixer davant de vostra grandiosa majestat.
—Deixeu-vos d'afalacs —va tallar gesticulant— anem al gra.

La situació de la corona és molt delicada i hem de fer quelcom per recuperar-la. Vós, en aquest document, només parleu de fer més gran, sia com sia, la corona, però res dieu de resoldre els problemes que tenim a hores d'ara.

—Bé majestat, crec sincerament, que reforçant la corona, la resta vindrà sol.

—I què em dieu de les colònies d'Amèrica i de la guerra amb França?

—Majestat, heu de confiar aquests afers d'estat als vostres lleials servidors.

—Sabeu que teniu molts detractors a la cort —va confessar el jove monarca amb to burlesc—que si us deixo executar el vostre pla i fracasseu, vós i només vós sereu el culpable de tot.

—Vós decidiu, majestat, com us vaig redactar, ser o no el príncep més poderós del món.

Malgrat que el jove monarca no confiava del tot en el comte-duc, la seva posició davant el món sencer estava en entredit. Per tant, va deixar que un parell d'anys més tard s'acabés aprovant el memorial.

Fragment del Memorial uniformista que Olivares envia a Felip IV el 1624:
"Tenga V. M. por el negocio más importante de su Monarquía, el hacerse Rey de España; quiero decir, Señor, que no se contente V. M. con ser Rey de Portugal, de Aragón, de Valencia, Conde de Barcelona, sino que trabaje y piense con consejo mudado y secreto, por reducir estos reinos de que se compone España, al estilo y leyes de Castilla sin ninguna diferencia, que si V. M. lo alcanza será el Príncipe más poderoso del mundo.

Conociendo que la división presente de leyes y fueros enflaquece su poder y le estorba conseguir fin tan justo y glorioso, y tan al servicio de nuestro señor, extender la Religión Cristiana, y conociendo que los fueros y prerrogativas particulares que no tocan en el punto de la justicia (que ésa en todas partes es una y se ha de guardar) reciben alteración por la diversidad de los tiempos y por mayores conveniencias se alteran cada día y los mismos naturales lo pueden hacer en sus cortes, (...) se procure el remedio por los caminos que se pueda, honestando los pretextos por excusar el escándalo, aunque en negocio tan grande se pudiera atropellar por este inconveniente, asegurando el principal. (...).

Tres son, Señor, los caminos que a V. M. le pueden ofrecer la ocasión y la atención en esta parte, y aunque diferentes, mucho podría la disposición de V. M. juntarlos, y que, sin parecerlo, se ayudasen el uno al otro.

El primero, Señor, y el más dificultoso de conseguir (pero el mejor pudiendo ser) sería que V. M. favoreciese los de aquel reino, introduciéndolos en Castilla, casándolos en ella, y los de acá, allá y con beneficios y blandura, los viniese a facilitar de tal modo, que viéndose casi naturalizados acá con esta mezcla, por la admisión a los oficios y dignidades de Castilla, se olvidasen los corazones de manera de aquellos privilegios que, por entrar a gozar de los de este reino igualmente, se pudiese disponer con negociación esta unión tan conveniente y necesaria.

El segundo sería, si hallándose V. M. con alguna gruesa armada y gente desocupada, introdujese el tratar de estas materias por vía de negociación, dándose la mano aquel poder con la inteligencia y procurando que, obrando mucho la fuerza, se desconozca lo mas que se pudiere, disponiendo como sucedido acaso, lo que tocare a las armas y al poder.

El tercer camino, aunque no con medio tan justificado, pero el más eficaz, sería hallándose V. M. con esta fuerza que dije, ir en persona como a visitar aquel reino donde se hubiere de hacer el efecto, y hacer que se ocasione algún tumulto popular grande y con este pretexto meter la gente, y en ocasión de sosiego general y prevención de adelante, como por nueva conquista asentar y disponer las leyes en conformidad con las de Castilla y de esta misma manera irla ejecutando con los otros reinos.(...)

El mayor negocio de esta monarquía, a mi ver, es el que he representado a V. M. y en qué debe V. M. estar con suma atención, sin dar a entender el fin, procurando encaminar el suceso por los medios apuntados.

*Cánovas del Castillo, Estudios del reinado de Felipe IV. Obras. Madrid, 1888, I, p.56-60. El Gran Memorial de Gaspar de Guzmán y Pimentel (Conde Duque de Olivares).

II

El brogit dels cavalls ressonava en un mar de boira que cobria tot el poble aquell matí de gener de 1640. El carrer Nou era buit i amb prou feines es podien intuir les portes de les cases a banda i banda.

El quisso, que dormia plàcidament en el replà de cal Coix, va alçar les orelles intuint que quelcom s'aproximava. Va aixecar-se molest pel soroll, s'espolsà de sobre les gotes d'aigua d'aquella boira pixanera i es va treure la mandra amb un parell d'estiraments corporals i un badall. Tot seguit, va fer quatre lladrucs desafiadors, desaprovant la interrupció i es ficar dins del portal.

Del no res va sorgir la silueta de dos magnífics exemplars que tiraven d'un carruatge sumptuós. Just davant de la casa del mestre Rifà, el cotxer s'aturà en sec. Aquest va baixar, va obrir la porta del carruatge i posant una petita escala va ajudar a baixar el passatger. Una dama, amb un vestit blau turquesa en combinació d'una capa per sobre, amb caputxa, d'un blau marí quasi negre, va baixar elegantment.

—Només seran uns minuts.
—Sí, senyora.

La dama va empènyer la porta i va entrar. Al fons, a mà esquerra, hi havia l'estable amb una euga que, indiferent a l'intrús, seguia menjant. El contrallum des d'una porta oberta que donava al pati de darrere de la casa va fer que la dama hagués d'adaptar els ulls al contrast entre la foscor de l'estança i

l'exterior. La fortor del lloc, va fer entendre a la senyora que no era pas el camí. A mà dreta hi havia unes escales fent una mitja volta, i a sota, un banc de pedra. Decidí pujar, la llum que entrava des del fons de l'estable il·luminava les parets de pedra amb un blanc boira. Va arribar a dalt, on una porta oberta convidava a entrar a un petit rebedor. A banda i banda i havia una porta, estava decorat austerament. Es decidí per la porta de la dreta, per l'olor penetrant d'oli de llinosa. Una part més estreta donava pas a una gran sala plena d'estris. Pintures, pinzells i altres utensilis li van fer veure que no s'havia equivocat de lloc.
D'esquena hi havia el mestre Rifà, preparant pintura sobre una taula. Aquest va intuir la presència d'algú darrere d'ell.

—Què voleu?
—Mestre Rifà?
—Jo mateix! —es va girar i va contemplar sorprès la dama de blau— Perdoneu senyora, pensava que era algú altre —va eixugar-se les mans amb un drap i va fer un gest de compliment— perdoneu senyora aquest desordre. Digueu-me, si us plau, amb qui tinc el plaer de parlar?
—Això és per ara indiferent! —va contestar amb un to sec i tallant— Des de Barcelona m'han adreçat a vós per un encàrrec especial.
—Bé, em sorprèn que des de ciutat, amb els temps que estem vivint, encara em tinguin en compte. I de què es tracta? Però perdoneu la meva mala educació, si us plau, seieu —va treure uns llibres de sobre una de les cadires i amb el drap la va espolsar.
—No cal, tinc el temps just. El carruatge m'espera i he de partir. Mireu, es tracta d'un retrat. Un retrat que heu de fer a una dama molt especial i...
—Pareu el carro, senyora indiferent —la va tallar— . Que jo sàpiga, encara no he acceptat el vostre encàrrec.
—Si esteu preocupat pels diners, us garanteixo que sereu recompensat generosament...

Mestre Rifà es va sentir greument ofès per la dama, les seves més que poques maneres i el to autoritari i de menyspreu, que gosava pertorbar el seu sagrat treball i la seva dignitat.

—No seguiu pas, senyora —va sentenciar enèrgicament— no aneu pel bon camí. Crec que no us han adreçat correctament. Si el que voleu és un retrat, a ciutat hi ha experts en aquest tema. Jo mateix us puc dir a qui us podeu adreçar —va girar cua per buscar un tros de paper per apuntar i un llapis.
—Ara sóc jo qui us demana perdó pel meu poc tacte i les meves maneres —va excusar-se la dama amb un to més afable— em sap greu. Si em deixeu, us exposaré el que he vingut a encarregar-vos. No és pas un retrat normal. Es tracta d'un retrat de cos sencer, de mida quasi real i... —va fer un suspens— nua.

Mestre Rifà es va girar de nou, clavant-li els ulls directament als seus. La dama no va pas refusar la mirada, sabia el que volia i estava disposada a tot per obtenir el sí del mestre. Era clar, va pensar en breus segons mestre Rifà, que la dama tenia un bon nivell cultural i que se sentia molt segura.

—M'esteu dient que vós sou aquesta dama? —va preguntar impertinentment a propòsit per veure fins a on era capaç d'aguantar aquell gel de dona.
—No —va sentenciar sense refusar la mirada— mestre Rifà, us estic dient que tindreu com a màxim unes hores per poder fer el quadre i que no sabreu mai la identitat d'aquesta persona.
—Impossible, impossible —va fer un gest amb el cap de negació aixecant les mans— senyora jo no treballo així. No es pot fer un quadre en aquest termini de temps. La pintura és com la bona cuina, s'han de preparar els ingredients amb cura per després, a foc lent i amb hores, fer la cocció per tenir una esplèndida olla barrejada. El més aproximat, senyora, podria ser un bon dibuix.
—Permeteu-me que m'expliqui, mestre. Un dia, si vós

accepteu, que prèviament haurem concertat, us vindrà a buscar el meu cotxer i us portarà a lloc, on podreu fer els apunts que desitgeu d'aquesta dama. Com us he dit, no tindreu massa temps. Posteriorment, podreu fer el quadre en el temps que us calgui i creieu convenient. A partir d'aquest moment tenim tot el temps del món. Evidentment, sempre que sigui raonable. Però mai més podreu veure la dama en qüestió.
Si accepteu la feina, heu de segellar amb el silenci el meu encàrrec. Si algú preguntés, mai ens hem vist. —La dama va continuar amb la seva exposició, mentre mestre Rifà, deixant de banda les bones maneres, va seure a la cadira per seguir escoltant—. Com us he dit abans, els diners no són cap problema, podeu demanar el que creieu oportú. Què me'n dieu?

—Déu n'hi do, senyora, m'heu deixat astorat i esmaperdut, deu ser molt important per vós... o pel vostre espòs aquesta dona...

—No n'heu de fer res, vós. Si és que sí, limiteu-vos a complir l'encàrrec i jo compliré amb escreix la meva part del tracte.

—Bé, disculpeu-me si us he ofès, però és que no és massa habitual... vaja, ja sabeu.

—Digueu-me què decidiu.

—Doncs... m'heu convençut. Accepto l'encàrrec. Permeteu-me que redacti el contracte i...

—No hi haurà contracte, enteneu que és molt delicat aquest afer. Teniu la meva paraula i jo comptaré amb la vostra, això és tot.

—Permeteu-me una darrera pregunta senyora. Per què ha d'estar nua?

La senyora el va mirar fixament, ell s'adonà que aquella pregunta era del tot personal i que posava la dama en un compromís.

—Bon dia, mestre Rifà —va etzibar la senyora mentre donava mitja volta per sortir de la cambra.

—Permeteu-me que us acompanyi.

—No cal, conec la sortida. —Quan era al llindar de la porta, es va girar per darrera vegada— tindreu noves meves en breu temps. Adéu-siau.

Va desaparèixer per la porta mentre mestre Rifà, en la penombra de la sala, va quedar pensarós un segons. Va dirigir-se a la cambra des d'on va veure pujar al carruatge la misteriosa dama. Aquesta, just abans d'entrar, va alçar el cap per fer un darrer cop d'ull a la casa. Les dues mirades es varen creuar. Ni mestre Rifà ni la dama varen fer la mínima mostra d'afectivitat, tot al contrari, van reafirmar-se, amb la mirada, en els seu caràcters austers i freds.
El cotxer va donar un cop de fuet a l'aire i els cavalls van obeir posant-se en marxa. Mestre Rifà va seguir mirant, a través de la finestra, com el carruatge s'endinsava en la boira pel carrer Nou fins a ser engolit totalment.
Segons més tard, va veure com el quisso de cal Coix tornava al seu lloc. Deixava anar un parell de lladrucs mig esmorteïts pel vidre de la finestra i s'estirava de nou al replà.

III

El dia s'aixecava sense rastres de la boira empipadora d'altres matins. Però el fred de l'hivern era ja present dins mateix de les cases. Can Rifà tenia bona cura d'aquest detall i en previsió pels mesos restants, feia bona provisió de fusta i carbó. Obria de matinada les finestres per una minuciosa ventilació i la resta del dia procurava no deixar apagar els brasers i la llar. D'aquesta manera, mantenia un mínim de temperatura agradable, tant per treballar com per dormir. No va ser per tant un dia diferent aquell matí en relació amb la seva rutina diària. Només un detall va trencar aquesta monotonia. Quan va obrir les finestres del taller, va poder gaudir de nou del magnífic paisatge que li oferien les muntanyes nevades dels Pirineus. El sol que encara no havia aixecat el cap pel turó, pintava de vermell la neu de les parts baixes de les muntanyes i retallava amb una precisió exacta els cims, il•luminant-los tímidament amb un blanc trencat. El cel era un espectre del color blau, on no podies delimitar on acabava un to i on començava un altre.

Mestre Rifà va seure al llindar de la finestra emborratxant-se d'aquella obra mestra. Ni el fred intens que sentia a la cara va poder fer que deixés d'intentar retenir aquells colors a la seva ment. L'obra era viva i a cada segon la mà del mestre creador refeia amb pinzellades fines i invisibles els colors del llenç. Tot d'una, un raig de sol va il•luminar el campanar de l'església de Sant Julià, com si amb un gest impetuós el pintor deixés anar del pinzell amb un cop fort però alhora controlat, un esquitx de pintura. Finalment, sense pressa però sense pauses, va perfilar amb tot detall les teulades de tot el poble.

Amb una manta per sobre, mestre Rifà es va emocionar d'aquella bellesa, d'aquella obra mestra. Va respirar en profunditat pel nas, va retenir-lo uns instants impregnant-se del moment, i va deixar anar l'aire per la boca, formant un núvol de fum, que va marxar lentament, esfumant-se. Sota la finestra va passar el de can Fil, ferrer del poble, que veient com mestre Rifà prenia la fresca no va poder més que escridassar-lo:

—Estàs ben foll mestre pintor, d'aquesta agafaràs el que no tens i tot seran eixavuiros.
—Bon dia mestre Ferrer, vas bé?
—No pas com tu, sempre mirant les musaranyes.
—No et queixis, rondinaire. Et fotràs vell abans d'hora.
—Vés a pastar fang!
—Adéu.

Amb un somriure als llavis va tancar la finestra. Un calfred li pujà per l'espinada fins a eriçar-li tots els cabells. Va anar corre-cuita a posar-se davant la llar de foc per refer-se de la gelor. Quan ja va entrar amb calor, es va vestir i va baixar al portal per recollir la llet, els ous i el pa, que la iaia Enriqueta li deixava cada matí. En Pinzell encara seguia ajagut davant el foc, semblava mentida com podia aguantar tant l'escalfor. El quisso, era un mil llets que mestre Rifà va trobar un dia pel bosc quan encara només tenia uns sis o set mesos. Ja se li veien unes bones potes, seria gran. Els primers dies l'anomenava gos, però un dia enjogassat amb un pinzell, el va destrossar. D'aquell fet li va quedar el nom de Pinzell. Ara ja deuria tenir prop de tres anys. Sempre anava amb el mestre, tothom el reconeixia, era un bon jan.

Va deixar un pot de llet al foc per a fer-la bullir, va tallar una llesca de pa i quan la llet va fer nata, la va untar al pa. Un bon raig de mel per sobre i un bol amb llet, era el seu esmorzar de cada dia.

Va romandre encantat davant el foc una estona mentre esmorzava i en Pinzell aprofitava el benentès per a pidolar. Després de l'àpat, va agafar el gipó de pell girada, el barret i el bastó. Mentrestant, en Pinzell ja l'esperava al portal, sabia que era l'hora de sortir. Van passar per davant de cal Coix i, com era costum, en Pinzell va fer-li un parell de lladrucs al quisso de la casa. L'altre sense aixecar-se va contestar. El mestre sempre s'ho mirava amb simpatia, ja que no sabia si s'estaven saludant o bé no es podien ni veure.

Van enfilar pel carrer fins als camps, d'allí, per camins que vorejaven el poble. Hi havia una vista esplèndida dels cingles de Collsacabra. Pel camí es varen trobar, fent un tomb, a Pons Perestene i Francesc Balmes, rectors de Sant Julià i de Santa Maria de Vilalleons respectivament, que xerraven apassionadament, aprofitant l'escalfor del sol.

—Bon dia, mossens, quin dia tan esplèndid!

—Bon dia, mestre Rifà —va respondre el rector Balmes— estàvem comentant els darrers esdeveniments de la contrada. Per cert mestre, vós què en penseu d'aquest abús dels terços de l'exèrcit reial?

—Això, mestre... —va replicar el rector Pons— creieu que durarà molt aquest trànsit de soldats?

—Bé mossens, jo no és que estigui més ben informat, però a mi em sembla que va per llarg la broma.

—I tant broma. Aquest soldats espanyols no tenen ni un xic d'educació i els comandaments encara menys, ja em direu —va sentenciar mossèn Balmes.

—Ahir mateix —va seguir mossèn Pons— varen entrar a can Belluguet, emportant-se els queviures de l'hivern. I quan en Joan, el masover, els va demanar que com pagarien el dispendi, els dos o tres capitans que anaven amb la tropa el van amenaçar a ell i a tota la família. Creieu que això està bé?

—Ja hi ha moltes famílies que han marxat, deixant els masos buits per por als soldats i que s'arrepleguen a Vic o aquí a Sant Julià, amb familiars. —va corroborar mossèn Balmes.

—Sí, ja he sentit uns quants casos. També sé de fonts oficials que la Diputació del General està forçant al rei perquè compleixi les lleis catalanes. No hi estem pas d'obligats a ajudar aquesta gent i si ho fem, han de pagar-ho com cal. També he sentit que volen reclutar joves pel seu exèrcit. La cosa està força complicada, jo m'ensumo que no acabarem bé.

—Déu nos guardi, mestre Rifà —va respondre mossèn Pons— no necessitem més mals. Fa quatre dies que el dimoni en forma de malaltia se'n va endur un munt de fidels. La pesta ens va deixar força tocats. No podríem aguantar una nova guerra.

—Però mossèn Pons —va exclamar mossèn Balmes— que hem deixat mai d'estar en guerra?

—Teniu raó mossens, des de petit sempre hem estat amb l'ai al cor. Sembla que Déu no ens acompanyi prou.

—No digueu això, Rifà —va amonestar mossèn Pons—Déu sempre està amb els més febles. Beneït sia.

—Doncs que Déu us escolti, mossèn. Bé, us deixo en pau. Si tinc més notícies de Barcelona ja us les faré arribar.

Encara que el dia era esplèndid i el sol lluïa, la temperatura era força baixa. Per això mestre Rifà va voler continuar la seva passejada. No va ser massa llarga, ja que les cabòries amb la visita d'aquella senyora de Barcelona el tenien absort.
Va tornar al taller per començar una nova jornada. En Pinzell, encara no havia tingut temps mestre Rifà de treure's el gipó i el barret, que ja jeia davant el foc.
La llum que entrava per les finestres del darrere il·luminaven la paret frontal de l'estudi, donant vida i contrast al munt d'atuells que s'amuntegaven sobre les lleixes. Uns trossos de roba blanca que utilitzava per pintar, lluïen ombres d'aigua que feien les ampolles de vidre. Aquells blancs, en contrast amb les ombres marcades pel sol, gairebé donaven llum a tot l'estudi.
La seva contínua obsessió per la llum el feia contemplar l'escena embadalit. Com si estigués davant d'un dels millors i més preciosos dels paisatges. Així era mestre Rifà, sempre atent a qualsevol detall. Absorbia sense parar imatges, estudiava els contorns dels objectes, la llum que sense cap control il·luminava amb precisió el rostre d'una noia, però que alhora delimitava perfectament cada sinuositat de la cara. Una de les facetes que el feien conegut arreu del poble, era les seves llargues estades

sobre la teulada de la casa, veient com la mare natura jugava fent formes amb els núvols i com cada dia les postes de sol variaven, mai eren iguals, sempre tenien quelcom encisador. Això vist des del carrer semblaven ximpleries. Però la gent ja estava avesada a veure mestre Rifà a les teulades com si volgués agafar amb les mans cada núvol que passava. Per això els seus quadres eren detallistes i sempre amb grans cels i amb núvols, per descomptat.

Tot d'una quan encara tot just s'havia assegut per a començar una nova sessió de pintura, va arribar en Miquelet de can Morera. Era un noi de quasi disset anys, llargarut, d'ulls blaus i pell clara. Amb ple de pigues al nas i cabells rinxolats color mel. Un caminar pausat i despreocupat i uns dits llargs amb gest tranquil. Que volia, fos com fos, que mestre Rifà el tingués com aprenent i que per la seva constància, aquest no va tenir altre remei que acceptar-lo. Li començava a preparar l'oli i els colors i seia al seu costat preguntant i també absorbint les ensenyances que cada dia deixava anar subtilment el mestre. Ja havia fet alguna que altra obra que el mestre supervisava atentament, i on es veia que en Miquelet tenia unes grans aptituds com a pintor. Però aquell dia arribava tard.

—Bon dia Miquelet, arribes tard.
—Bon dia, mestre... perdoneu el retard —va contestar el noi esbufegant— però he trobat un missatger que m'ha donat una missiva per vós.
—Doncs què esperes —va remugar gairebé mestre Rifà, que esperava ansiosament noves del encàrrec— va noi, mou-te.
—Sí mestre, teniu.

Mestre Rifà va obrir la carta amb desfici, com si fos quelcom molt urgent. En Miquelet va restar en peus esperant el comentari del mestre, semblava important, potser de vida o mort. Estava un pèl espantat per aquella reacció i no va poder més que preguntar:

—Que passa res, mestre? Us veig alterat.
—No passa res, vailet. Més ben dit, sí. Estic a punt de fer una gran obra.
—Us han encarregat pintures a la Catedral de Vic?
—Ja, ja, ja —va esclatar a riure— no, no. Tant de bo. No crec pas que mai m'encarreguin aquesta feina. Ja hi haurà temps de pintar la Catedral. Es una altra cosa però... bé, ja hem perdut massa el temps. Ja ho sabràs al seu precís moment. —Va treure importància a la carta— ara anem per feina. M'has de fer més blanc, crec que he fet curt avui.
—D'acord mestre, ara mateix! —I passant per davant de la llar de foc, en Pinzell, sense immutar-se, només remenant la cua, el va saludar— Hola Pinzell, com va això, ja dorms? Quina sort petit, tu ja tens tota la feina feta...

Varen treballar fins al migdia, llavors mestre Rifà va preparar alguna cosa per dinar. En Miquelet es passava tot el dia amb ell. L'ajudava i servia amb tot el possible. A canvi de tenir-lo com aprenent, li donava de menjar i tenia cura de donar-li un ofici. Per això, mestre Rifà intentava, a més de la pintura, educar-lo. A casa d'en Miquelet prou feina tenien per a alimentar vuit criatures més. Era un noi que es feia estimar, mai tenia un no i mai rondinava amb res del que havia de fer. Era atent i més que res tenia a mestre Rifà en un pedestal, se l'estimava. En Joan Morera, el pare del noi, de tant en tant, portava verdures i fruites que agafava de l'hort. Per compensar, en el que fos possible, la manutenció del seu fill a càrrec del mestre.
Com era habitual, després d'endreçar la taula, mestre Rifà feia una becaina i en Miquelet aprofitava per sortir a jugar amb els altres nois del poble, no deixava de ser una criatura. Però aquell dia, tant punt va marxar el noi, mestre Rifà va deixar la migdiada per un altre dia i va tornar a llegir la carta que aquell matí havia rebut:

Benvolgut Mestre Rifà,
Aquest dilluns vinent dia 30, com vàrem quedar d'acord, sereu acompanyat fins a Barcelona amb un carruatge que us recollirà a primera hora.
Confio amb la vostra discreció.

Atentament,
La Dona Boira

—Què collons deu voler dir amb "La Dona Boira"...? Ximpleries de refinats de Barcelona, qui els va parir! Deu ser massa important per desvetllar la seva identitat.

Tenia just una setmana per preparar-se. Era el que havia pensat al rebre la carta. Però de què s'havia de preparar. No sabia res de res. Aquesta incògnita el tenia completament angoixat. Per això no va voler dir-li res al noi. Tenia la seguretat que no comentaria res a ningú. Però va pensar que ja sabria del tema en el seu just i precís moment. Li agradés o no, acabaria per veure el retrat. No li podia amagar al seu ajudant aquest treball. Això sí, de portes enfora, res de res.

IV

Han sonar les campanes de les set del matí. Era el dia esperat, just havia pogut dormir un parell d'hores, l'excitació no el va deixar descansar correctament. S'havia aixecat feia gairebé mitja hora i ja tenia tot els estris preparats per quan vinguessin a recollir-lo. Es va asseure per fer un mos i esperar.

Prop de les vuit, va sentir els renills dels cavalls i el so de les rodes al lliscar pel terra. Va mirar per la finestra, el cel era ben tapat i semblava que deixava anar volves de neu. La nit havia estat força freda i ja feia dies que la neu amenaçava en deixar la plana ben blanca.

Van sonar uns cops a la porta. Mestre Rifà es va abrigar i va baixar amb tot. El cotxer, un lleidatà ben guarnit i molt trempat, el va ajudar a pujar al carruatge i acomodar-se.

—Mestre, acomodi's i gaudeixi del paisatge, que com està el camí, en tenim per estona...
—Heu trobat neu pel camí?
—No, encara no ha començat de debò. Ara, això sí, el terra estava força gelat. Per això li recomano paciència.
—Des de Barcelona?
—No senyor, he sortit de Vic per a recollir-vos. Ara, déu n'hi do quan he trigat!
—No us preocupeu, bon home, a partir d'ara, a poc a poc arribarem abans.
—Ja teniu raó mestre. Apa nois, anem-hi!

Varen agafar la carretera de baixada a Vic amb molt de compte, el camí estava força glaçat. Al traspassar per Vic capital, va ser més senzill. Però tant bon punt varen deixar les darreres cases per agafar la carretera de Barcelona, el cel va començar a desplomar-se. Els flocs de neu eren d'una mida considerable, tot just es podia veure dos o tres metres per davant del carruatge. Mestre Rifà es va començar a neguitejar. No veia clar que poguessin arribar a Barcelona aquell mateix dia, massa camí i molt malmès per la neu i el gel. No sabia com s'ho feia el cotxer per poder saber per on anava. Es van creuar amb un altre carruatge que entrava enmig del pont del Remei a la sortida de Vic. Els cotxers van intercanviar la informació de l'estat del camí:

—Bon dia, d'on veniu?
—Vinc de Tona, allí encara no ha començat a nevar com aquí. Està molt malament el camí?
—Tot just ha començat ara, aquí. Però de glaçat ho està un bon tros. Si entreu a Vic encara podreu arribar bé si us afanyeu.
—I vós, on aneu?
—Fins als Hostalets, allí haig de desviar-me fins a un mas. No sé com estarà el camí, però ja se sap, hem de complir.
—Ja teniu raó ja, bé aneu en compte, company.
—Adéu-siau, bon home.

El carruatge va seguir el seu camí amb més o menys dificultats. Aquest camí ral era l'habitual que feien servir els traginers per anar de Vic a Barcelona o a l'inrevés. A la sortida mateix de la ciutat, varen continuar fins a Malla, on la nevada va ser més minsa. Després, a Tona, va deixar de nevar. Però el camí gelat i amb neu seguia sent molt poc transitable. Es varen creuar amb traginers que maleïen el temps.

Van seguir fins arribar a la Casanova, on el camí coincidia amb el que anava a la Cerdanya. Allí, el carruatge va començar a donar problemes: les rodes, pel molt esforç, grinyolaven a punt d'esclatar i els cavalls ja estaven esgotats.

—Mestre Rifà —va dirigir-se el cotxer— haurem d'aturar-nos.

—Com vulgueu, vós sabeu el que és millor.

—Mirarem d'arribar al carrer Major, d'aquí a Els Hostalets, a can Verdaguer. Allí podrem veure amb el fuster si hem de arranjar alguna roda, em fan mal espina. També aquest animals haurien de descansar, ha sigut un tram molt feixuc.

—D'acord home, per cert, com us dieu?

—Em dic Jacint, però tothom m'anomena Cinto.

—Bé doncs Cinto, vós mateix, feu el que calgui, jo no tinc pressa.

Mentre en Cinto revisava el carruatge, mestre Rifà va entrar en un dels hostals que donaven nom a l'entorn. La forta pujada del Pujolric que havien de fer els traginers que venien des de Barcelona, havien fet d'aquest entorn un punt neuràlgic d'aturada, on també es creuaven els dos camins més concorreguts de la comarca ja esmentats. D'aquí va sortir el nom d'Els Hostalets.

Una vegada revisades les rodes i avituallats els animals, varen continuar. Però aquest, al ser un indret no transitat, només per aquell que es dirigia al mas, estava encara pitjor que la resta de trams que havien fet. No pas per la neu que encara no havia cobert el ferm, sinó pel gel que aquella nit havia deixat una capa força gruixuda.

Amb la imatge del mas a uns quants metres, en Cinto va decidir aturar-se i no seguir. Els cavalls no podien continuar sense córrer el risc de trencar-se una cama i fer bolcar al propi carruatge.

—Mestre, fins aquí hem arribat. Allí és on us esperen. En aquell mas.

—Ja ho veig Cinto, tant se val, puc anar caminant. Tampoc vaig carregat.

—Deixeu-me que us ajudi amb els estris.

—No cal, Cinto, de veritat, agraït. Millor que estigueu pels vostres animals i pel carruatge. Jo ja puc tot sol.

—Com vulgueu. Si em necessiteu estaré feinejant, només cal

que em feu cridar. Intenteu no passar pel mig del camí, podeu relliscar. Aneu, encara que costi, pel vorals, on trobareu les herbes i la neu.
—D'acord.

Amb els estris de dibuix i un bastó improvisat, mestre Rifà va seguir el consell d'aquell cotxer. Mentre ell arribava al mas, va veure com en Cinto havia deslligat els cavall del carruatge i, amb paciència, seguia el seu propi consell, en direcció al mas.
Un mur de pedra de tres metres aproximadament amb una doble porta i un emblema a la dovella central, encerclava el barri del mas. Un edifici amb una altra porta més gran, feia d'estable. Darrere, per sobre del mur, es veia la façana principal del mas de dos pisos: el primer, amb una gran balconada coberta amb arcs ornats amb un magnífic treball de forja a les baranes i les finestres dobles, amb una columna al mig i capitells.
Mentre mestre Rifà mirava l'escut, la porta es va obrir. D'allí va sortir un home que no massa abrigat i entrat en anys, el va convidar a passar:
—Vós deveu ser mestre Rifà?
—Sí, jo mateix, suposo que em deuen estar esperant?
—Sí senyor, passeu si us plau... deixeu-me que us ajudi.
—I vós? —va preguntar mestre Rifà, mentre el vell estenia les mans per ajudar.
—Jo, senyor?
—Sí, com us dieu?
—Ah, és això! Jo sóc en Marcel, senyor, per servir-vos.
—Gràcies, Marcel.

El vell home, agraït per la cortesia envers un majordom d'aquell nouvingut, va agafar els estris i amb pas lent, però segur, va convidar a mestre Rifà a entrar. Varen passar per un pati, que més que un mas català semblava una casa romana. Un espai principal mig cobert pels seus laterals per uns porxos amb columnes i a cel obert o (*atrium*) un estanc central per recollir l'aigua de pluja o (*impluvium*), com els romans anomenaven

aquests indrets. La construcció estava a cavall entre la decoració esmentada i un claustre de l'època. Una porta amb vitrall, just al lateral del pati, convidava a entrar.
El rebedor era gran i auster. Hi havia una escala de pedra a mà esquerra, que s'enlairava cap el segon pis. I a mà dreta, un banc de fusta envellit. El vell Marcel va deixar el gipó i el capell del mestre sobre el banc i el va convidar a pujar:

—Mestre Rifà, si sou tan amable, la senyora us està esperant al saló. Jo ja us portaré els estris.
—La senyora...
—Perdoneu-me senyor, però no estic autoritzat a donar-vos cap nom, això haureu de preguntar-li a la senyora, ho enteneu no?
—Sí Marcel, és clar.

Mestre Rifà seguia amb la curiositat de tan secretisme. Però no tenia més remei que seguir la beta d'aquell joc. Per tant, va pujar les escales, mentre el vell Marcel es va fondre amb la foscor del fons del rebedor.
A mitja pujada va sortir a rebre la misteriosa Dona boira.

—Bon dia mestre Rifà, ja estic assabentada de la dificultat del viatge, em sap greu.
—No es preocupeu, això ja passa per aquestes dates. El que sí que no he entès...
—Permeteu-me mestre que m'expliqui... —el va tallar la senyora, conscient de la seva pregunta— Suposo que ho dieu per la carta que us deia que ens veuríem a Barcelona. Bé, les coses han canviat i més val no fer-se veure per la capital. De totes maneres, no crec que haguéssiu arribat, tal i com està el temps.
—Voleu dir que a Barcelona ha empitjorat la situació política?
—De fet sí, encara que sé... que aquí també teniu problemes amb les quintes.
—Si, teniu raó. La gent està molt empipada per aquests

excessos dels exèrcits castellans. Més tard o més d'hora, o el govern fa alguna cosa o acabarem malament.

—Tingueu paciència mestre Rifà, els nostres militars i governants fan el que poden, us ho poc assegurar.

—M'esteu dient... que vós esteu assabentada de primera mà del que passa — va aturar-se en sec mentre pujava per les escales.

—Més o menys, però no hem vingut aquí per arreglar el nostre futur com a país... —va tallar elegantment la conversa— Acompanyeu-me mestre. Tot està preparat perquè pugueu treballar en el nostre afer.

La senyora va donar mitja volta i es va encaminar cap a un dels passadissos de la casa. Mestre Rifà fa accelerar la pujada per a poder-la seguir.
Amb pas ferm varen traspassar l'entrada a una gran sala, que deuria ser la de menjar i, posteriorment, resseguint el passadís, van arribar a una de les tantes portes tancades que completaven un petit distribuïdor. La senyora va obrir la porta i va convidar a entrar a mestre Rifà:

—He pensat que aquesta estança seria la més apropiada per la vostra feina... —mestre Rifà va entrar sense dir res i va començar a investigar amb la vista tota la cambra— Aquí és on passo llargues estones llegint o cosint. No és pas de les cambres més grans però, per a mi, és la més acollidora.

En qüestió, la cambra tenia dos balcons amb seients de pedra a cada costat que donaven a la plana d'Els Hostalets. El mestre va apropar-se per veure el paisatge. La gran plana coberta d'un mantell blanc, amb un cel gairebé tan blanc com la neu. Semblava un remot paratge dels països nòrdics. A l'altre costat de la cambra, una gran llar de foc donava escalfor de sobres a tota l'estança. El cruixir de la fusta, mentre el mestre resseguia la llum per a poder possessionar-se en la seva feina, va fer somriure a la senyora. El sostre, amb marqueteria de fusta, donava a l'estança un to sumptuós i elegant.

—Doneu la vostra aprovació com a mestre?

—Perdoneu, estava distret. És perfecta, quan vulgueu. Per cert, haig d'anar a buscar els meus estris de dibuix, s'hauran quedat a l'entrada.

—No us preocupeu, ja he avisat perquè us els pugin. Mentre aviso a la nostra estima... model. Vós podeu preparar el terreny, no us sembla.

—Sí, és clar. Us sembla utilitzar aquest selló davant d'un dels balcons?

—Vós mateix, jo només poso com a condició el que vàrem parlar. Vull un retrat de cos sencer i, si potser, de mida natural. Res més, a partir d'aquí, vós sou el mestre i confio plenament en vós.

—M'afalagueu senyora amb les vostres paraules.

—Confio, mestre Rifà, que ens entendrem en aquest afer. Ja hi haurà temps perquè vós feu el mateix per a mi.

La senyora va sortir de la cambra tancant la porta i deixant a mestre Rifà amb quasi la paraula a la boca. Aquella seguretat de la dona el tenia copsat. El misteri en si del retrat, de com estava anant tot i de la desconeguda identitat d'aquella dona, alhora que el tenia desconcertat, també l'atreia.

Dos cops a la porta van interrompre els pensaments del mestre. Era en Marcel amb tots els estris:

—Perdoneu senyor, on voleu que us deixi això?

—Aquí mateix! —va contestar mestre Rifà, assenyalant una taula de fusta rectangular no massa gran, envoltada de quatre cadires— Gràcies Marcel.

—De res, senyor, per servir-lo. Voleu prendre alguna cosa calenta o bé una mica d'aiguardent?

—Sí, potser un gerro d'aigua i un got. Res més.

—Ara mateix us el pujo, senyor.

Tot just va tancar la porta en Marcel, va aparèixer la senyora i darrere mateix la dona que havia de pintar. Més o menys tenia la mateixa edat que la senyora, era molt bella. Portava un refinat pentinat de l'època i com una deessa grega, un llençol blanc que la cobria des d'una de les espatlles i resseguia el seu cos fins als peus. Anava descalça i mentre caminava amb les mans s'aguantava la roba. La senyora els va presentar:

—Mestre Rifà, us presento a la nostra model —les dues dones es van mirar i van somriure— ella és...

—Flor de neu, m'equivoco?

—Diguem que sí... —va contestar la nouvinguda somrient—Serà per a mi un plaer poder posar per un mestre com vós. He vist les vostre obres i crec que teniu un gran talent. Espero que sereu pacient amb mi. Mai he fet de model i menys com la mare natura em va portar al món.

—Senyora ... —el mestre estava força tallat amb aquesta nova situació. Ell tampoc havia pintat mai a cap dona i menys nua. Tot allò també era nou per ell— crec que vós sereu la que haurà de ser més pacient amb mi que jo amb vós. Quan vulgueu —va intentar desatansar la situació—he pensat, si us està bé, que seieu en aquest selló que he preparat i amb la roba us cobriu lleugerament la nuesa. La llum que entra pel balcó us donarà claror en una part del cos i de la cara i penombra, a la resta. D'aquesta manera, hi haurà zones del vostre cos que simplement s'intuiran. Us sembla bé? —dirigint-se a la senyora.

—És perfecte, oi estimada?

—Serà un bon retrat, no ho dubto.

Mentre mestre Rifà acompanyava a Flor de Neu, la senyora es va acomodar en un altre selló per poder seguir tot el procés.
Va arribar el moment i aquella dona es va treure el llençol blanc que duia a sobre amb una seguretat que va astorar al mestre. Ell, fent el cor fort i intentant treure importància a la situació, va anar posant la roba estratègicament per la cadira i per sobre de la dona que seia tal i com el mestre l'adoctrinava. La senyora, en el seu acomodament, es mirava l'escena mig somrient i alhora amb satisfacció.
Quan va tenir la situació controlada, mestre Rifà va preguntar a Flor de Neu si estava còmode i va poder veure amb tota

claredat que aquell seria un quadre important.

Després d'un parell d'hores, i algunes pauses, mestre Rifà va donar per acabat l'esbós que el duria a fer el quadre. Mentre Flor de Neu es tornava a cobrir amb el llençol, varen trucar a la porta. La senyora va anar a veure qui era. En Marcel avisava que el dinar ja estava llest. La senyora i el mestre van restar a la cambra recollint els estris i veient l'esbós. Flor de Neu es va retirar a la seva cambra per a vestir-se.
En una de les sales grans del mas, hi havia el menjador. Varen esperar que els tres estiguessin a taula per a començar a dinar. Tot just al final d'aquest, en Marcel va entrar amb una missiva per a la senyora:

—Senyora, ha arribat aquesta carta del bisbe de Vic, Ramon de Sentmenat.
—Gràcies, Marcel.
—Veig que teniu informadors de primera línia —va comentar mestre Rifà, amb to de sorpresa.
—Benvolgut mestre Rifà, no crec que us descobreixi res si us dic que som dames de la noblesa.
—Ja ho entenc, senyora. Perdoneu la meva pregunta, no estic avesat a tal nivell.
—Què us diu el bisbe? —va preguntar Flor de Neu, amb força inquietud.
—Déu meu, hem recuperat Salses. L'exèrcit d'en Francesc de Tamarit ha pogut trencar el setge i recuperar la vila. Diu que tornen a Barcelona.
—Doncs potser nosaltres també hauríem de començar a pensar en el mateix. No creieu? —va contestar Flor de Neu, mentre la senyora assentia amb el cap-.
—Bé, senyores —va interrompre mestre Rifà— veig que teniu feina d'ara en endavant.
—I a vós també, mestre. —va contestar Flor de Neu— Espero poder veure acabat el meu retrat no massa tard. No voldria que penséssiu que us estic posant pressa. Però estic ansiosa de veure

el quadre.

—No sigueu tan impetuosa, amiga meva. Tot al seu temps.

—Teniu raó senyora, aquestes coses porten el seu temps. Però no us preocupeu que m'hi posaré de seguida.

Més tard, amb l'acompanyament novament d'en Cinto, el cotxer que l'havia dut fins al mas, mestre Rifà s'acomiadava de les dues dames. A la porta, a l'entrar al carruatge la Dona boira, la senyora, va comentar-li:

—Aviat ens tornarem a veure, mestre Rifà.

—Quan vulgueu, senyora, allí estaré per servir-vos.

—M'agradaria veure els progressos de la vostra feina.

V

Uns dies després d'aquella sortida un pèl agitada per les inclemències del temps... La neu s'havia fos, però el fred seguia ben viu. El cel despertava amb un blau intens després de nits extremadament fredes, amb glaçades negres que malmetien qualsevol collita. A mig matí, quan el sol escalfava, feia goig de sortir a passejar. L'atmosfera era tan nítida que semblava que podies tocar la punta del Pedraforca només estirant el braç.
Mestre Rifà va aprofitar aquest dies per a finalitzar el retaule de la Mare de Déu, que estava fent per encàrrec del propi bisbe de Vic, Ramon de Sentmenat i que com a intermediari hi havia mossèn Francesc Balmes, rector de Santa Maria de Vilalleons. Malauradament, no comptaven que uns 14 anys més tard l'exèrcit francès incendiaria l'església i cremaria el retaule i altres valuoses obres d'art.

Feia setmanes que mossèn Balmes estava nerviós per la finalització de l'obra i no passava dia que no entrava a veure si ja s'havia acabat. Ell deia que ja estava i mestre Rifà, que faltaven detalls. La qüestió és que aquell dia, va ser mestre Rifà que va fer cridar al mossèn per a comunicar-li l'esdeveniment. En Miquelet i d'acompanyant en Pinzell varen anar a trobar al mossèn a l'hostal que era on entre missa i passeig, passava les hores davant d'un got de vi.
Varen sortir esperitats els tres. En Pinzell s'ho prenia com un joc i era feliç corrent amunt i avall del carrer Nou. En Miquelet li omplia el cap de detalls magnífics del retaule mentre corria encerclant el mossèn. I aquest, arremangat de cames, intentava córrer també, sense massa èxit, degut al seu sobrepès. Semblava

que fos primordial arribar amb un mínim de temps.
Tant en Miquelet com en Pinzell ja estaven al costat del retaule, quan mossèn Balmes va entrar al taller. L'obra estava tapada amb un llençol.

—Pensava que ja no vindria mossèn... —va comentar irònicament mestre Rifà— No tenia tanta pressa per veure la pintura acabada?

—Menys conyetes... uf! —va esbufegar, mentre intentava recollir tot l'aire de l'estança per a poder respirar— ...que jo ja tinc els meus anys. Ja l'heu acabada?

—Jo diria que sí, mossèn. Ve-t'ho aquí! —va agafar la roba per una punta i la va alçar per descobrir la pintura.

—Vejam... —mossèn Balmes, impacient, va ajudar a mestre Rifà.

—Què me'n dieu?

—Bé, jo la veig igual que fa uns dies.

—Per tots els sants! —va renegar mestre Rifà— Vós, rector, sabreu molt dels misteris del senyor, però de pintura...

—No us enfadeu mestre, però per a mi ja era una obra d'art fa dies.

—Però no veieu que el mantell de la verge no era pas acabat i ara sí?

—Sí, ara que m'ho dieu...

—Bé Miquelet, ajuda'm a tapar el retaule. I vés a veure si ton pare ens pot portar amb la carreta fins a Santa Maria de Vilalleons aquest matí i ajudar per a col·locar-lo a l'església.

—Està tot preparat mestre. Ja vàrem fer posar la bastida per a poder-lo penjar de la paret. Tant bon punt arribem, vindrà tothom.

—Potser tothom... —va comentar un pèl molest mestre Rifà— farà més nosa que servei. Ja tindran temps de cansar-se de veure'l.

—No sé perquè dieu això... Que no és del vostre grat?

—Sí mossèn, perdoneu, és normal que la gent estigui desitjant veure el retaule després de tant de temps d'esperar...

—No ho sabeu pas com estan d'ansiosos!

En Miquelet, després d'ajudar al mestre a tapar l'obra, va sortir corrent cap a casa seva per avisar son pare. En Pinzell va seguir-lo. Minuts més tard del carrer es van sentir els crits del vailet que anava assegut al costat de son pare, en Morera, dalt la carreta. Aquest, fuster, tenia un bon mitjà de transport per a les fustes, el burro que feia servir el mossèn estava lligat darrere.
Entre tots varen pujar el retaule a la carreta, en Morera i el mestre varen seure davant. En Miquelet va seure darrere per tenir cura de l'obra i el rector va pujar al seu burro.
Tots plegat varen fer via cap a Santa Maria de Vilalleons. Quan el mossèn va passar per davant d'en Pinzell, que jeia al portal, el ca va fer-li un lladruc al burro. Aquest es va espantar de l'ensurt i poc va faltar per a tirar a terra al mossèn.

—Coi de bèstia, per poc ens fots a terra... Passa a dins animal del dimoni!

En Pinzell, indiferent als renecs del mossèn, va jeure de nou mirant com el carro marxava pel carrer, va esbufegar i encara no havia passat ni un minut, ja dormia.

Dos marrecs jugaven a empaitar-se pel carrer, quan varen veure la comitiva que arribava a Santa Maria de Vilalleons. Aquest poble, en aquells moments, tenia un cens d'habitants més nombrós i més antic, en comparació a Sant Julià de Vilatorta i Riudeperes, i per tant més cases com a poble, sense comptar els masos de l'entorn. En definitiva, tenia un pes, sobretot, dins del bisbat. No era d'estranyar que aquest tingués cura de l'església de Santa Maria.
Els dos vailets varen anar corrents a trobar al mossèn. Però a mig camí varen recular veient de què es tractava, i van tornar al poble per avisar a la gent de l'arribada del retaule.
La carreta va arribar davant mateix de l'església, fent maniobres per a deixar la part de darrere just a la porta per a poder-la descarregar. De moment, no hi havia ningú per ajudar-los, com havia vaticinat el religiós. Mossèn Balmes va anar ràpidament a

obrir la porta de bat a bat. Quan passaven per davant del mossèn, que aguantava una de les portes perquè no es tanqués, el mestre va increpar com era costum, entre ells, al rector:

—Déu n'hi do, la quantitat de gent que ens ha rebut! Ja teníeu raó mossèn, està ple de gom a gom. Ha vingut tothom.

—No em toqueu els...

—Mossèn, no digueu paraules gruixudes, que anireu a l'infern —va tallar el mestre.

—Vós sí que anireu a l'infern. Que avui serà la primera vegada que trepitgeu sagrat en tot aquest any. Va, passeu i acabeu la feina.

—Bé, mossèn tot just hem començat l'any i encara no he tingut temps de pecar.

La bastida era posada com havia dit el mossèn. Els vailets i dos homes més varen arribar per ajudar a col•locar la imatge. Sense massa dificultats, varen enllestir la feina aviat. Després d'enretirar la bastida, mestre Rifà va fer un cop d'ull, per si hi havia hagut algun desperfecte pel trasllat. Aleshores el rector, mossèn Balmes, va començar a mirar amb més atenció la pintura. El mestre va enretirar-se cap a un costat per deixar que el mossèn pogués gaudir del quadre. Mentrestant, com si volgués copsar tota la bellesa de la imatge de la Verge Maria, el rector es va enretirar per veure amb una panoràmica més amplia el quadre. Llavors el mestre, acostumat a la broma fàcil amb el mossèn, va estar a punt d'increpar-lo de nou. Però aquest, es va agenollar davant el quadre i va començar a pregar. Allò va aturar en sec a mestre Rifà. La pregaria va començar a ressonar per tota l'església. De sobte, mestre Rifà es va girar i va veure com una munió de gent havia entrat en silenci per contemplar el nou retaule, i ara també, en silenci, s'agenollava per a seguir la pregaria del rector.

Mestre Rifà va restar immòbil i emocionat per aquell acte de respecte i alhora de fe. En segons, va entendre que allò que per ell era simplement una pintura, i que encara veia aquells defectes que no havia corregit o no havia sabut realitzar amb més o menys talent, per la resta de la gent, començava a ser una imatge fidel de la seva venerada Mare de Déu. Per uns moments, va sentir, més que mai que en qualsevol altre quadre que havia realitzat, com si deixés de ser propietat seva i passés a ser de tothom. De fet ja era això, sempre. Però mai havia estat tan clar com avui.

Una mà el va treure d'aquell garbuix de pensaments, sensacions de benestar i alhora d'egoisme per a deixar un tros d'ell allí penjat. Era en Miquelet, que més emocionat que el propi pintor, es va agenollar com la resta per a contemplar la imatge. El mestre va mostrar un somriure d'aprovació al vailet i fent el mínim de soroll possible va sortir per la porta. Allí estava repenjat a la carreta, en Morera, que no era massa devot.

—Bé mestre, ja està, no?
—Sí Joan, esperarem que surti ton fill i direm adéu al mossèn.
—Mireu mestre, ja sabeu que jo... bé, com vós, no sóc massa de missa, i això que quedi entre nosaltres. I que no sé tampoc dir les coses amb floritures, vaja que vaig més de cara que de cul. Però us haig de confessar, de ben segur, que mai ningú l'ha pintada tan maca com vós.

Mestre Rifà, emocionat per aquell compliment que li feia en Morera, li va agrair de tot cor el fet amb un somriure i un copet a l'esquena. Llavors varen començar a sortir la gent de l'església. I en comitiva, varen anar passant davant del mestre per lloar la seva feina. Uns simplement li donaven la mà, però altres i més aviat les dones, es desfeien en elogis cap a ell i la pintura. Una de les darreres a sortir, una iaia encorbada pels anys. Es va posar davant d'ell i amb la mà el va fer ajupir-se a la seva alçada. Li va fer un petó al front i després li digué:

—L'heu feta igualeta, igualeta. Que Déu beneeixi les vostres mans.

Sense que mestre Rifà pogués ni donar-li les gràcies la vella va

marxar amb pas ferm.
No havia pensat mai en una mostra d'afecte com aquella en vers ell i el seu treball. Va restar força copsat per tot allò. Mentrestant, va sortir mossèn Balmes de l'església, amb en Miquelet agafat de l'espatlla.

—Què us havia dit, home de poca fe...
—Per una vegada mossèn, us haig de donar la raó. He quedat esmaperdut.
—Coi de pintor, dieu cada cosa més rara, esma... què?
—Deixeu-ho córrer, mossèn.

Després d'aquestes paraules, els Morera i mestre Rifà varen tornar a Sant Julià. al cap d'uns quants dies, el propi bisbe de Vic, Ramon de Sentmenat i el rector de Santa Maria de Vilalleons, mossèn Balmes, farien una missa per beneir el retaule. Mestre Rifà, agraït per aquell dia de glòria, va participar en l'esdeveniment i a primera fila.

VI

Les setmanes següents varen ser de preparació pel nou encàrrec, tant pel mestre Rifà com pel seu aprenent, en Miquelet. Encara que hi havia un fet que modificava completament la visió que el mestre tenia d'aquella nova obra que estava a punt de començar.
Posteriorment a la missa que el bisbe de Vic havia fet per beneir el retaule, es va fer un mos i una ballada de sardanes davant mateix de l'església de Santa Maria de Vilalleons. Allí van estar parlant dels fets que enterbolia la vida quotidiana dels catalans i els plans que la Diputació del General tenia envers l'espoli, a base d'impostos, que la corona espanyola volia i intentava per tots els mitjans, imposar al Principat de Catalunya. Del propi bisbe de Vic, va saber que Francesc de Tamarit amb el seu exèrcit victoriós, havia entrat a Barcelona amb gairebé honors de Cèsar. Que era el que mestre Rifà ja havia escoltat el dia de la trobada amb la dama misteriosa. Amb prou subtilesa, i sense que el bisbe de Vic intuís que entremig de les preguntes del mestre hi havia una petita entabanada, aquest li va servir en safata la identitat de les dues dames misterioses.

En Miquelet, abstret amb la seva feina terrenal d'aprenent de pintor i la seva forma natural de viure el dia a dia la joventut, no havia preguntat massa a mestre Rifà sobre el nou encàrrec. Normalment, el propi mestre li deixava veure el esbossos que feia pels nous treballs, i també d'aquest forma el vailet prenia part i coneixia les formes artístiques a carbó.
En Joan Morera, el fuster i pare d'en Miquelet, havia finalitzat el bastidor que havien de fer servir pel nou quadre. I en un dels

tallers de Vic, on aquest cop mestre Rifà havia encarregat la tela de lli, s'estava assecant. Normalment ho feia a can Coll de Sant Julià, però de tat en tat, per no perdre el contacte, ho veia a Vic. Passant pel davant del taller, en Miquelet va agafar el bastidor per emportar-se'l a l'estudi.

Quan va arribar, el mestre estava repassant els esbossos que havia fet pel retrat. De seguida va tancar la carpeta de pell, on guardava aquells treballs. Amb prou feines, en Miquelet podia pujar per les escales amb aquell tros de bastidor. Mestre Rifà el va ajudar, finalment. El vailet es va sorprendre de la mida. Va jeure a la cadira on tenia el seu petit racó pictòric, i com que mestre Rifà estava esperant, va començar a preguntar. Mestre Rifà no sabia ben bé com explicar-li que aquell encàrrec era diferent a tot el que el noi estava avesat a veure. D'esquena al noi, dissimulant, fent veure que ordenava pinzells i altres estris, va entomar el reguitzell de preguntes:

—Mestre, quan vindrà la dama per a fer els esbossos?

—No vindrà.

—Voleu dir que ja vàreu prendre'ls el dia que vau anar a Barcelona?

—Sí, de fet, ha set així.

—Que m'ho ensenyeu?

—Potser en un altre moment.

—I quan vindrà per fer el quadre, vaja, per posar?

—No vindrà pas.

—Ah! —va restar uns segons pensatiu— L'inventareu?

—Que no tens res a fer, vailet? —va intentar tallar l'allau de preguntes el mestre.

—Bé, de fet no. Però que no començarem a treballar en aquest encàrrec, mestre?

—Sí, home, sí, pesat.

—Bé, veig que no esteu d'humor. Vaig al tros de mon pare per agafar alguna cosa per menjar.

Mestre Rifà va reaccionar com si estigués enfadat amb el vailet. Quan ben al contrari, era amb ell mateix que ho estava per no

tenir coratge per explicar-li al vailet de què anava aquell quadre.
—Miquel, on vas? —va girar-se el mestre.
—Bé mestre és que... no sé què us passa... Que esteu enfadat amb mi? He fet res que us molestés?

El mestre es va desarmar del tot amb aquelles preguntes i va decidir agafar el brau per les banyes:
—No Miquelet, no estic enfadat amb tu. Vine i seu, que hem de parlar.
—No m'espanteu, mestre. Que ja no em voleu com aprenent?
—No diguis bajanades, ximple. Seu i escolta.—mestre Rifà va agafar una cadira i va seure davant mateix del noi-. Mira, ja saps que va venir una dama per l'encàrrec... —el noi, amb els ulls com un mussol, assentia amb el cap sense gesticular paraula.—... i que jo, un dia, vaig marxar de viatge, encara que no va ser finalment a Barcelona, sinó aquí als Hostalets.
Doncs bé, la qüestió és que aquest encàrrec és diferent a qualsevol altre que hagi fet. Bé, que tenim una patata calenta entre mans.

Mestre Rifà, sense adonar-se mentre parlava, rumiava la qüestió de la identitat de les dames. Però el pobre Miquelet, que no sabia res del tema, no entenia la qüestió de la patata calenta:
—Mestre, em sap greu, però no entenc de què parleu.
—Sí home, que aquest encàrrec és un tema delicat.
—Ah, i per què?
—Perquè sí home, perquè sí.
—Bé, si vós ho dieu...
—Vejam, Miquelet. No és pas un retrat com els altres que hem fet a dames de la comarca, ni aquestes històries de verges i sants...
—Mestre, aneu en compte amb el que dieu. Per menys els han cremat a la foguera i no fa massa.
—Tens raó noi. Volia dir que és diferent. —El mestre va aixecar-se de la cadira i va fer unes quantes passes cap a la finestra. En Miquelet esperava assegut sense entendre encara de

què anava tant de misteri.— Bé, la qüestió és que el retrat serà un nu.

—Un nu?

—Sí, que la dama vol que el retrat sigui un nu integral.

—Què vol dir integral, mestre?

—Que la pintarem nua de pèl a pèl.

—Ai, Santa Maria! Però això no serà pecat?

—Pecat, Miquelet?

—Sí, mestre, jo no he vist mai un retrat d'una dama d'aquesta manera. Què dirà el mossèn?

—Saps què és pecat vailet? Doncs jo t'ho diré: pecat és viure com un rei i predicar la pobresa pels altres, com fan aquesta colla de... deixem-ho córrer, que encara prendrem mal. —va fer una pausa per calmar-se i va seguir intentant no precipitar-se amb les paraules—Bé, la veritat és que no és normal. Sempre són retrats anònims. Per això tenim un problema, vailet. M'has de prometre, pel que més estimis a la terra, que no diràs res a ningú d'aquest retrat.

—I a la mare?

—No.

—I al pare?

—Tampoc.

—I a...

—A ningú... saps què vol dir a ningú?

—Sí, ho entenc mestre, a ningú.

—Bé, des d'aquest moment, de cara enfora estarem pintant el quadre que van encarregar els senyors Rodons de Collsuspina. Compaginarem els dos quadres. Si entra algú, taparem l'altre perquè no el vegi.

—Mestre, jo el podré veure?

—I com et penses que faràs la teva feina d'aprenent? Amb els ulls tancats?

—I aquesta dona, qui és mestre?

—Prou preguntes. No t'ho puc dir. Des d'ara, res de preguntes, entesos?

—Entesos, mestre.

—Bé, doncs anem per feina. Aquesta tarda abriga't força que baixarem a Vic per a recollir la tela. De pas, berenarem, què et sembla?

—Fantàstic, mestre. Vaig al tros del pare per agafar fruita o alguna cosa pel dinar.

—D'acord, noi.

Quan en Miquelet estava a punt de baixar per les escales, mestre Rifà el va cridar de nou. Aquest es va girar exaltat per la sortida de la tarda i amb un gest amb els dits, li va recordar:

—Miquelet...

—Sí, mestre?

—Recorda, a ningú.

—Seré una tomba, mestre.

El vailet desaparegué per l'escala. Mestre Rifà, amb un somriure als llavis, va restar satisfet del pes que s'havia tret de sobre explicant-li la qüestió del quadre. A partir d'ara, havia de fer el possible perquè aquell quadre no el veiés ningú, excepte ells. Cosa que seria força complicada, ja que gairebé cada dia tenia alguna que altra visita. O bé del mossèn o bé de qualsevol altre conegut i amic del poble, que venia a fer-la petar una estona mentre descansava de la feina.

VII

—Doncs no crec que creuar-se de braços ens beneficiï en res. —va respondre un xic exaltat un veí del poble.
—Ai, doncs què vols fer, arreplegar armes i sortir a matar? —contestar el batlle, que també estava aquella nit a l'hostal.
—No és això, però hem d'estar alertes, posar més vigilància per tot el poble i enfora.
—Sí, això sí que ens ho hem de plantejar seriosament —va dir el mossèn.
—Cada dia arriben noves de les tropes que arrasen pobles per les comarques veïnes. Més tard o més d'hora segur que ens tocarà a nosaltres —va replicar en Morera.
—No sé si sabeu, que el consell de Vic s'està preparant per a reclutar homes per a la revolta. —va informar el batlle.
—Veieu què us deia. No sóc l'únic que comença a pensar que hem de fer alguna cosa. Sí, això es cert, jo estic preparat per apuntar-me. Què dieu vosaltres?
—Calma, noi —va posar ordre el batlle, enmig de la cridòria— cadascú que faci el que vulgui. Això no treu que aquí seguirem en alerta i si cal agafar les armes, ho farem —va sentenciar amb un cop de puny a la taula, mentre la gent s'alçava, aplaudint la decisió.

L'hostal estava ple de gom a gom. Els homes, exaltats, cridaven a les armes i contra el rei. Els més petits seguien amb entusiasme aquelles reunions del grans, que de cop sorgien en qualsevol moment del dia, per la situació que feia anys es vivia en el país. En Miquelet, al costat de son pare, escoltava amb atenció i sense dir res. Mestre Rifà va acabar-se el got de vi i va decidir anar-se'n a dormir. El noi va veure com el mestre marxava sense dir res. Va mirar a son pare com preguntant-li amb la mirada què li podia passar. Aquest, amb un gest, li va deixar entendre que no s'hi fiqués.

Quan el mestre va ser a la porta i es va ficar la capa, el fuster va decidir també acompanyar-lo. Els dos varen sortir per la porta abrigant-se i posant-se un el barret i l'altre la barretina. La nit tornava a ser molt gèlida. El contrast de l'ambient de l'hostal amb el del carrer, va fer que els dos quan varen ser fora respiressin alleugerits. Van entrar pel carrer Major, vorejant l'església davant de can Morera es van acomiadar amb un simple gest de la mà. El mestre va seguir pel camí de Vic a Girona fins el carrer del Pont. Arribant a cal Tort, mestre Rifà, es va preparar per a sortir de la sagrera i entomar l'aire gèlid que baixava pel carrer Nou.

Va arribar a casa gelat, sort que abans d'anar a sopar, havia posat un tronc a la llar que encara feia brases. En Pinzell com sempre va sortir a rebre'l bellugant la cua i anant amunt i avall de l'escala amb un tros de drap a la boca. Era com si en mesos no s'haguessin vist. Sempre feia el mateix, donava gust que algú t'esperés amb tanta devoció.

El mestre li va fer quatre carantoines i va comprovar que estava cremant:

—Ja veig que has estat treballant molt davant la llar de foc, eh, pelut?

En Pinzell, després dels quatre afalacs de l'amo, va deixar el drap enmig de la porta i es va dirigir novament a estirar-se davant del foc. Ell ja havia complert.

Mestre Rifà es va preparar unes herbes calentes i va agitar-se sobre el llit que tenia a la cambra. Feia anys que ja no dormia a l'habitació i s'havia instal·lat definitivament per dormir en el propi estudi. Dormir sol en aquell llit tan gran el deprimia.

Sempre, abans de dormir, agafava un quinqué i el quadern per a

fer quatre esbossos. Però aquella nit estava cansat i la reunió l'havia fatigat encara més. Per tant, va decidir posar-se a dormir directament. Va apagar el llum i va dedicar-li un fins demà al gos, que aquest va contestar amb un lleu moviment de la cua, repicant al terra. No va ser fàcil conciliar el son, massa records voltaven pel cap, però al final va poder aclucar l'ull.
Les imatges giraven amunt i avall sense parar dins del seu cap: de morts, de camps amb foc, de gent cridant. De sobte, tot tenia sentit, recordava i patia. Feia temps que havia pogut perdonar, però no oblidar. Feia temps que no tornaven els mals somnis. Va estar anys sense poder descansar plenament a les nits, sempre amb l'angoixa de retornar al passat. Sempre amb la por i la impotència de no haver pogut fer res. Això era el que no podia oblidar. El que més el feia patir. El retorn a aquell dia fatídic de 1634.

Eren quarts d'onze d'aquell matí del 12 de juny de 1634. Tot va ser tan sobtat, tan ràpid. Ell havia baixat a Vic per a fer quatre darrers encàrrecs. La Mercè, la seva dona, estava acabant de fer la bossa i recollia quatre fruites de l'hort. Havien pensat de passar uns quants deies de començament d'estiu, a casa dels seus pares, a Viladrau. En Ferran tenia vuit anys i li agradava molt anar a casa dels avis. Allí al mas, es trobava amb els cosins i podia jugar tot el dia dins d'aquella casa pairal immensa.

Mestre Rifà va sortir de can Xicot de Vic amb el llenç que havia encarregat. De sobte, les campanes de la Catedral es varen posar a tocar, un genet va sortir espaordit de la plaça Major cridant: "via fora a mort! ". La gent, espantada, va començar a córrer i a demanar què passava. Mestre Rifà, desconcertat, sense preguntar res a ningú, va muntar el cavall que havia deixat davant de la casa i sense saber perquè va fer que l'animal es posés a trotar en direcció a Sant Julià de Vilatorta. Mentre deixava enrere la ciutat, va veure gent armada amb trabucs, arcabussos i eines de tota mena, dirigint-se cap la mateixa vila. Les campanes dels pobles veïns no deixaven de sonar. La gent estava enfurismada i només se sentia: "via fora a mort als soldats del rei!".

Va passar per Calldetenes i d'allí cents d'homes arribaven amb cavalls i a peu. El cor li bategava fora del pit, una angoixa terrible l'estava consumint. Va començar a veure fum que s'enlairava per damunt de les cases de Vilatorta. Els trets es feien cada cop més propers i la gent començava a córrer en direcció a les cases.

Quan va passar per davant de l'església de Sant Martí de Riudeperes, el camí era ple de gent intentant arribar com fos al poble. D'allí en endavant, soldats del rei de l'esquadra polonesa, intentaven defensar-se de la multitud. Com va poder, va esquivar-se per la riera en direcció a l'Alta-riba. Allí, els soldats intentaven entrar a la casa forta, sense massa èxit. Ell va seguir fins arribar al mas Solà. Hi havia foc al voltant dels camps del mas i la gent, amb qualsevol eina, pal, pedra o arma es defensava a mort contra els soldats. Era una imatge esgarrifosa: cossos ensangonats, gent lluitant cos a cos en clara desavantatge vers l'enemic. Les campanes de l'església seguien repicant com mai les havia sentit. Va aturar-se per intentar trobar la manera de passar. Només volia, per tots els mitjans, arribar com fos a casa seva.

Un soldat de peu va aprofitar el descuit per clavar-li l'espasa al llom del cavall. Aquest va fer un gir sobtat, que va fer que mestre Rifà caigués de la sella. Va tenir sort i el cop va ser lleu sobre l'herba. No va tenir tanta sort el soldat que, pretenent fer caure al mestre per després rematar-lo al terra, es va trobar amb les potes del cavall fora de si pel dolor. Una guitza de l'animal li va destrossar completament la cara mentre el llençava metres enrere. Com va poder, mestre Rifà va aixecar-se del terra i va seguir corrent.

Dins de la sagrera, va veure quan passava per davant, que no havien pogut entrar. Els varen retenir davant mateix dels portals d'accés. I els varen massacrar allí mateix.

Per fi, va arribar a casa seva. Però dins no hi havia ningú. Allò el va deixar glaçat, on havien pogut anar. En Ferran només tenia vuit anys i ella estava embarassada de sis mesos. No havia sigut tan insensata de voler combatre amb el seu estat... Havia de trobar-la, però on? La vila i els voltants s'havien convertit en un veritable camp de batalla.

Va agafar una espasa i un trabuc i va sortir per intentar trobar-los. Tant bon punt baixava pel carrer Nou, va començar a escoltar els crits de la gent. Quan va arribar davant del portal de la sagrera a cal Tort, la multitud vinguda d'arreu de la comarca festejava la victòria. Havien reduït els soldats, com a mínim a dins del poble. Un munt d'ells, de genolls, pregaven a la gent que no els executessin. Mestre Rifà va deixar de banda a la gent i va entrar per buscar als seus. Va veure a la sortida de carrer del Pont, davant del mas Padró, una munió de dones del poble i quitxalla que vetllaven els cossos sense vida de molts veïns i familiars. Es va acostar temorós, una dona el va anar a trobar. Amb aquell gest de la dona, va sentir que quelcom se li trencava per dins. Ell ja havia intuït un cos que jeia estirat a terra. La dona el va intentar retenir, però ell, se la va treure de sobre sense cap mirament. Va arribar als peus de la Mercè, amb la sensació que la vida se li escapava del cos ràpidament. De sobte, va deixar de sentir, d'escoltar, de respirar gairebé. L'espasa i l'arma li van lliscar de les mans. I les cames el varen deixar d'aguantar dempeus. Es va ensorrar. Havia perdut la seva esposa i el proper nadó. No podia arribar a creure's que en poques hores havia perdut a la dona que estimava.

Tenia contusions al cap i el vestir esgarrinxat. Després li varen dir, que intentant trobar al seu fill Ferran, un soldat a cavall la colpejà amb el propi animal, fent-la caure i després li va passar per sobre. Havia estat ràpid, però decisiu.

Sense esma, va preguntar pel seu fill Ferran. Ningú sabia on parava. Agafant forces, va recollir l'espasa i el trabuc i va seguir buscant. Després d'una bona estona de recerca pel poble va arribar a la riera. Allí a les fonts, hi havia el safareig del poble. Uns quants amics d'en Ferran i ell mateix, havien perdut també

la vida a mans d'aquells bàrbars en aquell indret.
Mestre Rifà, sense dir res, ni mostrar cap sentiment, va agafar el petit cos d'en Ferran i el va portar a jeure al costat de sa mare. Es va asseure a terra i va contemplar els éssers més estimava en el món. Però ara, els havia perdut per sempre.

Varen trigar uns quants dies per tal que el poble retornés a la normalitat. Mestre Rifà, com mitja comarca, va assistir als funerals que varen fer arreu, per tots els vilatortins i bons homes i dones d'altres pobles, que havien perdut la vida aquell dia fatídic. Va ser un cop molt fort per ell i la família de la Mercè. Durat dies va deixar de parlar, era un somnàmbul que feinejava amb la resta del poble per arreglar el caos, però en cap moment va deixar anar ni un sol mot. Treballava tant com podia fins a restar esgotat i després acabava el dia ple de vi fins a perdre el coneixement. Pel seu cap només hi havia una seqüència que feia anar endavant i enrere, una i altra vegada. Tot just abans de marxar a Vic, aquell dia, va girar el cap i es va acomiadar de la seva dona i del petit, que corria darrere del cavall amb la mà aixecada i dient-li: "no trigueu gens, pare!".
Perquè havia hagut de marxar, precisament aquell dia... Feia setmanes que no sortia del poble. Però aquell dia que tant el necessitaven, havia decidit anar a buscar un llenç que mai podria arribar a pintar.

Poc a poc, amb l'ajut de les amistances i familiars del poble, mestre Rifà es va refer d'aquella fatalitat. I de nou es va bolcar amb més ímpetu a la seva professió de pintor. Va ser quan la seva pintura va arribar a la qualitat més alta, quan va abocar a les pintures tot el sentiment, caliu i l'estima que tenia reservat pels éssers que havia perdut.
Però el sentiment de culpa mai l'havia abandonat. Ni creia que mai ho faria. Solament li va quedar el seu ofici i a ell s'hi va dedicar en cos i ànima.

VIII

En Miquelet va arribar de bon matí a la porta de can Rifà, amb un pa dur, un bol de llet i una boira pixanera que es ficava pel cos i no deixava veure més enllà d'un parell o tres de passes.
Va obrir i va pujar fins a dalt. En Pinzell el va rebre com cada matí, neguitós. Havia arribat l'esmorzar. El quisso l'esperava cada dia, sabia que el noi era sinònim de menjar.
Va deixar el bol i el pa a terra. Va veure que mestre Rifà encara feia mandres al llit. No era massa normal. Sempre era ell qui l'obria amb un: " bon dia noi, estàs preparat per treballar de valent?".
Això el va amoinar, va pensar que potser no es trobava fi. Sense fer soroll va atiar el foc que ja feia estona que havia deixat d'escalfar i va seure esperant que el mestre es despertés.
Aquest, de seguida va obrir els ulls, fa fer una mirada i veient el noi assegut al seu costat es va sobtar:

—Què hi fas noi? —va preguntar des del llit.
—Que no us trobeu bé, mestre? Voleu que cridi l'apotecari?
—Què dius marrec? Que t'has begut l'enteniment?
—No sé mestre, com que ahir vàreu marxar de l'hostal sense dir res. I he vist que encara éreu al llit, he pensat...
—No, noi no, només que no he tingut una bona nit.
—Heu tornat a tenir mals somnis?
—Sí, feia temps que...
—Els trobeu a faltar, oi?
—Sí Miquelet, els trobo molt a faltar. Ara en Ferran seria com tu més o menys i l'altre tindria uns cinc anys o sis.
—Sí, ja ho sé, si no fos que aquell dia estava amb el pare al tros. Potser jo també hagués mort amb en Ferran.

—Bé noi, deixem-nos de romanços i anem per feina. Mentre jo em vesteixo prepara una mica d'esmorzar. Avui hem de començar a pintar de valent.

En Miquelet, veient que el seu mestre estava en plena forma, es va animar i va començar les seves tasques amb molta empenta. Tot seguit van sentir la veu de la iaia Enriqueta que com cada matí els deixava les quatre coses bàsiques.

—Miquelet, que baixes?
—Sí senyora, ara mateix.

La iaia Enriqueta era tia d'en Miquelet i una dona dolça i tendra. Sempre patia per si el noi i el mestre menjaven correctament, per això, va tenir cura del mestre en els pitjors moments i a hores d'ara seguia mimant-lo com si fos un fill o un parent.

—Bon dia tia, com esteu avui?
—Arronsada pel fred. Ja et tracta bé aquest pinta mones?
—I tant tia, no sé perquè li dieu així. És tot un mestre i aviat jo també seré un bon pintor.
—Ai, Mare de Déu, vols dir noi? Ja sap ton pare que t'ho estàs prenent tant a la valenta això d'ajudar al mestre?
—No és que l'estigui ajudant. És que sóc el seu aprenent. El pare ja sap que jo vull ser com mestre Rifà i fins ara no m'ha dit res en contra.

—Bé, si Déu ho vol així...
—Ja veureu, algun dia us pintaré en un quadre perquè el pengeu al mas.
—Pobre de mi, si només podràs pintar arrugues, què vols pintar amb aquesta cara...
—No, tia, si vós sou la més maca de Vilatorta, ja voldrien altres.
—Fuig, fuig no em vinguis amb romanços, ja veig que aquestes olors de la pintura t'han pujat al cap.

En Miquelet la va abraçar i li va fer un petó. La iaia tota cofoia va agafar el cistell i marxar rient pel carrer. En Miquelet, orgullós de la seva tia, se la va mirar mentre s'allunyava gesticulant amb la mà. Llavors va agafar els queviures i va pujar de tres en tres els graons de les escales. Com sempre, mestre Rifà l'esbroncava a l'arribar a dalt, ja que més tard o més d'hora un dia acabaria morros per terra i amb els ous i la llet a can Pistrac.

Va preparar l'esmorzar i varen seure a la taula per menjar. Aquells moments eren pel Miquelet un dels millors ja que podia preguntar-li coses al mestre i aquest l'instruïa de les coses de la vida.

—Mestre, us recordeu d'en Serrallonga?
—I tant.
—Jo també. Llàstima que no ens pugui ajudar en aquests temps.
—Tu, com pots recordar-te d'en Joan Sala?
—I tant mestre, jo tenia onze anys quan el varen agafar. Va ser també aquell mateix any... vaja del dia que vàrem perdre al vostre fill i ....
—És clar, no hi havia pensat. I què recordes d'ell?
—Hi ha coses que recordo perquè les he escoltat a la gent i al pare. Però un dia el vaig veure en persona i em va posar el seu barret al cap. Després, el pare amb va dir qui era.
—Ah, sí? I quan va ser això?
—Un dia a Querós, no sé perquè hi vam anar, però recordo jugar pel pont romànic i després al poble hi va arribar molta gent a cavall i la gent cridava. Jo no sabia què passava, però tothom estava content. Llavors van passar per davant nostre, suposo que jo també vaig cridar. De cop, un d'ells es va aturar i em va preguntar si estava content. Jo vaig dir que sí i ell es va posar a riure i em va posar el barret. No recordo res més, sé que vàrem carregar unes fustes amb el pare i després vam marxar. Quan tornàvem, el pare em va dir qui eren i qui era el del barret.

Vós el coneixíeu mestre?

—I tant. També coneixo a la seva dona, la Margarida del mas Serrallonga de Querós. La meva dona era de Viladrau i coneixia a tota la família de can Sala.

—Però el coneixíeu personalment?

—Home, no érem amics, érem coneguts. Era un home presumit i em va demanar que li fes un retrat. Em sembla que encara tinc els apunts per algun lloc. A veure... —el mestre va aixecar-se de la taula per buscar en una espècie de calaixera, on tenia un grapat d'esbossos i dibuixos de molts temes. En Miquelet va obrir els ulls com a taronges, en espera del retrat del seu heroi— doncs sí, mira, aquí el tenim.

—Ostres mestre, sí que és ell. I no vàreu fer cap quadre?

—Doncs el cert és que no. Va ser tot just abans de marxar cap al Rosselló i que es desfés el grup. Té, si vols, és teu.

—De veritat mestre que m'ho doneu? Això té molt de valor i no sé si el pare...

—Res, és un regal meu i com a tal no el pots rebutjar. Que no se'n parli més.

—Gràcies mestre, tindré cura d'ell com si fos de mi mateix.

—Bé, tampoc n'hi ha per tant. Només és un dibuix. Això sí, històric.

—I tant, maleïts els traïdors que es varen vendre al diable. —va aixecar el puny amb nervi—Estic segur que a hores d'ara ell ens ajudaria amb aquesta colla de brètols del rei. Segur que els faríem fora de Catalunya en un obrir i tancar d'ulls.

—Ui, Miquelet, fas volar massa coloms. Malgrat que en Joan Sala té una aurora d'heroi, la realitat era un altra.

—Que voleu dir mestre? Ell era just, ajudava als pobres i lluitava pel nostre país...

—Miquelet, ell era en Serrallonga, un bandoler, ni més ni menys. Sí, és cert que va ajudar de tant en tant a la gent, sobretot de la Vall de Querós, però primer mirava per ell i la resta...

—Mestre, no parleu així d'en Serrallonga —va aixecar-se ofès pels comentaris del mestre Rifà— no és just parlar així d'aquell que ha donat la vida per la causa.

—Seu Miquelet i no et sulfuris. Ets prou gran per entendre que hi ha mites com el d'en Serrallonga que la gent ha anat engreixant com es fa amb els porcs. Jo no seré qui farà traïció de les seves gestes, perquè ja m'està bé. Però malgrat això, tothom sap la veritat i aquesta és la que és. El cert és que va ser tractat amb enganys per la noblesa catalana, però també el van ajudar durant anys a amagar-se dels soldats del rei. Com sempre, noi, el poder i els diners han fet embogir als nobles catalans des de sempre. I s'han venut l'ànima i el país. Sinó ara no estaríem com estem, sense un reialme català, fins al coll de misèria i entre dues potències que fan de nosaltres el que volen. I et ben asseguro que encara que avui en Joan Sala fos viu, poca cosa podria fer.

En Miquelet, amb el cap cot, mirant unes engrunes de pa de sobre la taula, entomava aquell sermó resignat, fruit de la maduresa i sensatesa del mestre Rifà. Però malgrat això, no volia deixar d'estimar i vanagloriar al seu ídol de petit.

—Ja entenc el que dieu mestre... però com en Serrallonga no n'hi havia cap.

—I tant que no, noi. Ell serà per sempre més el nostre bandoler més famós. No et càpiga cap dubte.

—I la seva dona i els fills?

—Bé, la Margarida i els fills, si vols que et digui el que crec és que ara s'han tret un pes de sobre. Han refet la seva vida com tothom i ja poden viure tranquils.

—Però ella se l'estimava.

—Segur que sí.

—Estic molt content que em feu aquest present del dibuix d'en Serrallonga, però penso que en mans de la Margarida seria més just.

—Què vols dir?

—Que si un dia puc, m'agradaria portar-li i regalar-li a ella.

Estic segur que la faria molt feliç.

—Tens un bon cor, Miquel... —mestre Rifà va aixecar-se i va tornar a regirar per la calaixera— Mira, ara recordo que abans de fer el dibuix, faig fer un parell d'esbossos. Aquí els tinc, si vols també són teus. I també estic pensant...

—Gràcies. En què penseu?

—Mira, saps què farem? —en Miquelet se'l mirava esperant la proposta del mestre— doncs anirem a portar-li junts.

—A on, mestre?

—A Querós. Després de la mort d'en Joan Sala, com a càstig, li varen enderrocar els masos de la seva propietat. Però més tard va demanar perdó i permís per tornar-los a refer. I, ai las que ho va fer! Ara crec que viu de nou al mas Serrallonga. Doncs mira, estarà bé fer un petit viatge. Ja feia temps que volia passar pel mas dels pares, primer anirem de pet a Querós i de tornada passarem pel Rifà de Sant Sadurní. Què et sembla?

—Voleu dir que jo també hi aniré?

—Si ton pare hi està d'acord, hi anirem plegats. Ja parlaré amb ell.

—Segur que hi estarà, mestre. Amb vós no hi ha cap problema.

—Però ara hem de treballar de valent i fi, si hi volem anar aquesta setmana. Si som capaços de deixar enllestida la tela per a començar a pintar, entre demà o passat demà podrem sortir de bon matí. I mentre, s'eixugarà.

—Doncs què esperem, mestre?

IX

Després de fer el mos, van començar la feina. Era l'hora de la veritat, mestre Rifà havia estat dibuixant dies anteriors tot el quadre amb molta cura, fins arribar a aconseguir una fidelitat en el rostre i la figura de la dona en qüestió. Ara es tractava de resseguir aquest dibuix amb una aiguada anomenada verdaccio, per a fixar el carbó del dibuix a la tela i definir clarament les ombres.

—Prepara el color per definir les ombres. Recordes quins eren els colors?

—Sí, mestre: blanc, negre i ocre.

—Fes una part més liquida, amb essència, per resseguir el dibuix. Prepara dos bols i m'ajudaràs a fer-ho. Agafa l'essència de trementina del pot gros, la que em va portar l'Agulin, l'altre és per fer ungüents.

—Em deixareu fixar les línies, mestre?

—Si t'hi veus en cor, sí. Crec que ja és hora que penquis una mica, o és que penses passar-te el dia mirant com treballo?

—No mestre, no, estic encantat de treballar, ja veureu quan li digui al pare tot plegat. Per cert mestre, aquest Agulin, parla molt estrany, oi?

—No és que parli estrany, és que parla occità.

—Ja deia jo, que ben bé no l'entenia.

—Per això, quan ve a portar-me les essències, sempre li dic que no corri massa amb la parla. Però és bon jan. Som amics de fa molts anys, i sempre m'ha servit fidelment.

—I on viu?

—De fet, per arreu. Ell recorre, com a marxant, la part sud de

França, la Provença, Catalunya i una franja d'Aragó. Però menys paraules i a treballar.

L'olor de l'essència de trementina i de l'oli de llinosa que utilitzava el noi per a mesclar amb els pigments va deixar tot el taller impregnat. Als dos, aquella olor els agradava i alhora els motivava.
De mica en mica, per les crestes dels arbres de la muntanya que donava al pati de la casa, el sol començava a fer-se camí. La boira s'esvaïa deixant pas a un cel blau i radiant. Per les parets del taller, els raigs de sol començaven a il•luminar les pedres i les lleixes plenes d'utensilis. Mestre Rifà, a cua d'ull, supervisava el treball d'en Miquelet. A contra llum, la silueta del noi, semblava com si un aura divina l'hagués pres. Els colors dels pigments que tenia el noi sobre la taula de fusta, blau, roig, blanc... donaven un toc especial a l'estança. En Miquelet restava sorprès sempre que preparava els pigments per aquella llum multicolor. Enfora, la casa, les xemeneies, deixaven anar l'olor característica de la fusta cremant-se. I amb la boira baixa, encara feien estels de fum que s'unien d'una xemeneia a un altra de les cases del poble. La temperatura seguia sent extremadament freda i les teulades cobertes amb tel blanquinós fumejaven alhora, amb els raigs de sol que les escalfava.

Varen començar a resseguir amb el color el dibuix, marcant les ombres i deixant les llums sense pintura. Mestre Rifà va començar amb la figura de la dona, després va seguir amb les robes. La part que envoltava el quadre de fons, el guarniment del retrat, li va deixar fer al noi. Aquest, primerament amb recança i nerviós, posava tot el seu talent per tal de no decebre al seu mestre. A poc a poc, el retrat va començar a prendre forma i profunditat. Amb vàries veladures del mateix color, la figura de la dona va tenir el volum precís del cos. En Miquelet va gaudir de valent amb aquella primera classe magistral que havia pogut realitzar. Mestre Rifà, va restar dempeus mirant la feina del noi, fins que va finalitzar. Estava summament orgullós d'en Miquelet. Era conscient que si seguia així, el noi tenia

un futur esplèndid en la professió de pintor. Amb pocs anys més, hauria de començar a volar per si sol, ja que el mestre seria incapaç d'ensenyar-li res més.

Després de dinar, van seguir perfilant la figura i els detalls més delicats, fins que la llum va començar a minvar. Els dos estaven cansats, però satisfets de la feina feta. En Miquelet, tant bon punt mestre Rifà va donar per acabat el dia, ja pensava en l'excursió que pel matí li havia proposat.

—Mestre! Penseu que demà podem anar a veure a la Margarida de can Serrallonga?
—Bé, crec que hauríem de deixar eixugar la tela abans de començar a donar-li color. Si tu vols, per mi no hi ha cap impediment —en Miquelet va començar a regirar-se nerviós— però abans hem de netejar pinzells i endreçar. Ah, i després anirem a veure a ton pare, no sigui que l'hagis d'ajudar demà en alguna feina.
—D'acord mestre, de seguida acabo la feina. Tinc moltes ganes de poder fer aquest viatge. Conèixer la dona d'en Serrallonga em fa molta il•lusió.
—Vinga, deixar de fer volar coloms i endreça-ho tot bé.

Tot just estaven disposats a marxar, va arribar en Feliu Ventura, el missatger de Vic. El varen sentir quan va entrar pel portal. Perquè no es trobessin sorpresos pintant el quadre mestre Rifà havia penjat un esquellot a la porta. D'aquesta manera, tenien temps de cobrir el llenç amb una tela.
Aquest, sorprès de l'estri, va cridar per l'escala.

—Puja Feliu, estem aquí dalt!
—Perdoneu els crits, però he pensat que potser us molestava si pujava sense avisar.
—No home, no, tranquil!

—Com que he vist que heu posat un esquellot a la porta...

—Bé sí, és que de vegades la gent puja sense avisar i ja m'entens...

—Sí, és clar. Mireu, he vingut per a portar-vos aquesta missiva del sr bisbe. M'ha deixat ben clar que volia que li contestéssiu en la màxima brevetat.

—Què és tanta urgència? —mestre Rifà va obrir la carta mentre escoltava la resposta d'en Feliu.

—Sembla que hi ha convocada una reunió important, senyor.

—Sí, ja veig. Però quan està prevista?

—D'aquí a tres dies —en Miquelet va posar les orelles alertes, ja pensava que no podria fer el viatge esperat.

—Bé, doncs digueu-li al sr bisbe que miraré d'assistir a la reunió com ell demana.

—D'acord, mestre Rifà, així ho faré. Marxo de seguida, abans no m'agafi la vesprada. Que tingueu una bona nit, senyors.

—Adéu Feliu i aneu en compte.

Quan el missatger va marxar, en Miquelet va preguntar pel motiu de la reunió:

—Tan important és aquesta reunió si és que us puc preguntar mestre?

—Bé, sembla que volen arreglar el país... —va respondre irònicament el mestre, mentre es posava el gipó i agafava el barret— però saps què penso?

—No, mestre.

—Que ja hem fet tard.

—Voleu dir que estem vençuts?

—Espero que la Diputació tindrà una bona estratègia —va suavitzar per no espantar el noi— De ben segur que el nostre estimat Pau Claris n'és capaç.

—I tant mestre, jo n'estic més que segur. Som catalans, no? O què es pensen aquests...

—Apa, passa!

X

A l'hora prevista, en Miquelet estava arreglant el cavall dins l'estable. Mestre Rifà agafava provisions i roba d'abric pel dia. El cel era net i clar, sense cap boira i amb ganes que el sol escalfés. Tot i amb això, de moment la jornada començava molt freda, malgrat que a ple dia el sol els escalfés, els camins tenien indrets llòbrecs i ombrívols, on la temperatura era força freda.

Així que varen estar a punt de marxa, en Pinzell va ensumar que aviat es quedaria sol i va baixar amb el mestre fins al portal. Els dos homes van pujar a la carreta mentre el quisso els mirava. Mestre Rifà va preguntar si ho tenien tot i si ja podien marxar. El cavall va començar a caminar pel carrer Nou i en Pinzell seguia assegut sense perdre de vista la carreta. Aleshores en Miquelet es va girar, i va veure com el gos seguia impertèrrit sobre la pedra amb les orelles dretes esperant.

—Deixo això darrere, mestre? —va preguntar en Miquelet d'un farcit que hi havia entre ell dos.
—No noi, això es queda aquí. No sabem si l'haurem d'utilitzar.
—Puc veure què és, mestre?
—Sí tafaner, però en compte.

En Miquelet va obrir la roba a poc a poc. Sobre el seient hi havia dues armes de foc.
—Guaita! Són de veritat?
—Home clar, quines preguntes. Sinó de què serveixen?
—Voleu dir que podem trobar bandolers?
—Bandolers o altres lladregots, és possible. Hem d'estar

alerta.

—No havia vist mai armes com aquestes. Semblen noves.

—És una pistola i un trabuc. I no són noves. Són les millors que es fan arreu del món. Mira, veus aquesta marca, són de Ripoll i molt valuoses. Sempre les he tractat bé, per això estan tan lluents.

—I com és que vós teniu aquestes armes, mestre?

—Prou de preguntes, noi —va etzibar mestre Rifà per a treure's de sobre l'interrogatori a què estava sotmès pel xicot— Apa, torna a tapar-ho tot. Bé, podem marxar?

El noi va obeir el mestre, però llavors va girar-se de nou.

—Mestre, sembla que en Pinzell vol venir amb nosaltres.
—Sí, home i què més! Ell ja s'entretén sol, no t'amoïnis.
—Sí, però és que fa una cara... Em fa llàstima!
—Coi de noi! Vols dir que marxarem a aquest pas? Tu mateix, però serà exclusivament responsabilitat teva. Jo no vull saber res del bitxo...
— D'acord mestre, no patiu.

Ja deixaven les cases per sortir a ple camí, quan en Miquelet va tornar a girar-se, encara no havia acabat de xiular, que en Pinzell va començar a córrer rere la carreta. Just la va atrapar, va fer un bot sobre la part de darrere. Va trobar un tros de roba vella que feia servir com a jaç, quan el mestre se l'emportava i va jeure en segons. En Miquelet va fer un crit d'alegria, mentre el mestre remugava per sota nas.

Van seguir la marxa pel camí de Girona, en direcció el Monestir de Sant Llorenç de Munt, deixant a mà dreta els masos del Pi i la Teuleria i al fons el carrer Nou. Quan van arribar al camí que porta fins al mas de Puigsec. El mestre va aturar la carreta.

—Mira, Miquelet —va girar-se— des d'aquí hi ha un paisatge impressionant ara a l'hivern. Sobretot si el dia és tan nítid com avui.

—És cert, mestre —va admetre el noi— Però què voleu dir amb la paraula nítid?

—Que està tot perfilat, polit, sense boires. Preparat per a fer una bona pintura. Veus el poble, el campanar, amb totes les teulades i les seves xemeneies fumejant, i a la dreta, tota la serralada nevada, des del Pedraforca fins al Puigmal.

—Us coneixeu el nom de totes les muntanyes?

—Totes no! Les més grans i diferents.

—Un dia mestre vindré a fer un esbós i faré un quadre per a vós des d'aquí.

—Molt bé, et prenc la paraula com un deute.

—Bé, no sé quan ho faré.

—No hi ha pressa Miquelet, tens tot el temps del món...

Després de gaudir uns minuts del paisatge que tan agradava al mestre, van reprendre el camí, que ja començava fer-se costa amunt. Al cap d'unes hores, van arribar al pont de la Malafogassa que creuava la riera Major. Allí varen fer una pausa per a fer un mos. D'aquell punt, el camí remuntava per les muntanyes fins arribar a l'església de Sant Andreu de Bancells i d'allí a Querós. D'aquest mateix indret, al tornar volia mestre Rifà arribar-se fins a Sant Sadurní, a can Rifà per a veure els pares. Però feia anys, concretament des de la mort de la seva esposa i el fill, que no els havia vist. Havien passat ben bé sis anys. Sabia d'ells gràcies a veïns i familiars. Sempre estava al cas de preguntar per si hi havia cap problema. Però el cert era que moltes desgràcies i mals entesos d'anys enrere els havia distanciat. Sobretot amb el pare.

Amb l'excusa d'aquell viatge, mestre Rifà havia fet el cor dur i estava disposat a fer front a qualsevol rancúnia. Volia fer les paus, perdonar i ser perdonat. Tornar a tenir una família. Ells eren ja grans i tard o d'hora arribaria la fi. Volia, com a mínim, gaudir amb ells i d'ells els propers anys de vida.

Varen fer el viatge quasi d'una tirada i sense cap entrebanc fins al mas Serrallonga. Van aturar la carreta al llindar d'un dels arbres centenaris de l'entorn, a tocar la casa. En Pinzell va veure una companya de raça que els havia seguit fins al mas. Llavors va fer un bot i va baixar del carro per anar a fer amistat. Mestre Rifà va resseguir amb la mirada la nova cara que feia el mas, després de la seva reconstrucció. Els dos van baixar cansats del trajecte. Amb el soroll del carro, va sortir una noia jove que de seguida va avisar a dins de l'arribada d'uns forasters. Alhora que arribaven al portal, va sortir la Margarida Serrallonga.

—Bon dia, Margarida —va apressar-se el mestre, mentre ella se'l mirava sense reconèixer qui era.
—Bon dia —va fer una pausa per intentar situar a l'individu— ... Ets tu, pintor?
—Qui si no, o és que ja no et recordes de mi?
—Mare de Déu! Sí que ho ets, quant de temps. Vine aquí i fes-me una abraçada, Segimon.

En Miquelet estava completament cohibit, no havia pensat que les coses anirien tan apressades. De sobte es va trobar amb una dona relativament jove, que mestre Rifà i ella es coneixien el suficient com per tenir certes confiances i per últim, era el primer cop que sentia el nom de pila del mestre Rifà, Segimon. La Margarida va agafar el mestre pel braç i el va fer passar a l'interior, mentre comentava amb ell el llarg temps que havia passat sense saber l'un de l'altre. Tant la noia jove que havia sortit a l'arribada d'ells com en Miquelet es varen quedar quiets sense saber ben bé què fer, si entrar o restar allí dempeus. De cop, mestre Rifà va sortir a rescatar al pobre noi, fent-l'ho passar.

—I qui és aquest noi tan ben plantat, no serà el teu fill?
—No, és el meu aprenent i protegit, en Miquelet Morera...
—Aquest, amb una mirada de desaprovació i de vergonya envers el diminutiu emprat pel mestre, es va presentar de nou:
—Miquel Morera, senyora, per servir-la.

—Ah, molt de gust. Vós sou aprenent de pintor, com diu en Segimon?

—Si us plau senyora, podeu tractar-me de tu —mestre Rifà va restar astorat dels bons modals d'en Miquelet.

—D'acord, però passeu i seieu. Tinc un bon vi per la set i unes quantes llangonisses que ens faran passar la gana. Per cert —va agafar de la mà a la noia i li preguntà— no la recordes, Segimon?

—Doncs... —va dubtar— goita, sí, ets la Marianna, oi?

—Sí senyor, per servir-lo.

—Eres tan petita quan corries per aquí... Però sí que recordo que no paraves quieta.

—Bé, no creguis que ha canviat massa.... —va dir la Margarida— li han fregat l'all pel cul i no para.

—Ai mare, com sou.

—Bé, passeu i parlem.

—Al vi no li farem cap lleig, oi Miquele... Miquel. Però ja hem anat rosegant pel camí, no caldrà que treguis res més.

—I digue'm, Segimon, què n'és de la teva vida. He sentit parlar d'un mestre pintor molt bo de Vilatorta, ets tu?

—Oh, i tant senyora, que és ell! —va engegar en Miquelet— És el més gran de Catalunya...

—Sí, home del món. No te l'escoltis, exagera. Però sí que visc a Sant Julià de Vilatorta. Fa ja uns anys...

Varen seure plegats, mentre en Miquelet explicava les grans obres d'art que havia pintat el seu mestre i de com ell volia seguir pel mateix camí de l'art. La noia que estava amb la Margarida, la Marianna, seia bocabadada, escoltant. De tant en tant, una mirada fugitiva es creuava amb els ulls d'en Miquelet. Aquest es ruboritzava i la noia aprofitava aquella timidesa del noi per posar-lo més incòmode i nerviós, fent-li preguntes directes.

En un moment determinat que la Margarida va anar a buscar més vi el noi va preguntar al mestre si era l'hora de donar-li el present que portaven des de Sant Julià. Quan la Margarida va tornar a seure, mestre Rifà li va intentar explicar realment el motiu de la seva visita.

—Bé doncs, el motiu de la nostra visita és que...
—Em deixeu a mi mestre, si no us fa res...
—Endavant noi, tot teu.
—Mireu, jo sempre he estat un admirador del vostre home, en Serrallonga, crec que és una llàstima que a hores d'ara...
—Al gra xicot —va tallar el mestre.
—...Bé, teniu raó. La qüestió és que mestre Rifà em va fer un regal i jo vaig creure oportú que aquest present el tinguéssiu vós, per això hem fet aquest viatge.

En Miquelet li va lliurar el dibuix emmarcat i embolicat amb roba. La Margarida, sorpresa, el va agafar sense dir res i va desembolicar el present. La Marianna va donar la volta a la taula per a poder veure de què es tractava. Encara sense dir res, la Margarida va mirar amb un somriure de complicitat al mestre i aquest li va tornar el gest.

—És en Joan, ton pare —va dir la Margarida emocionada la noia— però és un regal teu?
—Sí, però quan el mestre em va dir que us coneixia, vaig pensar que us agradaria tenir un record del vostre marit. El marc l'he fet jo, us agrada?
—I tant, el penjarem sobre la llar de foc, què et sembla?
—Fantàstic. Creieu que s'hi assembla de debò?
—Què vols dir amb això, xicot? —va protestar mestre Rifà.
—És ell, del tot.
—Jo m'he quedat un altre esbós, no us sap greu, oi?
—I tant que no, estarà en bones mans, n'estic segura. Però ara, després d'això, i que ja s'està fent fosc, m'heu de prometre que us quedareu a sopar i a dormir aquí aquesta nit. Tenim habitacions de sobres, oi noia? No vull un no per resposta, m'heu entès?
—Dona, si et poses així, és clar que no podem dir que no, què et sembla Miquel?

—I tant que no, mestre.
—Doncs bé, haurem d'entrar els cavalls. Ho fas tu, noi?
—Sí, mestre.
—Si vols, jo t'ajudo —va dir la Marianna— així els hi posem menjar i aigua.
—D'acord, anem.

Mentre la Marianna i en Miquelet sortien, de les escales de dalt va sortir un vailet.

—Qui són aquests senyors, mare?

Els dos es varen girar al sentir la veu del menut.

—Són uns amics de la mare. Baixa menut.

La Margarida es va apropar al llindar dels graons per a recollir en braços al petit.

—Aquest senyor és en Segimon Rifà, és pintor.
—I què pinta, mare?
—Pinto de tot —va dir el mestre— I tu, com et dius?
—Isidre Sala i Tallares de can Serrallonga, per servir-lo.
—Molt bé, Isidre —varen riure els dos de com havia dit de tirada tot el nom sencer.

El menut va baixar dels braços de la mare, avergonyit i va sortir corrents del mas.

—Aquest no el vas conèixer pas.
—No, però i la resta...
—Ja són més grans. L'Elisabet està promesa amb un fadrí d'Anglès i d'aquí quinze dies farem el casament. L'Antoni està estudiant per eclesiàstic, vol venir a Querós quan acabi, ja veurem. I en Josep està amb la meva germana ajudant al mas. Ja té 14 anys, vol treballar i estudiar.

—Això està bé, quin ofici vol fer?
—Vol ser fuster.
—I tu, què vols ser quan siguis gran? —li va preguntar mestre Rifà rient.
—Jo, que no ho veus? La duquessa Serrallonga, però avui m'has agafat divertint-me amb els meus camperols, per això vaig així vestida.

Llavors va entrar de cop en Pinzell.

—D'on ha sortit aquest? —va dir la Margarida.
—És en Pinzell, és boig, però és simpàtic.
—Bé, Pinzell, estàs a casa teva.

Varen sopar mentre explicaven anècdotes divertides d'en Serrallonga. La Marianna, que ajudava a la Margarida amb el mas, va cuinar i servir el menjar. De tant en tant, passava expressament prop a tocar d'en Miquelet per provocar-lo. Aquest seguia posant-se com un pebrot cada cop que aquesta es dirigia a ell. La Margarida, més viva que el mestre, que no estava al cas de la situació, somreia i amonestava amb la mirada a la noia. El petit Isidre va agafar confiança amb el mestre i el va tenir tot el sopar a la falda.

En acabar el sopar, a base d'una sopa de castanyes i un tros de magre de porc, van seure davant la llar. La Margarida i el mestre Rifà, en un banc i en Miquelet i la Marianna, sobre uns coixins a terra. Allí, amb un porró de mistela i uns quants fruits secs, el mestre va explicar els darrers anys a Sant Julià i la desgràcia que va ser perdre la dona i els dos fills. A poc a poc, en Miquelet es va anar repenjant al banc i ja el cansament del viatge va fer acte de presència. La Marianna també feia figa i la Margarida els va enviar a dormir. La Marianna va acompanyar el petit al llit i a n'en Miquelet a l'estança que havien habilitat pels dos homes i amb un "que descansis" s'acomiadà del noi.

El foc de la llar il·luminava la cara de la Margarida, donant mil i un matisos i fent que els seus ulls verds herba brillessin en la foscor. Mestre Rifà va restar immòbil mirant, retornant al passat. Havien passat junts moltes nits de foguera fora el mas. Reunits amb tota la colla d'en Serrallonga, intentant retenir aquella imatge de la Margarida per a després poder-la plasmar a la tela. Però ara recordava que mai ho havia fet, que havia anul·lat intencionadament qualsevol record d'aquella vida passada. Però tenia un sentiment de nostàlgia, que alhora l'indignava però que no podia deixar de sentir. Potser no era pels anys de bandoler, ni per l'adrenalina que pujava per les venes alhora de sortir corrents o enfrontar-se a trets o espasa amb l'enemic. Potser la nostàlgia d'aquell rostre que en tots aquests anys havia amagat en el més profund del seu cor. De sobte, després d'un llar silenci, la Margarida es va girar i el va mirar directament:

—Què penses?

—Et miro...

—Ah, i què veus?

—Recordava, simplement.

—Jo també recordo el dia que vares fer el dibuix que m'has portat.

—Ha estat el noi, no pas jo.

—Sí ja sé. Però és teu. Recordo la nit que el vas dibuixar. Va ser la darrera nit que vas estar amb nosaltres.

—Sí, és cert, i gràcies a tu ara sóc un home nou i sobretot viu.

—No, gràcies a mi no. Tu ja ho havies decidit, només necessitaves una empenta.

—Sí, de fet feia temps que n'estava fart. Havia perdut massa pel camí: el meu germà, una posició respectable, un ofici que portava dins i que volia sortir fos com fos... — mestre Rifà va fer una pausa, intentant pensar si calia dir-ho tot— i altres coses.

—Saps que vaig esperar que tornessis quan ja l'havia perdut definitivament. Quan en Joan va fugir, les coses van anar de mal en pitjor. Estava sola amb el nens i contínuament m'estaven increpant perquè els digués on era. Després, quan va fugir i vaig

saber que s'havia fet d'una altra dona, d'aquella meuca de la Joana Massissa, em vaig ensorrar. Llavors, de nit somiava que tu venies i que marxàvem plegats lluny d'aquí, que ens oblidàvem de tot i refèiem la vida...
—Però jo no sabia que tu... vull dir...
—Que n'estava de tu?
—Sí, sí ho hagués sabut, jo...
—I no ho sabies? Prou que jo sí sabia perquè marxaves... no només per tot el que has anomenat, sinó perquè no podies tenir la dona del teu cap...
—Però tu mai m'havies dit res —va exclamar sorprès.
—Jo estimava a n'en Joan, era el meu home. Però poc a poc, aquell home va anar canviant, va ser com un convidat amb dret a llit, que arribava en la foscor, que prometia acabar amb tota aquella vida durant la nit i que pel matí s'esfumava i oblidava les seves promeses fins que retornava passades les setmanes. L'únic que en vaig treure eren fills. Em sentia com una meuca en espera del client. Però quan tu hi eres, les coses encara no funcionaven així. Si recordes, et veia més a tu que al propi Joan de Serrallonga. Quan arribaves amb queviures i m'ajudaves amb les criatures. Encara que fos per un parell d'hores. Em sentia tan plena de vida, feies que deixés de pensar amb la misèria que estaven passant, aquelles estones eren per a mi el ble que em feia continuar. Quan vares marxar, vaig veure clar que tot s'enfonsaria, i així va ser.

Varen restar sense dir res uns minuts. Mestre Rifà no sabia com fer front a aquelles paraules. Tenia raó, no va marxar només perquè estava fart sinó perquè dia a dia estava més enamorat d'ella. Sabia que tard o d'hora no podria aguantar més i faria un disbarat. El pensar solament que ella restava sola dies sencers. Que en Serrallonga podia disposar-la quan li vingués de gust. Quan es cansava de meuques i dones d'altres marits el matava de gelosia. Fins i tot havia pensat acabar amb la vida del famós bandoler, ell ho tenia fàcil, més que ningú.
I ara, després d'anys d'oblit, de tancar una ferida que pensava

que mai es tornaria a obrir es trobava que havia estat cec, que no havia entès res de res, que l'hagués pogut salvar de tots aquells sofriments i començar com ella somiava una nova vida fora d'aquell indret.

Es sentia estúpid, traïdor dels seus propis sentiments, l'home més miserable de la terra. No sabia ni què dir.

La Margarida va reflexionar, havia estat esperant aquell moment mil i un cops. Però ara que havia dit tot allò que la rosegava per dins pensava que havia estat cruel amb el mestre, li sabia greu.

—No dius res?
—No sé què dir, Margarida.
—Em sap greu, no he estat justa amb tu. Tu véns a veure'm i jo t'aboco tot el ressentiment que he anat guardant durant aquests anys. Perdona'm, no sé com he pogut...
—No, no diguis això. Sóc jo que no va saber estar en el seu lloc, que vaig estar cec de gelosia i un covard. Hagués hagut de venir a buscar-te. Sabia que acabarien per fer-te mal i no vaig fer res. Només vaig pensar en salvar-me jo i oblidar-ho tot. Perdona'm tu a mi, si és que pots.

No pensava que tingués mai l'oportunitat de dir-te això que et diré ara... —mestre Rifà va fer una pausa i va agafar forces— Quan vaig saber que van capturar el Joan i que tu estaves a Barcelona vaig anar-hi un dia per veure't. Estava disposat a emportar-te d'allí. Vaig arribar a la presó, davant mateix hi havia penjats els caps de dos dels companys del teu marit i antics companys meus. Llavors vaig sentir pànic, em semblava que tothom em mirava, que em podien denunciar. Sense saber com, vaig arribar davant del guàrdies. Una veu em va treure d'aquella foscor. Em preguntava si em trobava bé. Jo, en començar, no el vaig entendre, estava ofuscat. Llavors va seguir preguntant. Estava suant i gairebé tremolant de por. Em pensava que aquell soldat m'estava acusant de ser del bàndol dels qui feia dies havien penjat i mutilat deixant els caps per riota i escarment a la gent. De ser de la banda d'en Serrallonga. Per primer cop en la meva vida vaig tenir por, què por, pànic.

Amb la indiferència dels soldats vaig marxar espaordit del lloc. No sé ni com ni quan de temps vaig trigar en sortir de Barcelona, ni per on vaig passar —mestre Rifà va agafar-se el cap amb les dues mans i el va repenjar sobre els genolls. Llavors va seguir— per això mai més vaig voler apropar-me a tu. Em sentia brut, emprenyat amb mi mateix, havia estat el més covard de la terra-.
Vaig decidir esborrar-te de la meva memòria per sempre més. Després vaig conèixer a la que seria per poc la meva dona, vaig tenir un fill... —va fer una pausa amb llàgrimes als ulls— i després la mort dels dos.
No ets tu qui m'ha de demanar perdó. Sóc jo el que s'ha d'agenollar davant teu i pregar-te, suplicar-te el perdó més gran que hi pot haver per un covard com jo.
La Margarida, en un mar de llàgrimes, es va apropar al mestre i li va acariciar la cara amb les dues mans. Llavors, suau i delicadament, mentre els dos es miraven, el va besar mentre li deia:— et perdono Segimon, et perdono de tot cor —mestre Rifà la va abraçar amb força, com si tingués por que marxés sobtadament. S'adonava que malgrat els anys encara l'estimava i potser ara, amb més força que mai ja que tenia el perdó que tant havia estat esperant.

Varen restar junts tota la nit. Tant per ell com per ella va ser com si els anys no haguessin passat. La sensació era com si aquella nit ell no hagués marxat, sinó la resta de la gent. Com si la situació fos normal, com si ja haguessin fet l'amor des de sempre. Havien somiat tantes vegades aquell moment, que coneixien pam a pam els seus moviments, carícies, petons. No va ser impetuós, sinó pacient, llarg i sobretot, delicat. Gairebé no es varen dirigir la paraula sobre el llit. No els hi calia articular cap mot per saber que els dos es lliuraven sense cap remordiment ni cap retret. Les mans del mestre varen resseguir el cos que jeia nu de la Margarida, intentant retenir cada corba, cada plec de pell. Pensava que havia estat somiant aquell moment durant molt de temps i que després, la realitat, el casar-

se, tenir fills va fer esfumar aquells pensaments. Ara els recordava i alhora els podia palpar amb tranquil•litat, sense cap mena de retret personal. Com era possible que sense voler, ja que no n'havia sigut conscient, havia aparcat durant anys aquella estimació, aquell amor vers la Margarida.
Ella era feliç, tant com ell. Podia constatar que els seus llargs pensament no anaven errats. Que Segimon Rifà, d'àlias el pintor. Era com ella esperava, somiava i desitjava. Malgrat els llargs anys de patiment amb en Serrallonga, ella no havia deixat de seguir els passos del mestre. Sempre per un o per l'altre l'havia pogut ubicar. Fins i tot, quan va saber que s'havia casat i que tenia fills, no es va ensorrar i sempre va tenir un fil d'esperança de poder-lo tenir, de poder-lo sentir.
Com uns amants eterns, els dos es varen quedar dormits amb la tranquil•litat d'haver aconseguit per fi la fita que més desitjaven.

La Marianna va ser la primera en llevar-se aquell matí. Va anar a despertar a la Margarida. A l'obrir la porta, va veure que dins del llit mestre Rifà i ella dormien plàcidament. Amb el somriure picaresc que solia emprar, va tancar sense fer soroll. Quan es va girar va veure que en Miquelet, amb uns ulls com a taronges, es mirava l'escena immòbil davant d'ella. Aquesta el va fer recular i el va portar fins a baix.
En Miquelet estava astorat. Li venia molt gros el comportament del seu mestre. Ja per alguns comentaris de la Margarita i d'ell mateix no sabia on ubicar l'amistat que hi havia entre ell i en Serrallonga. I ara encara menys, entre ell i la Margarida.

La Marianna, com si res, va anar preparant una mica d'esmorzar. Havia passat una hora i escaig quan mestre Rifà i la Margarida van aparèixer per l'escala. Amb un bon dia, ell es va asseure a taula i ella va ajudar a la Marianna. En Miquelet seguia palplantat, en espera d'una reacció o petit comentari, si més no del mestre. Però no va ser així, ni ell, ni ella i ni la Marianna varen fer ni un gest. Com si res hagués succeït aquella nit.
Llavors es va despertar el menut i es va afegir a l'àpat. Poc a

poc, amb l'esmorzar a la taula, la tibantor es va anar fonent. Mestre Rifà coneixia prou aquella mirada d'en Miquelet i sabia que més d'hora que tard, aquest començaria a preguntar.
Ja asseguts a la taula, la Margarida va voler sorprendre el noi.

—Bé Miquel, no vull que marxis sense agrair-te el teu detall. Per això he pensat —es va aixecar i va buscar dins d'un del baguls que hi havia a l'estança. D'allí va treure un farcell— que tal com tu has pensat que el retrat estaria millor amb mi, jo penso que això és millor que ho tinguis tu...

En Miquelet es va aixecar per rebre el farcell, no sabia què dir. El va obrir sobre la taula, amb molta cautela, com si es pogués trencar. Quan va veure que era una peça de roba, va mirar a la Margarida encuriosit. La va desplegar a poc a poc. Llavors va veure que era una capa. Però encara que va agrair el detall, no va ser conscient del que significava aquella capa.

—Moltes gràcies Margarida, és una capa magnífica.
—Veig que t'agrada. Però crec que no has entès perquè te la regalo.
—Bé, no sé...
—És l'únic record palpable que em queda d'en Joan. Però ara amb el teu retrat en tinc més que suficient.

Llavors en Miquelet va ser conscient del tresor que tenia entre les mans. El va agafar com si fos el vidre més delicat del món.

—Voleu dir que aquesta capa era la que portava en Serrallonga. No m'ho puc creure, i és per a mi, voleu dir que no feu un gra massa?
—Si em promets que la tractaràs bé per sempre més, ja en tinc prou.
—I tant senyora, podeu comptar-hi. És el regal més fantàstic que m'han fet mai. No sé pas com us ho puc agrair.
—En tinc prou que no em tractis com una senyora. Que tinc

cara jo de marquesa?

—No senyora... vull dir que sí que ho sembleu. Bé, és igual, voleu que us tracti de tu?

—És clar Miquel. Som amics, o no?

—I tant que sí, senyo... vull dir, Margarida.

—Bé, noi —va tallar en sec mestre Rifà— hem de marxar, tenim un bon camí fins a Sant Sadurní. Recull les coses i prepara el carro.

—T'ajudaré —va dir la Marianna.

Mentre en Miquelet i la Marianna preparaven els cavalls pel trajecte, mestre Rifà i la Margarida van restar dins el mas sols.

—Espero que aquest vegada, no sigui tan llarga l'espera —va dir la Margarida apropant-se al mestre, mentre ell endreçava la roba en el farcell de viatge.

—Segur que no. Ara ja tinc clar les coses. Crec que hem d'arraconar el passat, no oblidar-lo.

—Vols dir que no significa res això d'aquesta nit per tu?

—No Margarida, ben al contrari. Però cadascú s'ha muntat la vida per separat. Jo no puc pretendre que deixis tot allò que t'ha costat tant de mantenir i vinguis a viure la meva vida a Vilatorta. I al revés, igual. M'agrada el que faig, com ho faig i la vida que malgrat tot em toca viure, ho entens?

—Ja ho sé, no volia pas de cop i volta casar-me amb tu. No pateixis. Però si, si tu vols, poder mantenir una relació més o menys estreta. Ja sé que potser és tard però és el que sento.

—Mai és tard per això.

De cop va entrar en Miquelet, avisant que tot estava llest per la marxa.

—Mestre ja ho tenim tot enllestit, quan vulgueu, marxem.
—Margarida, va adreçar-se en Miquelet— He estat molt feliç a casa teva, heu de venir a Sant Julià algun dia.

—Heu de venir?

—Vós, vull dir tu i la Marianna.

—Ah, ja ho entenc.
—Bé, no atabalis a la Margarida, espera'm fora, que ja vinc.

Quan el noi va marxar, mestre Rifà va agafar de la mà a la Margarida i la va besar.

—Sempre t'he estimat i molt en l'anonimat. Ser que és com molt prematur tot. Però ara t'ho puc dir sense embuts. T'estimo, Margarida.

—Jo també Segimon, més del que et penses. Espero que m'escriguis, tu que en saps. Aviat ens veurem.

Van sortir els dos del mas. En Miquelet i la Marianna també s'estaven acomiadant. Van pujar al carro i van agafar el camí cap a Querós. En Pinzell va seguir corrent i bordant darrere el carro fins que d'un salt es va ficar dins.

XI

Després de proveir-se de queviures pel viatge al poble de Querós, van agafar el camí que els portaria a Sant Sadurní, al mas Rifà, a casa dels pares.
Com ja preveia mestre Rifà, en Miquelet estava força inquiet. Les preguntes que volia fer-li al mestre li voltaven pel cap, però no sabia com començar. No va dir res fins ben entrat el viatge. Mestre Rifà va pensar que més valia adreçar la situació i explicar-li sense embuts tota la història.

—No dius res Miquelet, en què penses?
—En res mestre, cabòries meves.
—Què et sembla la Marianna? És maca, oi?
—Sí, és simpàtica.
—Només simpàtica... De quin pa fem rosegons, noi!
—Que voleu que us digui, no sé si la tornaré a veure.
—Això té fàcil solució. És qüestió d'escriure-li cartes fins que us torneu a veure.
—Com fareu vós amb la Margarida?
—Coi de noi, ja sabia jo que el conill trauria el nas del cau.
—Bé mestre, és que vós no em vàreu dir que... no sé, sembla que hagueu planejat el viatge expressament...
—El cert és que no va ser així. No era la meva intenció. Mira Miquelet, crec que ja ets prou gran per saber les coses. I val més que t'ho expliqui tot.
—Què haig de saber mestre?
—Mira, primer m'has de prometre per allò que més estimes en el món, que faràs un bon ús del present que t'ha fet la Margarida. Vull dir que no pots dir a ningú de qui és. Algú

podria complicar-li la vida a la Margarida. Ho entens? Millor que ningú ho sàpiga. I després, també m'has de prometre que el que t'explicaré ara, no sortirà mai d'entre nosaltres, sinó qui estaria llavors en perill seria jo, i possiblement fins i tot tu.

—Mestre, m'esteu espantant, que heu fet res mal fet? Us prometo que jo...

—Mira, quan jo tenia uns quant anys més que tu, vaig decidir marxar del mas per fer d'aprenent com tu. Però no vaig tenir sort o potser constància. Hagués necessitat algú amb seny per dirigir la meva vida...

—Com vós feu amb mi? Per això dediqueu tant de temps en el meu aprenentatge?

—Doncs sí, vull que quan arrenquis a volar per aquests móns de Déu, no siguis un babau com jo i que tinguis tota aquella educació que em va mancar a mi. Però deixa'm que t'expliqui.

Van passar uns anys i, finalment, per motius diversos, vaig acabar anant de mal en pitjor. Finalment vaig entrar a formar part de la quadrilla d'en Toca-sons, en Jaume Masferrer. El cert és que des dels inicis només vaig estar en tasques d'intendència. Però malgrat això m'havia convertit en un bandoler. Era una feina fàcil i molt engrescadora per un noi jove. Varen ser dies intensos, amb molta aventura i d'altres feixucs. Sobretot quan els soldats del rei ens perseguien per la contrada. En aquells anys, va ser quan vaig conèixer en Joan Sala, en Serrallonga. Plegats, les dues quadrilles controlàvem els camins de la comarca.

Jo mai vaig deixar de dibuixar, per això el sobrenom d' "el pintor". Però a poc a poc, com sempre passa, d'intentar fer el bé, per la gent humil de la contrada i contra la noblesa, com jo pensava que actuava en Toca-sons, es va convertir tot en robar per sobreviure. Havia estat enganyant-me jo mateix durant molt de temps. Molts van ser empresonats i penjats, seguint els meus passos.

Un dia que ens tenien ben acorralats vaig poder escapar amb uns quants més. Va ser llavors quan vaig veure clar que en Toca-sons tenia els dies comptats. Però jo encara depenia d'aquella vida i vaig ingressar a la quadrilla d'en Serrallonga.

Amb ell, les coses varen ser clarament diferents. Vaig arribar a ser amic personal d'ell, vaja ens enteníem perfectament. Ell tenia un altre tarannà. Malgrat tot i que seguia sent un lladre, vaig deixar una mica de banda la vida de bandoler, per fer d'home de confiança del cap. La meva missió era vetllar per la seva família. Va ser llavors que vaig conèixer a la Margarida...—en Miquelet escoltava sense dir res, mirant cap en endavant— ...a poc a poc em vaig enamorar d'ella. Però no podia trair al meu cap i amic. Jo no estava buscat per ningú i podia anar i venir per arreu sense tenir problemes. Aquells anys varen fer que sense voler, deixés poc a poc aquella vida de bandit. Fins que un dia vaig decidir que no podia seguir estimant aquella dona que mai seria meva. També és cert que el duc de Cardona estava decidit a eliminar qualsevol quadrilla establerta de bandolerisme. En aquest anys, on jo més que bandoler era un criat, el meu germà petit va ajuntar-se a la quadrilla. Vaig fer l'impossible per treure-li del cap aquest pas però com jo, va caure de quatre grapes en aquesta vida. Es convertí en violent i molt perillós. Va ser impossible, com et deia, fer-lo canviar d'opinió. Fins i tot, va deixar de parlar-me, els pocs dies que ens podíem veure. Una tarda d'estiu, me'l varen portar mort a llom del seu cavall.
Les coses anaven cada cop més malament, el cercle s'estrenyia. Si no marxava i canviava de vida acabaria pres, mort com el meu germà o pitjor, a la forca. I així ho vaig fer, amb l'ajut de la Margarida, que no havia entès mai, fins ahir, perquè ho va fer. Vaig poder reformar la meva vida i començar la meva etapa com a pintor. Malgrat tot hi ha gent que sap què he sigut, però m'han donat una segona oportunitat.

Mestre Rifà va aturar els cavalls. En Miquelet restava absort, amb la vista fitxada al bosc. Necessitava pair tota aquella història. No sabia què dir ni què pensar. Es va fer un silenci sepulcral.

El mestre va entendre la confusió del noi i va posar en marxa de nou el carro sense dir res. Més enllà, el noi va reaccionar.

—Vàreu matar molts homes?
—Que jo sàpiga, no. Només vaig disparar en moments on la meva vida corria perill de mort. Per defensar-me. Mira Miquel, em sap greu, puc entendre com et sents, jo no volia que ho sabessis...
—No pensàveu dir-m'ho mai? Hauria estat enganyat sempre...
—No és ben bé això. Jo no vull enganyar-te, ni ara ni mai. Però has d'entendre que no puc anar explicant a tothom el que he sigut.
—Voleu dir que no confiàveu en mi?
—Es clar que confio en tu. Sinó perquè t'ho he explicat ara. És més complicat d'entendre. Mira Miquelet, no estic orgullós del que he fet. I me'n penedeixo del que vaig fer i del que no vaig arribar a fer mai. Per això, quan parlaves d'en Serrallonga com un heroi, jo intentava fer-te veure que no era tal com tu l'imaginaves, t'embadalies amb ell i ja veus que simplement era com jo també, un simple bandit, un lladre. La gent que havíem segrestat per cobrar diners, o simplement robat no el tenen en aquest pedestal. És cert que va ajudar a molta gent. Però també és cert que va fer mal o vàrem fer mal a molta més.
Però saps què? —va aturar de nou el carro i li va posar la mà a l'espatlla— Tot això és aigua passada, hem de mirar endavant. Qui sap si vindrà un altre Serrallonga per aclamar. I també està bé mitificar els nostres herois, segur que d'aquí molts anys, encara es cantaran rondalles d'en Serrallonga i d'altri.

En Miquelet va girar-se i va fer un lleu somriure. Malgrat tot, els sentiments del noi vers aquell proper mite no havien estat massa tocats.

—Heroi o no, ningú pot tenir com jo la sort de guardar la capa d'un bandoler famós. Ni de ser l'aprenent del seu millor amic.

Tots just a pocs quilòmetres, van arribar a Sant Sadurní, prèvia aturada per fer un mos per dinar. Quan arribaven al mas Rifà, un home estava just davant el mas tallant llenya. Era en Rifà pare.

Després de tot el que havia passat amb el germà petit del mestre, Segimon pare no l'havia perdonat mai. D'alguna manera el feia responsable de la seva mort. Però aquest cop, mestre Rifà estava disposat a fer tot el possible per ser escoltat i perdonat.
El carro va aturar-se just davant del mas. L'home va deixar de tallar i va veure qui havia arribat. El seu posat no va ser clarament d'alegria, més que res d'indiferència forçada. Tot ben al contrari de la mare, que quan va sentir els renills dels cavalls va sortir per esbrinar qui havia arribat. Tot van ser alegries de veure de nou al seu fill gran. Havien passat anys.

—Mare de Déu, si ets tu, Segimon, fill meu. Que contenta estic de que per fi hagis vingut a veure'm.

Mestre Rifà va somriure després de veure amb quina alegria el rebria sa mare. Els trobava més grans, però estaven bé.

—Hola mare, com està? —aleshores el pare s'aproprà al carro— i vós, pare?
—Bé, anem fent —va dir el pare sense massa entusiasme— què fas per aquestes terres?
—He vingut a parlar amb vós.
—Parlar no és pecat...
—Segimon, deixa que entri i descansi. Per cert, qui és aquest noi tan ben plantat?
—És en Miquel, el meu aprenent.
—Miquel Morera, per servir-la, senyora.
—Ben plantat i ben educat, sí senyor. Però no us quedeu aquí palplantats, entreu. Vine amb mi Miquelet, deus estar afamat.
En Miquel va fer cara de sorpresa en sentir de boca de la mare

del mestre com l'anomenava, amb el mateix diminutiu que volia erradicar del seu protector. Aquest es va adonar de la situació i va somriure. En Miquelet va fer un gest d'impotència aixecant les espatlles. Els dos, la mare i el noi, varen entrar al mas, mentre el mestre i son pare lligaven els cavalls.

—Si no us fem anar malament, pare —va dir mestre Rifà— voldríem fer nit aquí, per seguir demà mateix cap a Sant Julià.
—Parla amb la mare, però no crec que hi hagi cap impediment. Porta el carro a l'estable que t'ajudaré.

Aquella nit fa ser molt profitosa, tant pel mestre com pels seu pares. Havia pogut deixar les coses clares i per fi son pare l'havia escoltat. Marxava content i feliç d'haver arreglat la situació.

Varen fer camí de matinada per arribar a Sant Julià. En Miquelet també va marxar content. L'havien tractat com si fos el nét.
Van arribar al poble al migdia. Estaven cansats i plens de pols, feia dies que no plovia i el camí estava força sec. En Miquelet va ajudar al mestre a guardar el carro i el cavall. Després el va deixar marxar a casa seva.

XII

L'endemà varen seguir treballant en el quadre de la dona nua. Mestre Rifà frisava per poder enllestir la feina i veure'l del tot acabat. Sempre hi havia en tots els quadres una part monòtona. El més important per a ell, era el començament. Amb la creació de la idea i la posta en marxa de tot el que necessitava per començar a pintar. Quan estava a punt de finalitzar aquest pas previ, ja necessitava començar a posar-li color i definir. I ja quan restaven poques sessions, necessitava enllestir-lo. Eren situacions que ell sabia que es repetien sempre i que malgrat tot no era conscient quan les passava. Després, pensava que potser en algun d'aquells, gairebé rituals, hagués hagut de posar-hi més atenció o bé dedicació. Però sempre era a posteriori. A hores d'ara estava en la darrera fase, la de definició i perfeccionament.

La jornada va seguir sense cap incident. En Miquelet va marxar cap a casa, l'endemà havia d'ajudar a son pare a portar unes portes a Vic. En Pinzell, el gos, ja tornava del seu passeig de tarda per a poder arreplegar quelcom de menjar i estirar-se còmodament davant la llar. Mestre Rifà va recollir els estris, i malgrat que la temperatura havia canviat, sobretot en ple dia, les nits eren molt fredes, calia encara fer un bon foc per poder-se escalfar durant la nit. Llavors, en ple procés de fer caliu, va sentir el soroll d'uns cavalls i l'aturada d'un carruatge. Pocs segons més tard, l'esquellot de la porta del carrer va sonar. Encara que era poc provable, mestre Rifà va saber qui era. La llum dels darrers raigs de sol il•luminaven l'estança per la finestra. Com arribada del no res, va aparèixer ella. Malgrat la poca llum, la seva silueta es va perfilar perfectament. El quisso va aixecar les orelles i tot seguit va anar a donar la seva benvinguda preferida. Mestre Rifà el va cridar, però aquest va fer-ne cas omís i va seguir remenat la cua davant la dama.

—Pinzell, vols passar, deixa la senyora. No us farà pas res, és molt manyac.
—No us preocupeu, no em fa res. Hola bonic, com estàs? —va ajupir-se per fer-li quatre moixaines.
—No us esperava a aquestes hores.
—Cregui'm que no ha estat fàcil poder venir. No us seré pas un destorb?
—No, creieu-me. Vós no sou pas cap destorb. Al contrari, estic frisant per poder-vos ensenyar el quadre. Però si us plau, poseu-vos còmoda, doneu-me la capa, esteu a casa vostra.
—Gràcies mestre, sou molt amable. Jo també friso per poder veure la vostra obra. Estic segura que és mil vegades més impressionat del que he pogut imaginar aquests darrers dies.
—M'afalagueu dient-me això. Però deixem-nos de compliments i seieu aquí. Com podeu veure, estem tenint molta cura per tenir l'obra en bon esguard.

La dama va seure davant mateix del bastidor, mentre mestre Rifà, amb parsimònia i meticulosament, per no malmetre la pintura encara humida, anava retirant la tela que cobria l'obra. Quan va acabar va mirar, amb curiositat, la dama. Els seus ulls van començar a il·luminar-se i un somriure va transformar el seu rostre. Després va posar-se la mà davant els llavis i simplement va dir un sol mot:
—Impressionant!
—Vós creieu? Penseu que encara no està acabada... Hi ha molts detalls per a perfeccionar. Però globalment ja té cara i ulls. Creieu que és ella?
—I tant, mestre. És ella, no ho poseu en dubte. Estic encisada. Però deixeu-me que la meva vista s'esplaï amb tanta bellesa.
—Si hi ha res que vulgueu canviar o retocar?

—De cap manera mestre, sou el millor.
—No exagereu? Intento fer bé la meva feina...

La dama va seguir traç a traç la pintura, estava fascinada. Era més del que esperava d'una tela.

Varen estar força estona comentant detalls del quadre. Ella, a part de la bellesa pròpia de l'obra, valorava fidelment els contorns del cos de la dama del quadre. Mestre Rifà es va adonar que la coneixia prou bé i molt íntimament.
La nit va caure a Sant Julià, mestre Rifà es va preocupar pel retorn de la dama.

—Senyora, us heu fixat, s'ha fet de nit, com tornareu a casa vostra?
—El cotxer m'espera, aniré a casa d'una bona amiga de Vic, no us preocupeu.
—Sí, però de nit aquests camins no són prou segurs, m'estimaria més, si vós voleu, oferir-vos una cambra per a poder passar la nit. És còmoda, jo no la faig servir. Com veieu, tinc el meu llit aquí darrere. Podeu descansar fins demà i que el vostre cotxer us reculli de bon matí. Estaria més tranquil si accediu a restar aquí.
—Sou molt amable mestre, però...
—Segimon, senyora, si em permeteu, és el meu nom.
—D'acord, doncs, Segimon. Però no us faré anar malament?
—Senyora de Tamarit, estaria encantat de poder-vos servir.
—Blanca, per a vós. Veig que ja sabeu qui sóc?
—Tenim un amic comú.
—Potser estem parlant de monsenyor de Sentmenat?
—Exacte. Però no li retraieu res. He estat jo qui amb petits trucs verbals he aconseguit la vostra identitat.
—Bé doncs, ara ja estem en igual condicions. Em complau restar aquesta nit a casa vostra. Sou molt atent. Aniré a avisar el meu cotxer que em deu està esperant.

—Permeteu-me que hi vagi jo. Així li podré indicar on pot sopar i dormir aquesta nit.

Mestre Rifà va baixar per trobar-se amb el cotxer. Aquest estava arrecerat al carrer en espera de poder tornar a Vic. Quan va veure que el mestre es dirigia a ell, aquest va baixar per assabentar-se del que passava.

—Que passa res, mestre?
—No, Cinto —el mestre va reconèixer al cotxer lleidatà— només que com que s'ha fet de nit i aquests camins a hores d'ara no són massa de fiar, aquesta nit la senyora descansarà aquí. Demà de matí ja podreu baixar més segurs.
—Millor senyor, jo ja m'estava capficant. No les tenia totes de baixar de fosc i amb la senyora.
—Mira, si agafes el carrer recte fins al portal de la Barrera, allí pel camí que voreja la sagrera... —va indicar-li el mestre— al sortir gairebé al camí ral, trobaràs un hostal. Digues que hi vas de part meva i podràs menjar i dormir calent, també podràs endreçar les bèsties a cobert. Demà, quan surti el sol véns a recollir a la senyora.
—D'acord mestre, així ho faré, no patiu.

El cotxer va pujar al vehicle i va marxar carrer avall. Mestre Rifà, mentrestant, va esperar perdre de vista el carruatge, després va aixecar la vista i va veure la figura de la Blanca. Estava davant del quadre, mirant-se'l. Era una escena que anys enrere veia molt sovint. Aleshores va pensar amb el que havia fet. Havia convidat a passar una nit sencera a una dona. La ment, de sobte, el va transportar al temps on la seva dona feinejava per davant de la finestra i ell podia gaudir del seu perfil grec quan tornava de l'hostal o de simplement caminar una estona. Ella, molts cops el veia i el saludava des del llindar. De cop, va sentir mal al cor i va tornar a veure la Blanca que se'l mirava atentament. Dissimulant, mestre Rifà va entrar al portal.
—Tot bé? —va preguntar la senyora.

—Sí, sí, cap problema, ja li he indicat on podia passar la nit.
—Bé, tot i amb això, tenim un petit problema... —el mestre va restar pensatiu sense saber què dir— Tinc gana. Ja havíeu comptat amb aquest petit entrebanc...
—Vatua l'olla, sóc un beneit. Perdoneu-me però no he pensat que ja és hora de sopar. Si no us fa res, aquest matí hem cuinat, per cert, una olla barrejada per llepar-se els dits. Si voleu, ens si fiquem en un no res?
—Estic segur que serà molt bona. Però digueu-me, l'heu feta vós?
—Beure i bufar, no pot anar. Déu nos en guard, jo pobre de mi només sé pintar i amb prou feina.
—Sou molt humil, segur que sou molt destre en moltes coses. Vós mateix darrere aquesta façana d'humilitat sabeu que sou un dels millors pintors del país.
—No puc queixar-me del do que m'han donat, però no tot són flors i violes.
—Bé, potser que ens deixem estar de xerrameques i què us sembla si paro la taula mentre escalfeu aquesta suculenta menja.
—I tant, encara que no us penseu que aquí podreu guarnir la taula com esteu avesada. Aquí tenim quatre cullerots de fusta, quatre ganivetes i un porró.
—No em fa res, a casa del pares no en teníem gaire més. No us penseu pas que sempre he estat una senyora. Com bé heu dit abans, no tot són flors i violes.
—Per a mi vós sempre heu estat i sempre sereu una senyora.
—M'afalagueu mestre. Veig que les nostres relacions van millorant. Si us sóc franca, no vaig pensar el mateix el dia que us vaig conèixer.

Mestre Rifà va somriure. Se sentia bé amb aquella dona, tenia un bon joc. Va posar l'olla al foc i va ajudar a la Blanca amb la taula.
La vetllada va ser profitosa per a tots dos. Mentre la Blanca fugia, encara que momentàniament, del dia a dia de l'alta

societat, mestre Rifà gaudia de les històries i intrigues que ella li explicava. Varen riure i es varen fer costat en aquells moments tan crítics que estava passant el país. Després del sopar, mestre Rifà, fent un acte de modernitat va obsequiar amb la beguda que feia furor, i moltes discussions arreu d'Europa, el cafè. S'estava introduint molt en tots els països, encara que, com la xocolata, estava classificada per a molts com una droga. Li havia portat d'Itàlia l'Agulin, l'occità.

Li havia explicat tot el que calia per a fer un bon cafè i que a Venècia aviat es deia que obririen un local, com havien fet els àrabs, per a prendre exclusivament cafè. El cert va ser que cincs o sis anys més tard, al voltant del 1645, Europa va començar a obrir els primers locals per a degustar aquesta beguda i a Marsella la primera botiga de venda directa.

—Us ve de gust un cafè? L'heu tastat?
—Sí, a palau, de tant en tant arriba un carregament de coses exòtiques que porten els vaixells.
—Mentre s'escalfa l'aigua, aniré a posar-vos la llar de foc de la vostra cambra. Així no estarà tan freda.
—Com és que no hi dormiu vós?
—M'estimo més dormir envoltat dels meus estris de pintura. Des que vaig restar sol en aquesta casa vaig decidir dormir a l'estudi.

Mestre Rifà va agafar llenya i la va portar a la cambra. La Blanca el va seguir.

—És molt dur perdre la família com a vós us va passar. Jo no sé si hagués pogut sobreviure amb aquesta pena.
—No hi ha més remei. A mi em va costar molt, gràcies a la família del noi que tinc com a aprenent, els Morera, vaig refer-me i ara ja ho veieu. Malgrat tot, crec que mai es pot superar una pèrdua així.
—No heu pensat mai en tornar a fer una família? Sou jove.
—He après a viure sol. Però tampoc ho descarto. Vaja, que si

arribés el dia, ho faria. —va agafar la resta de llenya i es va aixecar— Això ja està, veieu aquí estareu còmoda i calenta. Anem a prendre el cafè?
—Us ho agraeixo, Segimon. Anem.

Els dos varen sortir de la cambra, on la llar de foc ja començava a escalfar l'ambient. El mestre va agafar un farcell on hi havia el cafè que ja tenia mòlt. La Blanca va seure en un dels bancs que hi havia davant de la llar de foc de l'estudi.

—Seieu aquí, estareu més còmoda. Ara us preparo el cafè. Voldreu sucre o el preneu sol?
—Amb sucre, si us plau.

Mentre preparava els dos bols de cafè, mestre Rifà mirava de cua d'ull la Blanca, que semblava restar molt a gust davant la llar. La cara il·luminada pel foc, perfilava la seva silueta. Duia un vestit d'un blanc nacre i els reflexos del foc el transformava amb tons roses i vermells intensos. Sense voler, mestre Rifà va restar uns segons hipnotitzat. De sobte, la Blanca es va girar i se'l va mirar fixament mentre somreia. El mestre va continuar amb el cafè.

—Què miràveu?
—A vós.
—Això ja m'ho semblava i doncs?
—Perdoneu si us he molestat. Estic avesat a fixar-me en les coses per després pintar-les i de vegades pot ser una mica molest.
—No us heu de disculpar pas, a una dona li grada que la mirin com heu fet vós.
—Us haig de confessar Blanca que no tinc la costum de tenir dones com vós a casa meva.
—Això els dieu a totes, suposo. No m'ho crec.
—Podeu pensar el que vulgueu, sou lliure de fer-ho. Per cert us puc fer una pregunta?

—Endavant.

Mestre Rifà va seure al costat de la Blanca i va agafar el bol de cafè.

—Per a qui és el quadre? Si no voleu no cal que em dieu res...
—No hi tant... —Blanca va deixar passar uns segons abans de contestar. Va meditar la pregunta— és per a mi.
—Per a vós?
—Sí... de fet hi ha un tema que no us vaig voler dir en el seu dia, però ara me n'adono que ja puc confiar plenament en vós.
—Sí que és seriós.
—Bé, més que seriós, és compromès. Voldria que féssiu un altre retrat. No de la mateixa persona és clar, però si del mateix estil.

—Vós direu.
—Aquest cop jo seré la model. Serà un retrat meu.

El mestre va deixar el cafè sobre el banc i va fer la pregunta que li passava pel cap:

—Això vol dir que també ha de ser un nu?
—Sí.
—Vós direu quan vulgueu fer-ho.
—Aviat, però abans acabeu aquest, ja que he de tornar a palau amb el meu marit.
—Per tant dedueixo que l'altre és per a... Flor de Neu?
—Exacte, el meu serà per a ella... —van restar uns minuts en silenci mirant les flames del foc, llavors la Blanca va confessar la seva relació amb aquella dona— Fa temps que som amants.

Mestre Rifà es va amagar darrera el bol del cafè. No sabia què havia de dir, però va intentar tallar el gel.

—Si no voleu, no m'heu de donar cap explicació.
—No em fa res. Fa temps que som amigues.

—Però vós sou casada?
—Sí, i ella també. Des que els nostres marits passen mesos amb l'exèrcit per aquests móns de Déu. Primer va ser això, amistat, però més tard vaig saber que em sentia atreta per ella i a ella li va passar el mateix.
—I el vostre espòs?
—La meva relació amb el meu marit és de conveniència.
—Voleu dir que no us agraden els homes?
—No, m'agraden determinats homes, com a totes, i determinades dones, com a tots.
—Em deixeu bocabadat.
—No direu que és el primer cop que sentiu això?
—No, però sí el primer cop que tinc una persona a qui li agraden els dos sexes. Heu d'entendre que aquí la gent no va dient aquestes coses al primer que troba.
—Ja us entenc.
—Dieu que teniu una relació de conveniència amb el vostre espòs. No l'estimeu?
—Sí, sí, l'estimo. Però no com ho pot fer una esposa. Cadascú té la seva vida, però quan estem junts no hi ha ningú més. Ell no es posa amb la meva vida privada i jo tampoc amb la d'ell. Li estic molt agraïda per tot el que ha fet per mi, i per això me l'estimo. Però la meva vida amorosa és una altra. Malgrat tot quan ell és a Barcelona, com ja us he dit, sóc plenament la seva dona.
—Teniu fills?
—Sí, un, en Joan, té dinou anys. Va ser una de les coses que em va demanar el meu marit al casar-nos. Volia descendència. I vaig complir. He estat molt feliç mentre va ser un infant, no me'n penedeixo de res, ni ara tampoc.
—Us felicito, jo també hagués volgut veure als meus fills fer-se grans. Però no va poder ser. Per cert, us ha agradat el cafè?
—I tant, estava al punt. Sembla mentida que es pugui fer això d'un gra. I vós, no hi ha ningú?
—Què voleu dir?
—Ja m'heu entès, Segimon.

—De moment, no. La meva dona és la pintura i és molt exigent. Quan voldreu que us dibuixi?

—Com us he comentat, ara el meu marit em necessita a palau. Aviat us faré arribar una carta i us diré com podem fer-ho. De segur que també serà com l'altra vegada.

—D'acord, és tard i potser voldreu anar a descansar. Demà en Cinto us recollirà de bon matí.

Els dos es varen aixecar. La Blanca va deixar el bol sobre la taula i acomiadant-se del mestre va endinsar-se per la casa fins la cambra. Mentre mestre Rifà recollia la taula i es preparava per agitar-se van passar uns minuts. Des del llit, el mestre podia veure la porta de la cambra on dormia la Blanca. No podia deixar de pensar en ella i més tenint-la tant a prop. Les flames feien un brogit que no li deixaven agafar el son. De sobte, va sentir la porta de la cambra. Es va incorporar per si la Blanca necessitava quelcom. En la penombra de la casa va veure la silueta de la Blanca. Aquesta va restar quieta al costat de la porta, llavors va veure que mestre Rifà l'estava veient.

—Necessiteu res, Blanca? —va preguntar mestre Rifà.

—He pensat que potser us estimeu més prendre les mides del meu cos al natural, abans de poder-lo pintar.

XIII

Les setmanes van anar passant i el temps començava a canviar a poc a poc. La primavera treia de tant en tant el nas. Malgrat tot, el mes de març de per si és traïdor i aquell any va voler acomiadar l'hivern amb una nova nevada. Va ser abundant, però la llargada del dia va fer que la neu durés pocs dies.

A principis de març, les relacions de la Diputació amb la corona espanyola ja estaven molt tenses. Malgrat els esforços del comte de Santa Coloma per fer entendre al rei i de passada al duc d'Olivares, sense perdre la seva confiança, d'alleujar l'allotjament dels terços espanyols i estrangers a Catalunya. Aquests havien decidit no solament fer cas omís al virrei, sinó incrementar la pressió per fer complir els seus desitjos.
Mestre Rifà no havia pogut treure's del cap la senyora de Tamarit. I esperava intensament una nova trobada. Veient que passaven els dies i no tenia notícies d'ella, va decidir fer servir el contacte mutu que tenien ells dos. A primera hora va enviar una carta a Vic, adreçada al bisbe. Ell sabria de qualsevol incidència vers la Blanca.
A migdia, va arribar el missatger des de Vic, amb la contesta del bisbe. Aquest li demanava que es presentés la mateixa tarda al bisbat per un afer important. I mestre Rifà va seguir sense notícies de la dama.
Com li demanava el bisbe, mestre Rifà va baixar a Vic aquella mateixa tarda. Va arribar al bisbat on ja l'esperaven i el van acompanyar fins al seu despatx.

—Passeu mestre, endavant, us estàvem esperant.

—Bona tarda, monsenyor —mestre Rifà va quedar sorprès al veure que no estaven sols.

—Senyors, ja coneixeu mestre Rifà de Sant Julià. Mestre, us presento Francesc de Vilaplana, nebot del nostre president Pau Claris.

—Senyors, senyor de Vilaplana —va saludar mestre Rifà.

—Bé, ja hi som tots —va seguir el bisbe mentre seia— com ja saben, la situació amb el rei és força delicada, vós mateix sr. batlle —fent referència al batlle de Vic— heu rebut notícies inquietants de pobles i comarques veïnes. Però a Barcelona la cosa està pitjor. Per això, el nostre convidat de la Diputació del General, el senyor de Vilaplana ens ha fet l'honor de venir fins a Vic per a posar-nos al dia de tot. Si sou tan amable, Francesc...

—Gràcies monsenyor per la vostra cortesia. Bé, com ha dit el sr. Bisbe, estem en el pitjor dels moments. Des que la Diputació del General va protestar pels excessos dels terços de l'exèrcit reial al nostre territori i la negació d'allotjar-los. La reialesa castellana i, sobretot, el seu braç executor el duc Olivares. Està revolucionant la pau del país. Per llei, com saben, no estem obligats a tot el que ens demana el rei. Però les nostres queixes davant la judicatura d'Aragó no estan rebent cap resultat, malgrat això sabem que volen, no solament allotjar els terços, sinó reclutar uns 6.000 catalans per la guerra contra França...

Els homes que acompanyaven la reunió, es varen indignar per les paraules del noble, revoltant-se amb preguntes i acusacions. Mestre Rifà seguia l'afer, sense saber del cert, del perquè de la seva assistència. Per fi, el bisbe va posar ordre:

—Senyors si us plau, deixin acabar al senyor de Vilaplana.

—...per tant, com els deia, les relacions són gairebé de trencament amb la corona castellana.

—Francesc, em deixeu angoixat per les vostres paraules —va contestar el bisbe— voleu dir que el vostre oncle és del mateix parer?

—Malauradament, sento dir-vos que tots els consellers tenen clar que si no ens hi neguem i aturem aquesta usurpació de poder, som un país vençut.

—Això mai —va dir un del assistents— si cal, agafarem les armes contra l'ocupació...

—Declararem la guerra a Castella, què s'han cregut...— va dir el batlle.

—No estem obligats a deixar homes contra la nostra voluntat, això és il•legal.

—Senyors si us plau, ordre. Per Déu, nostre senyor, siguem cauts... —va intentar posar pau el bisbe— hem de ser més intel•ligents que el nostre enemic. Tenim les nostres lleis, que no poden obviar.

—Monsenyor —va contestar Vilaplana mentre tot tornava a la normalitat— el problema és que ja hem arribat al màxim d'intentar arreglar la situació per la via pacífica i fent tot el que calia davant la justícia. Ja sabeu com és el meu oncle, vós el coneixeu bé. És el darrer que ell vol. Però només tenim dues sortides. O bé obeir o bé enfrontar-nos. Malgrat tot, i és per això que us volia veure, hem estat perpetrant un pla, que tal i com està la situació podria funcionar.

Mireu —va fer un incís per mantenir la tensió entre els prohoms— Castella està tocada per molts flancs. Necessita, com l'aigua de pluja, aquest homes que demanen per a la guerra, ja que tots els terços que estan al nostre territori, per manca d'assistència estan tenint baixes i desercions. Per tant, s'estan afeblint. En altres regions d'Espanya, les revoltes s'estan incrementant. A Portugal saben que hi ha conflictes i que el duc de Braganza està intentant reunir forces per a fer fora a Felip IV i proclamar-se rei. I sembla ser que al sud, Andalusia, també vol ser un regne independent. Com poden veure, el rei no és tan destre amb els afers exteriors com amb les arts.

Per això hem començat, amb cautela això sí, a plantejar-nos demanar ajut a França. Tenim constància que és possible que el cardenal Richelieu ens rebi per parlar.

—On s'és vist —va protestar el bisbe— ja sabeu com es porten els francesos amb el bisbat. Aquests bàrbars només ens poden portar més problemes, estic completament en contra d'aquest pla. Vós, què en dieu mestre Rifà? Encara no us he sentit parlar.

—Monsenyor, us agraeixo la confiança que heu dipositat amb mi, al convidar-me avui en aquesta reunió. Però el cert és que no crec que el meu parer tingui cap valor.

—Perdoneu que no us hagi explicat abans el perquè us he fet venir avui —va dir més calmat el bisbe de Vic— El Senyor de Vilaplana m'ha demanat poder confiar en un grup reduït de persones per poder explicar la situació del país. I tant bon punt he rebut la vostra missiva he pensat en vós.

—Sabeu —va replicar mestre Rifà— que jo no m'involucro en política.

—Permeteu-me, mestre —va puntualitzar Vilaplana amb seguretat militar— no és política el que està en joc a hores d'ara, és la supervivència de Catalunya.

—Potser teniu raó senyor, però fa anys que Catalunya s'està ofegant internament i no és per culpa de la corona, que també, sinó dels nobles que la governen arreu del territori.

—Teniu raó mestre, però poc endreçarem els nostres conflictes interns, si perdem del tot les nostres llibertats com a país, encara serà pitjor per a tothom.

—Senyors, si us plau —va tallar el batlle de Vic, retornant al tema que els preocupava— crec que no és el moment. Pel que estic entenent, senyor de Vilaplana, la Diputació del General vol fer un pacte amb França per concretament què?

—Per unir-se al protectorat de França com a República Independent.

—Voleu dir, com a vassalls de Lluís XIII —va replicar mestre Rifà.

—Si podem evitar-ho —va contestar Vilaplana.

—Segueixo estant en total desacord —va replicar aixecant-se monsenyor Ramon de Sentmenat— no veig que... passar d'un rei enemistat a un altre que ha estat enemic i que també ens t'he posat el dit a l'ull, serveixi de res.

—En això estic d'acord amb vós, monsenyor —va dir mestre Rifà que començava a involucrar-se en el tema— Si només és una jugada d'estratègia, potser sortiria bé. Però si és una sortida a la desesperada, a cada bugada perdríem un llençol. Per sort o per desgràcia estem enmig de dues potències que s'estan barallant contínuament. I nosaltres, amb el temps, hem perdut la capacitat de ser una potència com per lluitar de tu a tu.

—Doncs, si tan clar veieu que serà pitjor, què proposeu vós que fem?

—Potser oblideu que qui porta el govern del país sou vós també i el vostre oncle —la resta de convidats i el propi Vilaplana es varen quedar muts. Mestre Rifà era molt crític amb la manera de fer de tants anys de supeditació encoberta a una corona que ja no era la catalana i ara resultava que encara que fos, simplement com a comentari, li demanaven parer d'aquell desgavell. Malgrat tot va veure que potser la contesta era un pèl precipitada i que ningú l'obligava a decidir la salvació del país.— Perdoneu si he estat brusc, senyors, però crec que s'han de meditar molt bé els passos a seguir si és que es vol posar en marxa aquest pla.

—Per això estic reunint-me amb gent de comarques —va contestar Vilaplana— Vull que el pas no sigui en fals. M'agradaria, si arribés el moment, que vós mestre Rifà, us uníssiu a la causa i vinguéssiu, com a comissari de la Diputació, per aquest afer als possibles contactes amb França. Necessitem homes com vós.

—Com ja sabeu, només sóc un pintor, res sé jo d'estratègies, ni de política exterior.

—Malgrat tot, insisteixo, ens cal la vostra claredat.

—Bé, si arriba el moment, decidiré.

—Esplèndid.

—Això vol dir que entraríem en guerra amb Espanya? —va preguntar un del homes.

—És molt possible... —va contestar Vilaplana— No crec que Felip s'arronsi, si està a hores d'ara en guerra. Però malgrat tot, el podria desequilibrar. I potser guanyaríem temps.

—Temps per a què, Francesc? —va dir el bisbe des de la finestra— Per intentar ser de nou una potència, enmig d'una guerra? Voleu dir que estem en condicions de poder suportar un conflicte obert com aquest? Penseu que portem anys lluitant, els pagesos deixen els seus béns per la manca de seguretat. Hi ha pobles sencers que han estat saquejats, i la gent ha emigrat a les ciutats. Ni els nobles han pogut, dins les seves terres, contenir la fúria dels soldats, ara espanyols ara francesos. Voleu dir que tenim recursos per poder subsistir a una nova guerra?

—Mireu, —va fer una pausa meditant com contestar a tantes veritats seguides— jo només sé que s'ha d'intentar, sinó això, alguna cosa. També podem claudicar per sempre i passar a ser una província més d'Espanya com vol el duc d'Olivares. Ja sabeu que hi ha molts nobles catalans que estarien conformes.

—Això mai! —va contestar el batlle de Vic— Mentre jo pugui evitar-ho, encara que sigui amb la vida, lluitaré per defensar Catalunya.

La resta de prohoms allí asseguts es varen alçar, aixecant el puny, amb crits de guerra amb la resposta del batlle. Mestre Rifà i el senyor de Vilaplana van seguir asseguts contemplant l'espectacle. Es varen creuar una mirada que en el fons només deixava entreveure tristor i pessimisme. Seguíem sent tan primitius com sempre —va pensar mestre Rifà.

La reunió s'allargava i mestre Rifà no estava disposat a perdre més temps amb aquella qüestió. Per tant, va decidir marxar. Va acomiadar-se dels assistents i del bisbe.

Ja fora del despatx, i baixant les escales del bisbat, monsenyor de Sentmenat el va cridar des de la porta:

—Segimon, espereu un moment —aquest es va girar i va recular per les escales.

—Digueu-me, monsenyor.

—Això és per a vós... —el bisbe li va donar una carta— No he tingut temps abans. És de la Blanca, ha arribat avui mateix. Segimon, ja sabeu que us tinc en molta estima. Per això m'agradaria donar-vos un consell, no com a bisbe, sinó com amic que crec que sóc per a vós. Encara que a vegades discrepem amb qüestions religioses.

La Blanca no és una dona qualsevol, és la dona d'un membre del govern amb molt poder. I a més, ell està portant a terme una campanya contra el rei molt perillosa. Segur que aquest, o més ben dit el virrei, li té ficat l'ull a sobre. No voldria pas que us veiéssiu involucrat en afers que malmetin la vostra integritat. Us ha costat anys desfer-vos del passat. Però aquesta gent, per arribar a aconseguir la seva fita, són capaços de tot. Aneu en compte.

—Ho faré, Ramon.

Mestre Rifà va girar cua i va sortir del bisbat amb la carta a la butxaca. En pocs minuts havia sortit de Vic passant pel pont romànic sobre el Gurri, direcció a Calldetenes. Mentrestant, repassava mentalment la conversa que havia tingut amb el bisbe. Com n'era de llest el refotut capellà. Només havien estat un dia junts i ja s'ensumava el fet. El més preocupant era el que ell sentia per aquella dona. L'havia embruixat amb el seu tarannà. Però era també cert que ell sabia que allò era una afer sense futur. Tenia a mitges el quadre i mentre no se'l pogués treure de sobre, els pensaments d'aquell dia amb la Blanca, senyora de Tamarit, no s'esfumarien del tot. Havia de refer la seva vida sentimental, que a hores d'ara s'havia enterbolit de sobte, no només per la Blanca, sinó també per la Margarida de Serrallonga. Havia estat anys sense gairebé pensar en les dones i menys en l'amor. I ara de cop, tenia davant d'ell un ventall de possibilitats, unes més palpables que les altres, però al cap i a la fi, per ell, un munt.

Pel camí, a Calldetenes va aprofitat per omplir un parell de botes de vi, comprar pa per a uns quants dies i queviures que li havia demanat la mare d'en Miquelet. Tot seguit, després de fer-la petar, va continuar fins al molí dels Frontera. Un dels germans era molt amic del mestre i sempre que anava a Vic intentava passar a saludar-lo. Ell el va posar al dia de com estaven els ànims dels pagesos. Tenien clar que, més d'hora que tard, acabarien amb revolta.

Per no perdre la llum, mestre Rifà va seguir camí cap a Sant Julià, encara tenia un bon tram de pujada fins arribar al poble. El dia ja començava a allargar i feia goig aprofitar la llum i la posta de sol que es podia guaitar des d'entrat el camí de pujada al poble. Des de prop el molí de la Calvaria, la vista feia goig, la plana de Vic estesa com una catifa als peus i amb les muntanyes darrere, encara amb un xic de neu vermellosa pel sol. Feia que mestre Rifà recuperés forces per a la resta de les jornades.

A poc a poc, però ja sense pauses, mestre Rifà va arribar al poble pel camí ral. Va entrar a la sagrera pel portal del mas Mataró. Allí ja va trobar-se al Miquelet que el va custodiar fins a can Morera, on va deixar les provisions. Va saludar la mare del noi i va engegar fins a casa.

La carta no podia ser més explícita. La Blanca li expressava el seu agraïment pel jorn que varen passar junts, però alhora li deixava clar que les circumstàncies del moment, com havia pronosticat el bisbe, eren molt delicades. Tenia por pel seu marit i per a ella mateixa.

Mestre Rifà va tornar a llegir la missiva per si de cas havia deixat de llegir quan es tornarien a veure. Però el fet era que no insinuava cap data. Tenia l'esperança que malgrat tot ella tornaria aviat a veure el quadre i a trobar-se per a començar l'esbós de l'altre.

XIV

El mes d'abril tenia dues cares molt marcades a tot el país i més en un poble petit com a Sant Julià de Vilatorta. La primera, amb l'arribada de les pluges abundants i tota la manifestació religiosa de la Setmana Santa, que culminava la tristor de l'hivern amb l'abstinència i austeritat de la Quaresma.
La segona, a partir del Dissabte de Glòria, on la gent, com les flors, s'obrien a la joia de deixar enrere aquella angoixa que marcaven els ritus establerts.

Mestre Rifà, no massa adepte a les manifestacions religioses d'aquella setmana, havia hagut de ser present en algunes d'elles, més que res, per no marcar una excepció que no li era convenient per la bona convivència en el poble.
Aquell dia, a primera hora, les campanes de la comarca van començar a repicar embogides. El vent, inexistent, deixava escoltar clarament el repic d'altres campanars propers al poble, com els de Vilalleons, Folgueroles i, més tènuement, el de Vic. Els vilatortins van sortir al carrer i als balcons amb qualsevol estri per a fer soroll. I els més joves, com marcava la tradició, repicaven corrent portes per celebrar la resurrecció del Senyor. Mestre Rifà també va alegrar-se clarament que arribés aquell dia del Dissabte de Glòria, malgrat no fos pel seu caràcter religiós. Va sortir al balcó per veure passar a la quitxalla que cantava i feia molt xivarri.

—Bon dia mestre, vindreu a la processó de l'Encontre? —va dir en Miquelet des del carrer, al passar per davant de can Rifà.
—No ho crec pas Miquelet. Ja saps que jo...

—Però sí que vindreu a fer l'àpat amb els caramellaires, oi? Avui faré de cistellaire, no ho us ho podeu perdre.

—Si és així, compta amb mi. A veure si l'omples... —va dir-li el mestre, mentre el noi saltava, cantava i repicava portes amb la resta de companys del poble. En Pinzell, tant bon punt va sentir la gresca i la veu d'en Miquelet, va aixecar-se de dues potes a la finestra. Va començar a grinyolar i baixava i pujava, remenant la cua.

—Ja, ja sé que vols anar amb en Miquelet, coi de gos. Va, vine —mestre Rifà va obrir la porta i va baixar per deixar sortir al carrer el can. Aquest, tant bon punt va veure's alliberat de la porta, va sortir corrent. Quan va passar pel davant de cal Coix va aturar-se en sec, va fer-li el lladruc de costum al quisso del portal i va reprendre la cursa fins arribar al grup de quitxalla on hi havia en Miquelet. Aquest, content de veure en Pinzell, li va fer quatre festes i el va convidar amb la mà a seguir-lo. En Pinzell, tot estarrufat, remenava la cua i bordava imitant el grup de nois que cridaven al passar per davant dels portals.

Com havia promès, mestre Rifà, després d'esmorzar es va vestir i va anar a buscar a la colla de les caramelles que anava pel poble amb la "lloca", nom que se li donava a la mula o bé al ruc, i que anava ben guarnida i amb les sàrries per a dipositar les pagues. Aquell dia, la mula en qüestió era la Griseta d'en Josep de can Xicolau. Els va trobar quan tot just començaven a rondar-la. La xicota de can Cuca, la Queralt, estava acabant de guarnir amb flors, cintes de colors i picarols la cistella i la perxa que duia en Miquelet. De seguida va veure que entre els dos joves hi havia quelcom més que una bona amistat. Ella reia qualsevol gràcia que el noi li engegués i ell, com una papallona, la seguia sense evitar el ridícul. Quan varen tenir enllestida la feina van començar la ronda pel poble. El primer dels balcons va ser el del can Mataró, on després de refilar els goigs del Roser, van seguir amb unes corrandes noves que varen entusiasmar tot el públic assistent. En el balcó, hi havia la mestressa i la filla petita. Tant bon punt varen acabar de cantar, en Miquelet va enlairar la cistella amb la perxa i aquestes van dipositar una dotzena d'ous i unes quantes viandes. La paga del mas va ser generosa i de qualitat, el que va fer que tots els caramellaires llencessin el capells i les barretines enlaire amb motiu d'alegria i cridessin alhora: —"Ja tenim els primers ous!".

Els goigs i les corrandes van continuar fins a la darrera casa o mas prop del poble. Tot seguit, els caramellaires i un bon nombre de vilatortins van baixar a la font Noguera on els esperaven per a completar el dia. Allí, amb les viandes que havien recollit i altres que portaven, van fer el dinar de germanor. La gresca va continuar amb porrons de vi, vi ranci i altres barreges. La gent era clar que havia deixat enrere la tristor de l'hivern i per un moment la situació tan complexa del país.

Quan faltava poc per l'hora baixa, van començar a recollir. Havia estat un dia fantàstic per a tothom. A partir del mes següent, començaven les festes majors als pobles de la comarca i més endavant dies singulars com Sant Joan, on els joves intentaven trobar parella. També eren mesos de sembrar i recollir els fruits de la terra, de treballar de valent per omplir el rebost de cara a l'hivern. Encara que aquells anys vinents, molts deixarien el camp i la vida per anar a defensar la pàtria dels exèrcits castellans.

Mestre Rifà, després d'ajudar a recollir, va estimar-se més fer un tomb amb l'agradable temperatura d'aquella hora, que tornar ja a casa. En Pinzell, que no se'n perdia ni una, i en Morera, el pare d'en Miquelet, el van acompanyar. Quan passejaven tranquil·lament per davant de l'Albereda, en Joan es va sincerar:
—Què en penses tu del que està passant a Barcelona, Segimon?
—No sé noi, van magres, ja saps.
—Oh sí, però bé que s'ha de fer alguna cosa, no? O ens hem de quedar de braços plegats veient com aquesta gent ens aixafen com a escarabats?

—Suposo que no. Tinc confiança amb en Pau Claris, els hi està plantant cara i això fa temps que no passava...

—Sí, però aquí estem deixats de la mà de Déu i els terços fan i desfan com volen. I com sempre, la burgesia catalana només mira per les seves butxaques i no pel país.

—Sí noi, és cert, sembla mentida que s'estimin més ser súbdits castellans que tenir una nació potent. Però ja saps que això és un mal que ve de lluny...

—Tu has viatjat, has estat a altres països, també passa això?

—No ben bé. També has de tenir en compte els països. Els anglesos, per exemple, han fet el mateix amb Escòcia, o els francesos ho estan fent amb Còrsega. I allí, de ben segur, que hi ha cara girades com aquí, que només busquen el seu benestar i no els parlis de pàtries.

—Si aixequés el cap el rei Jaume. Ho tallaria de soca-rel.

—No sabia que estiguessis tan avesat a la nostra història. Ves per on, ara tenim un historiador.

—Què cardes! Només sé que va ser el millor...

—Bé, amb això estem d'acord, encara que tenia els seus pros i els seus molts contres.

—Ja comença el savi Segimon, m'ha fotut, que n'ets de complicat pintor.

—Tu has començat.

—Ara sé a qui ha sortit en Miquelet.

—Ep, que jo no hi vaig tenir res a veure, això va ser cosa teva.

—Vés a cagar. Ho dic perquè com que està més amb tu que amb nosaltres...

—Ja ho entenc. El teu fill té molt de futur i ha estat molt bon aprenent. Però aquí ho te magre. Hauria de viatjar i aprendre dels grans pintors holandesos. Té encara molt a fer i poc temps per aprendre, pensa que a la seva edat n'hi ha que ja són mestres pintors. Jo ja no puc ensenyar-li res més, és el moment de sortir del niu.

—Sembla molt fàcil, però amb quins diners pot marxar i establir-se a l'estranger? Ja saps que nosaltres tenim el just per viure si les collites i la feina de fuster va mínimament bé.

—Jo no vaig poder fer això que demano pel noi. Però sí que vaig viatjar un temps intentant copsar el tarannà dels pintors del moment i aprenent com podia. I vaig fer amics en alguns tallers de pintura italians. Crec que podria fer que en Miquelet entrés en algun d'ells i de ben segur en trauria un gran profit pel demà. No hem de pensar que sigui el millor pintor del segle, però si amb el seu art es pot dedicar a l'ofici que més estima, ja té quelcom fet.

—Però això deu valer molts diners. No ho sé pas, Segimon.
—No us preocupeu pels diners, en aquests tallers es paga en començar la manutenció del noi, però si és bo, el seu treball diari el podrà fer independent i subsistir amb un sou, just, però el suficient per acabar amb un aprenentatge que jo aquí no puc donar-li. Els europeus aprecien l'art i els artistes i la vida en les ciutats volten a vegades envers aquest ofici. Aquí estem al cul del món, Morera i ja ningú sap que existim. Amb prou feines podem subsistir els qui ens hi dediquem. Fes-me cas, i si el noi vol, intentem ajudar-lo.
—Tu saps millor que ningú sobre el tema. Per la meva part tens el nostre consentiment com a pares.
—Primer hem de saber el seu parer. Si ell no vol seguir, poc podem fer-hi. Deixa'm que parli amb ell a veure què hi diu, sempre estarem a temps de decidir.

Els dos homes varen seguir parlant mentre passejaven. En Pinzell els seguia de prop. Tenien sempre una gran conversa. En Morera no era pas un home culte, però sempre estava obert per aprendre coses noves, li agradava escoltar al mestre. En Joan sabia de la vida del camp i de la naturalesa. Per contra, mestre Rifà, al llarg de la seva vida havia pogut culturitzar-se més que no pas en Joan i li agradava poder explicar-li al seu amic fuster allò que ell sabia. Era un tàndem on cadascú aportava el seu gra de sorra.
El dia s'apagava i ja era hora de retirar-se. Els dos companys van donar per acabada aquella sessió. Un altre dia seguirien, ara

venia el bon temps i les converses amb la bóta de vi a les fonts o als pedrissos dels portals eren el pa nostre de cada dia després d'una jornada.

XV

Els dies van passar i els temors es van fer realitat. La revolta s'estava engendrant dia a dia. A Santa Coloma de Farners i a Sant Feliu de Pallerols es negaren a allotjar els terços i amb la negació de la població i el mal comportament dels soldats i els seus dirigents, l'algutzil Montrodon va ser mort. Per aquest fet hi va haver una dura represàlia dels terços sobre les poblacions de Riudarenes el 3 de maig i a la pròpia Santa Coloma, el 14 de maig. Això va ser el detonant de l'alçament. Com la pólvora, s'estengué des de l'Empordà fins al Ripollès, Osona, el Vallès i va acabar a Barcelona.
Aquell mateix 14 de maig, el Consell d'Aragó, per ordre de Dalmau de Queralt (comte de Santa Coloma), decideix empresonar a Francesc de Tamarit, amb l'excusa de no facilitar l'allotjament de les tropes reials. L'ordre es va complir el dia 18.
A Vic ja feia dies que reclutaven les milícies. Els fets a Barcelona, i fins i tot a la comarca, inciten la revolta. Mestre Rifà, mentrestant, seguia amb les seves pintures, encara que tot plegat, li feia un xic de por. La reunió amb el bisbe i el senyor de Vilaplana l'havien posat entre l'espasa i la paret. I les notícies de l'empresonament del marit de la Blanca el van fer témer per la seva integritat.

El matí despuntava blanquinós, però com ja feia dies, a mig matí el sol s'obria pas d'entre les boires baixes. En Miquelet, com sempre, va arribar puntual per a començar a treballar. Però aquest copen duia una de cap.

—Què rumies, Miquelet? Fa estona que no dius res.

—Heu sentit el que passa. Fins i tot hi ha una rondalla que ho explica.
—Sí, ja sé com està el país. Però no en sé res d'aquesta cançó. Què diu?
—No sé encara tot el que diu però sí que me n'he après una estrofa. Es diu així, no?
—Bé sí, suposo. Vinga, que hi diu?
—Doncs parla del virrei i del que va passar a Santa Coloma. —llavors en Miquelet va deixar el pinzell que estava netejant i va recitar.

Catalunya, comtat gran,
qui t'ha vist tan rica i plena!
Ara el rei Nostre Senyor
declarada ens té la guerra.

Segueu arran!
Segueu arran,
que la palla va cara!
Segueu arran!

Lo gran comte d'Olivars
sempre li burxa l'orella:
Ara és hora, nostre rei,
ara és hora que fem guerra.

Contra tots els catalans,
ja veieu quina n'han feta:
seguiren viles i llocs
fins al lloc de Riu d'Arenes;

n'han cremat un sagrat lloc,
que Santa Coloma es deia;
cremen albes i casulles,
i caporals i patenes,
i el Santíssim Sagrament,
elevat sia per sempre.

—Bé, no sé si és del tot així. Però sembla ser que fa dies que van afegint estrofes. En Josep de can Frontera, que vós coneixeu, diu que la gent està preparada per baixar a Barcelona i posar les coses al seu lloc. I jo he pensat d'anar amb ells.

—Què dius, ruc. Això no és cap joc. I el teu deure és estar amb els teus, la teva família.

—Mon pare diu que també baixarà, si cal.

—Doncs més motiu encara perquè tu et quedis. Qui pot vetllar per ta mare i ta germana petita.

—Jo crec que haig de defensar el meu país i així ho sento.

En Miquelet va tallar en sec la conversa. Mestre Rifà va veure clar que si tenia l'oportunitat en Miquelet aniria amb la gent fins a Barcelona. Quan el cap li barrinava, malament rai.

A mig matí, capficat amb la conversa que havien tingut, mestre Rifà va decidir que havia de fer quelcom per aturar el que semblava clar. Llavors va indicar al noi, que gairebé no havia obert boca des del matí, que aquella tarda havia d'arreglar quatre coses i que ajudés a son pare. Després de dinar en Miquelet s'acomiadà fins l'endemà.

Hores més tard, mestre Rifà va decidir baixar a Vic per saber de les darreres notícies de primera mà. Estava neguitós de no saber res de la Blanca.

Va arribar a Vic ja sorprès de la quantitat de gent que aquelles hores s'estava desplaçant pels camins, tant a peu com amb carros o cavalls. Tots duien forques o estris a les mans. Davant del bisbat, una multitud de gent s'havia acumulat a les portes. Estaven exaltats i mestre Rifà va témer el pitjor. Com va poder, va aconseguir que el deixessin passar per veure al bisbe. Mentre pujava les escales, la cridòria anava en augment. Va arribar a les portes del despatx bisbal acompanyat pels servents. Dins de la cambra, el bisbe estava assegut al seu despatx redactant una carta.

—Endavant Segimon, seieu, ara mateix estic per vós.

—Bona tarda, monsenyor.

—Heu vist com està el poble, amic meu? —Ramon de Sentmenat va segellar la missiva i va cridar a un dels majordoms— Envieu-la de seguida. —va donar la carta mentre endreçava la taula.— Bé amic, què me'n direu.

—Bé, no sé, estic força preocupat, a què es deu tanta gent?

—No us heu assabentat de les darreres notícies des de Barcelona?

—No, la veritat és que he estat enfeinat.

—Per cert, voleu fer un got de vi? —va aixecar-se per a cercar un gerro i dos gots— és esplèndid. L'han portat els jesuïtes de Sant Pere de Casserres, tasteu-lo.

—És cert —va fer un tast— no sabia que es dedicaven a fer vi.

—Sí, aquests monjos jesuïtes tenen la mà trencada en qualsevol cosa que fan, llàstima que les relacions amb la santa església no siguin tan bones. Però bé Segimon, com us deia, han arribat unes desastroses notícies des de Barcelona. No tan sols varen apressar, com suposo que sabíeu, al marit de la Blanca, sinó que es va enviar una ambaixada a Madrid per a solucionar l'incident, que no han volgut ni rebre. A tot això hem sabut que volen enviar per mar a Perpinyà als empresonats. Per això la gent ha començat a revoltar-se.

—Veig que la situació és força greu. Què me'n direu vós de la Blanca, està fora de perill?

—Ai Segimon, el país s'enfonsa i vós pensant en una dona... Ja us vaig dir que no era un bon partit.

—Deixeu-vos de sermons monsenyor, digueu-me, com està?

—Ella està bé. El seu fill i la resta de gent que l'envolta no estan en perill.

—De tota manera, m'heu de dir on viu, haig de veure-la.

—Que us heu begut l'enteniment, mestre Rifà? És una dona casada, de cap manera. Oblideu-vos d'aquesta dona.

—Mireu Ramon, us agraeixo el vostre interès per a salvar la meva ànima pecadora, però és un afer que no és de la vostra incumbència. Si vós no m'ho dieu, ja ho trobaré tot sol. I no penseu que aniré a muntar un escena amorosa. No és pas això. Simplement, encara que sé que mai serà meva, vull estar segur que està bé. O és que potser no recordeu que ens coneixem de fa molts anys i en situacions clarament... per dir-ho suaument, compromeses.

Mestre Rifà es va alçar desafiant amb la mirada al bisbe. Aquest, assegut encara a la cadira i amb la mirada perduda dins del got de vi, va contestar:

—Demà baixo a Barcelona, el bisbe m'ha demanat que en aquestes hores tan tenses, estiguem junts per ajudar al nostre president Pau Claris i per a preparar d'aquí 17 dies, la diada de Corpus. Si voleu, podem anar junts fins a Barcelona.

Mestre Rifà que seguia dempeus, va tornar a seure, va agafar el got de sobre la taula i amb la mà aixecada va dir:

—Teniu molta raó quan dieu monsenyor que aquest vi és excel·lent.

XVI
22 DE MAIG DE 1640

Era negra nit encara i amb una boira que no deixava veure tres metres enllà dels cavalls. En Miquelet va ser puntual a la cita. Mestre Rifà havia aconseguit que el noi baixés a Barcelona amb ell, en comptes d'anar amb tot el grup de la milícia que s'havia format aquells dies. Patia pel xicot i de retruc intentaria veure de nou a la Blanca.
La matinada era freda encara i el dos van abrigar-se amb el gipó. Després, quan s'aixequés el sol, de ben segur passarien calor. Van arribar davant del bisbat, allí un carruatge ja els esperava. Pocs minuts després, va entrar el bisbe. Va engegar i a l'alçada del carro que conduïa mestre Rifà va aturar-se. Es va obrir una cortina des de dins i el bisbe va treure el cap per la finestra.

—Bon dia Segimon, preferiu que anem davant, nosaltres?
—Doncs sí, m'ho estimo, amb aquesta boira, la veritat és que costa de seguir el camí, sense cap llum.
—Espero que passat el congost s'hagi escampat la boira i ja es faci de dia. És aquest el vostre aprenent?
—Sí monsenyor, en Miquel de can Morera
—Bon dia tingueu, monsenyor —va saludar en Miquelet— Us agraeixo que em deixeu venir amb vós.
—A mi no m'heu d'agrair res. Això és cosa del vostre mestre.

Varen posar-se en marxa. El carruatge del bisbe portava a cada costat dos quinqués que facilitava, si més no fora de ciutat, una millor visió del camí. Mestre Rifà ja va avisar al noi, que era la seva primera visita a Barcelona, que el viatge era llarg i pesat.

Per això van fer provisions d'aigua i menjar per a l'anada i la tornada.

Arribant a Tona, la boira va començar esvair i el sol treia el nas pel Montseny. Feia una temperatura molt agradable i en Miquelet estava gaudint com mai de la bellesa del paisatge. Van entrar pel camí ral de Barcelona a Vic, a l'estreta vall del riu Congost. Allí l'aigua i la humitat de la vegetació va tornar a fer baixar la temperatura. Els traginers del camí descansaven al voraviu del riu, absorts al tarannà del país, i saludaven quan passaven, preguntant quin temps els esperava a la plana. La concurrència del camí ral direcció Barcelona feia preveure molta gent a la ciutat aquell dia 22 de maig.

Quan van arribar a Santa Eugènia del Congost. el mossèn ja els esperava. Van fer una petita parada per esmorzar i van seguir. Passat Granollers, el camí s'anava fent més concorregut. Van saber que grups de vilatans i pagesos armats que es trobaven al camí venien de Girona i d'altres poblacions costeres, perseguint als militars. La revolta estava en marxa.

L'arribada a les poblacions del costat de Barcelona va ser caòtica. Una fumera s'enlairava per sobre de Sant Andreu del Palomar i la gent va començar a cridar. En Miquelet feia estona que no veia amb bons ulls tota aquella massa de gent. Potser era el primer cop que veia tantes persones juntes i, a més, esverats i armats. Mestre Rifa va intentar tranquil•litzar el noi. Aviat arribarien a les portes de la ciutat i allí dins, segur que el bisbe els trauria d'aquella disbauxa.

Ja gairebé a les portes, amb prou feines podien seguir el carruatge del bisbe. La multitud anava amunt i avall sense mirar. Els militars perseguits havien incendiat Sant Andreu del Palomar i es dirigien, per no ser capturats per la multitud, a Barcelona. La gent arribava d'arreu per entrar a ciutat. A peu, a cavall, com fos. Abans d'entrar, el carruatge del bisbe es va aturar. Mestre Rifa va apropar-se fins al costat mateix.

—Com ho veieu monsenyor? Per aquesta porta de l'Àngel

serà complicat.

—Des d'aquí seria difícil recular per entrar per una altra porta. Crec que si passem les muralles, ja a dins, podrem desviar-nos per algun carrer i anar directament al bisbat. Intenteu no separar-vos de nosaltres, això és un disbarat. Hem de saber què està passant, però potser, si cal, el millor seria tornar enrere.

—Monsenyor, no he vingut aquí per recular tan aviat, ja sabíem que les coses s'estaven posant malament. Vós porteu-me fins on puguem esbrinar quines són les darreres notícies. De la resta, no us preocupeu.

A pocs metres hi havia gent que venia de mar, semblava que intentaven recular fins a trobar una porta que els permetés entrar. Mestre Rifà va aturar a un del pagesos que arribava:

—Bon home, sabeu com estan la resta d'entrades a ciutat?

—Nosaltres venim de la porta de Jonquera i està pitjor que aquesta. Sembla ser que la multitud que no pot entrar pel portal Nou de mar, va pujant. Allí arriben a milers i van armats amb mosquets i arcabussos. Sembla ser, pel que diuen, que han derrotat a les tropes del sergent major Chirinos. I ara, amb els cavalls que han capturat de l'enemic, van darrere d'ells fins les platges de les Drassanes. Si teniu intenció d'entrar, potser el millor camí serà per la porta de Tallers, cap allí ens dirigim nosaltres.

—Entesos i gràcies per la informació.

Mestre Rifà va tornar al costat del carruatge del bisbe per a explicar-li el que li havia dit aquell home. Després de sospesar la informació varen decidir intentar entrar amb paciència per la porta de l'Àngel i no desviar-se més. Llavors van arribar al galop un parell de genets, cridant: "Victòria!, victòria!" La gent va començar a recular i a enretirar-se per a no ser atropellats pels animals. Uns quants, aprofitant el desconcert, varen afegir-se a la cridòria amb: "Visca la terra, i morin els triadors i el mal govern!", seguint a corre-cuita els dos genets, varen entrar pel portal. Seguidament, la gent va tornar pacíficament a fer cua per poder entrar.

—Vós aneu davant com abans, jo, una vegada dins, si ens separem, aniré directament al palau del bisbe. Allí ens trobarem. —va proposar mestre Rifà.

En Miquelet estava bocabadat de veure tanta gent intentant entrar a Barcelona. Temia perdre's en aquella bogeria.

—Mestre, i vós ja sabreu arribar al bisbat?
—Si, conec força bé la ciutat. Hi vaig estar vivint uns quants anys abans de tornar al poble. No pateixis, no ens perdrem.
—Heu viscut també a Barcelona? Sou un pou de sorpreses.
—Veus com les aparences sempre enganyen.
—Què penseu que pot passar amb tota aquesta gent que crida contra el govern?
—No sé pas Miquel. Quan la gent està revoltada pot passar de tot, i ara per ara no m'agrada gens.

Van trigar mitja hora bona abans d'entrar. A pocs metres, la gent va començar a creuar-se pel mig dels dos carruatges, poc a poc es varen anar separant. Abans que el mestre i en Miquelet poguessin entrar, el bisbe ja es perdia per un dels carrers. Mestre Rifà segur d'ell mateix i una vegada dins, va trencar per un dels carrerons que ell coneixia per arribar al palau del bisbe, al costat de la Catedral. Per aquells indrets la gent seguia el seu curs diari de treball. Aprofitant l'anada a la ciutat, el mestre va aturar-se en una de les botigues d'on habitualment li enviaven els pigments per a fer els colors. Va deixar a càrrec del carro el Miquelet. La gent transitava tranquil·lament pel carrer i va pensar que per a dos minuts que trigaria, en Miquelet podia restar sol. Ja havia entrat dins de la tenda mestre Rifà, quan un home brut i mal vestit va apropar-se al carro on en Miquelet estava esperant...

—Què hi portes aquí darrere, noi?
—Són provisions pel viatge, senyor.
—I on vas?
—Venim de Sant Julià de Vilatorta, només estarem unes quantes hores a Barcelona.

—De Sant Julià?
—Al costat de Vic, senyor.
—Bon menjar, sí senyor, si és que véns d'allí. No tindries una mica de vi per a fer passar la set?

L'home va pujar al carro d'una revolada. En Miquelet es va espantar i va saltar al darrere. L'home encara que el noi li deia que baixés i el deixés tranquil, no li feia cas. Estava decidit a emportar-se qualsevol cosa que trobés. En Miquelet el va agafar pel braç per a fer-lo baixar i aquest de la faixa en va treure un ganivet.

—Que vols que et talli el coll, marrec de merda? —va amenaçar l'home— Estigues quiet noi, si no vols...

En Miquelet, mort de por, va recular veient la fulla esmolada del ganivet i va caure de cul a dins del carro. Llavors, l'home va avançar veient que el noi havia caigut. En Miquelet, aterrat i immòbil va veure com l'home ràpidament li posava la fulla al costat del coll i li demanava que li donés els diners que portava a sobre. Aquest, que no duia res va explicar-li que ell no portava ni una moneda. De sobte, la veu del mestre va sonar seca, segura i salvadora:

—Retira a poc a poc el ganivet i procura no fer-li ni un senyal... —va dir mestre Rifà mentre encanonava amb el pedrenyal el cap de l'home— Pensa que no estic per hòsties i si fas un sol gest, et deixo el cap més foradat que el teu cul de merda!

L'home va retirar lentament el ganivet amb la pressió freda del canó al cap. Mestre Rifà va anar dirigint amb la pistola a l'home.

—Deixa'l a terra i no t'equivoquis —va ordenar— Miquel, estàs bé? —en Miquelet va afirmar amb el cap, sense alè per poder dir un sol mot— Doncs agafa el ganivet.

L'home, sense poder-se girar, va deixar sobre el carro el ganivet. En Miquelet va aixecar-se i el va recollir. Una vegada van desarmar l'home, mestre Rifà amb el peu el va empentar daltabaix del carro i va saltar darrere d'ell. A terra, l'home es lamentava del braç, havia caigut malament. Mestre Rifà, amb l'adrenalina al cent per cent, va agafar-lo i el va aixecar sense deixar d'apuntar-lo amb la pistola. Volia veure-li la cara i amenaçar-lo. Però llavors quan el va tenir davant mirant-li els ulls, l'home va deixar de lamentar-se i va dir:
—Pintor, tu ets el pintor.

Mestre Rifà va quedar sorprès, aquell home l'havia reconegut. Se'l va mirar i ell també el va conèixer. Era en Filigranes, un dels homes que havia estat bandoler com ell. Llavors mestre Rifà es va espantar i va témer que aquell bocamoll li pogués complicar la vida. El va arrossegar més enllà del carro, fora de la visió d'en Miquelet.

—Què hi fots aquí? De poc que no t'he foradat el cap, imbècil.
—Noi, no a tothom li van tan bé les coses com sembla que et van a tu... —va assenyalar-li la vestimenta que portava al mestre— Potser podries ajudar-me... pels vells temps.
—Què vols?
—Voldria menjar i vestir-me com tu, per exemple.
—Doncs busca't una feina com cal.
—Veig que ja no recordes què som.
—Jo ja no sóc res d'això. Però veig que tu segueixes igual o pitjor.
—En el fons, ets el mateix. Fa un moment que has actuat de la mateixa manera que abans. Recordo perfectament la teva sang freda.
—D'acord, aquí tens aquesta bossa, en tens prou i suficient per una temporada. I ara fot el camp.
—I quan s'acabin, on puc trobar-te?
—Enlloc.

—M'ha dit aquell marrec que veniu de Sant Júlia de Vilatorta.
—Ni t'ho pensis. Si et torno a veure, no dubtaré.
—M'amenaces? Saps que encara estem buscats per la llei i que algú podria anar-se'n de la llengua per a cobrar la recompensa?

Mestre Rifà va adonar-se que se li havia complicat el dia. Amb la bossa de diners en una mà i amb la pistola a l'altra. Va pensar com podria desfer-se d'aquell individu. Va encaminar-se per davant d'en Filigranes fins a un carreró solitari. Va endinsar-se i allí va deixar-li clar que no el volia tornar a veure.

—Mira malparit, fes el que vulguis, però ara no tindràs ni aquesta bossa. I no vull tornar-te a veure mai més. Sempre has estat una merda. Només ets home quan vas borratxo i amb un ganivet a les mans.
Aleshores, mestre Rifà va girar-se i va recular per on havien entrat. En Filigranes va quedat parat, la ràbia vers el mestre el va trair. Àgilment va ajupir-se i de la bota va treure un altre ganivet. El mestre sabia com actuava aquell personatge i amb sang freda va caminar poc a poc fins a la sortida del carreró. Quan faltaven pocs metres, en Filigranes va llençar un crit:
—Entoma això fill de put...

Un tret sec va fer callar el renec d'en Filigranes. Mestre Rifà sabia que anava més armat i que el seu sobrenom era per fer servir el ganivet llençant-lo a distància. L'havia de provocar com fos i va tenir èxit. Va esperar fins que l'home estés a punt de llençar-li el ganivet, llavors es va girar i sense tremolar va prémer el gallet. Si hagués esperat uns quants segons més, ara seria ell el mort. Havia tingut sort. En Filigranes jeia mort de panxa enlaire amb el ganivet encara a la mà dreta. Mestre Rifà va repenjar-se a la paret, el cor li anava a cent. Va témer que algú hagués sentit el tret. Però llavors, al sortir del carreró, un grup de gent incitava als vianants amb crits contra el mal govern. Va mirar si algú s'havia adonat de res. Llavors en Miquelet va veure que sortia del carrer i el va cridar. Mestre Rifà va dirigir-se cap al carro respirant a fons i intentant tranquil•litzar-se.

—Què ha passat mestre? —va preguntar en Miquelet encara espantat.
—Res, ha marxat, li he donat un parell rals i ja està.
—Doncs m'ha ben espantat aquest malparit, renoi.
—Em sap greu Miquelet, no hagués hagut de deixar-te sol, és culpa meva. No recordava la gent que malviu per la ciutat. Ara hem de marxar, ens espera el bisbe.

Mestre Rifà va pujar al carro i de seguida es van encaminar cap al bisbat. La gent, en aquells indrets de la ciutat, no semblava que estigués massa assabentada de la situació. Mestre Rifà va suggerir-li a en Miquelet, mentre conduïa, que no esmentés res de l'incident, no calia amoinar a monsenyor.
Van arribar pels carrers del costat de la Catedral a la porta del palau del bisbe. Allí, Ramon de Sentmenat els esperava dempeus al mig del pati.

—Què us ha passat? Patia per vós, mestre.

—Hem tingut un breu incident, molta gent pels carrers —va treure importància al tema— us heu assabentat de què està passant monsenyor?
—El bisbe de Barcelona, Garcia Gil, ha marxat cap al palau de la Diputació del General, allí ens espera. Sembla ser que hi ha aldarulls, però no sabem res més. Hi anirem a peu, serà més sensat.
—D'acord, com vulgueu. On podré trobar a ...
—No tingueu pressa, Segimon. Confieu en mi. Segur que ella estarà també allí.

Varen deixar el carro dins del palau del bisbe, com havia suggerit el propi Ramon de Sentmenat. Amb pas ferm, van encarrilar el mateix carrer en direcció a la Generalitat. A l'arribar a la plaça, varen veure com una multitud de gent pujava de la plaça del Blat, on hi havia la presó en una de les antigues torres de la muralla romana. Com van poder, es van fer pas per la cantonada, fins arribar a la porta de palau. Allí, els homes que guardaven el pas, varen reconèixer al bisbe i els van deixar entrar. Una vegada dins, el bisbe de Barcelona els va rebre molt angoixat.

—Què està passant monsenyor? —va preguntar Ramon de Sentmenat.
—No sé pas. Però alguna cosa ha passat a la presó. Anem a dalt, el president ha sortit al balcó amb la resta de consellers. Vós deveu ser Segimon Rifà, el mestre pintor?
—Per servir-vos, monsenyor. Sembla ser que la gent està molt exaltada, no sé pas si és adient que nosaltres estiguem per aquí en aquests moments tan difícils, potser fem més nosa que servei.
—No us preocupeu, ja no ve d'aquí. Tanmateix us podré presentar a la resta del govern. Tinc entès que us heu ofert per ajudar en el que calgui.

El bisbe, sense esperar contesta, va començar a pujar les escales de palau. Mestre Rifà es va mirar amb cara de no entendre res del comentari a monsenyor de Sentmenat. El bisbe va obrir les mans en senyal de no saber res del tema. Però mestre Rifà va entendre de què es tractava. La reunió a Vic amb el nebot del president Pau Claris, Francesc de Vilaplana, ja s'havia comentat a palau.
En Miquelet, absort amb tot el que estava passant, seguia ben de prop al mestre per no perdre's. A l'arribar als darrers graons, mestre Rifà va veure la figura de Blanca de Tamarit entremig de les columnes. El cor li va fer un sotrac, no esperava trobar-se-la tan aviat i enmig de tothom.

A l'arribar a dalt, van seguir el bisbe de Barcelona. Blanca el va veure, però no va fer cap intent d'apropar-se, el mestre tampoc va fer res. En Miquelet se'l va mirar i aquest amb la vista li va deixar clar que ell també l'havia vist. El noi, bon entenedor del seu mestre, va seguir sense fer cap comentari. Van entrar al saló de palau on hi havia la balconada que donava a la plaça. Un munt de gent estava fora o intentava sortir per veure què passava. Un dels que estava dins esperant torn per sortir era l'anomenat Francesc de Vilaplana.

—Benvingut a la Diputació, mestre Rifà. Em complau que vingueu un dia com avui.
—No sé si és un bon dia, benvolgut Vilaplana. Vós esteu més avesat a aquests aldarulls. Tot i amb això és grat estar a la Diputació del General.

De cop, un dels consellers va cridar des del balcó. Tothom va córrer per assabentar-se del que passava.

—Mireu, no és el diputat Tamarit al qui porten a coll?
—Sí, i també hi ha els consellers empresonats —va dir un altre.

El grup de pagesos que duia a coll al diputat Tamarit va dirigir-se directament a la porta de palau. Des del balcó, van donar ordres de deixar entrar la gent. Allí, Francesc de Tamarit i la resta van pujar les escales i van arribar al saló on tothom els esperava amb aplaudiments i enhorabones. El primer a rebre Francesc de Tamarit va ser el president Pau Claris, que va entrar des del balcó. Es varen fer una abraçada, amb ell i amb la resta de consellers empresonats. Seguidament va preguntar què havia passat. Tamarit va explicar els fets, una multitud de gent va arribar des del portal Nou a la plaça de Blat, varen començar a cridar l'alliberació dels polítics empresonats. Veient que cada vegada s'agrupava més gent a la plaça, i temorosos que es produís una revolta contra la presó, van estimar-se més obrir les portes i deixar sortir a tothom. Pau Claris i la resta de consellers escoltaven amb atenció l'explicació de Tamarit. Mentrestant, els dos bisbes, en Miquelet i el mestre varen restar al marge de la rotllana que s'havia fet al voltant dels alliberats. El bisbe de Barcelona, Garcia Gil, exposava en veu baixa les seves preocupacions i malestar a monsenyor de Sentmenat.

—Això Ramon no pinta gens bé. *No ven que así dan pie al rey para cumplir con los deseos del Conde Duque...* —va etzibar amb castellà— Hem de redreçar la situació. No ens convé un enfrontament amb Castella.

—Doncs, què us pensàveu monsenyor —va contestar el bisbe de Vic, amb un to de recriminació per les paraules del bisbe Gil— Tots aquests anys de maltractament per part del rei, han arribat a aquesta situació. I vós ho sabeu millor que ningú. Vós vàreu ser president de la Diputació del General i sabeu millor que ningú que s'ha deixat fer a Castella moltes barbaritats.

—*Queréis decir que estáis de acuerdo en declarar casi la guerra al rey?*
—No. Però d'alguna manera hem d'acabar amb les injustícies.

Mestre Rifà escoltava la conversa dels dos bisbes amb una mica de sornegueria. Era curiós com dos eclesiàstics es retreien afers passats. I com el bisbe Gil, en moments de tensió, optava per la seva llengua natal, el castellà. García Gil Manrique va ser president de la Diputació del General abans que Pau Claris. Sent castellà, la seva vinculació amb la corona va ser indiscutible. I en aquells moments, veia que el poble de Catalunya volia trencar per complert amb aquests llaços que tants anys de sofriment i de maltractaments havien portat.

En Miquelet estava més que fart d'estar allí. Ell havia vingut per estar amb el poble, no amb els que manaven. Per això va decidir tocar el dos d'aquella sala.

—Mestre, jo si no us fa res, us espero a baix, a la plaça, amb tota la gent. Vull veure com està de plena, igual trobo algú del poble. És que aquí no sé què hi pinto.

—Ja t'entenc Miquelet. Baixa, però no marxis d'aquí, sinó no ens trobaríem.

—D'acord, mestre.

En Miquelet va sortir de la sala amb una altra cara. Mentrestant, creuant-se, van entrar les dones dels alliberats. Blanca va ser la darrera en entrar. En Miquelet la va saludar. Es varen apropar a la rotllana d'homes i aquests, al veure a les dones es varen separar, el retrobament amb els marits va ser de joia. Feia dies que no sabien res d'ells. Tot seguit, la multitud que esperava a la plaça, demanava a crits que els alliberats sortissin a saludar al balcó. I aquests, amb la resta del govern, van complaure la petició del poble.

Mestre Rifà seguia amb atenció la conversa dels dos bisbes i alhora no treia l'ull de sobre a Blanca de Tamarit. Aquesta va deixar al seu marit sortir al balcó i, amb elegància, es va apropar cap a on estava el mestre.

—No us esperava trobar aquí, mestre Rifà. Què hi feu a ciutat?

—He vingut amb el bisbe de Sentmenat. Ha tingut l'amabilitat de deixar-me que l'acompanyés.

—Heu vist les pintures de la sala...—dirigint-se als bisbes— em permeteu que li ensenyi a mestre Rifà les pintures, monsenyors... —Blanca, amb delicadesa, va agafar pel braç al mestre i se'l va endur de la companyia dels bisbes fins a un dels laterals on hi havia un fresc pintat a la paret.

—Es pot saber què hi feu aquí? —va preguntar-li Blanca amb un to sec.

—Veig que ja ens tornem a parlar de vós?

—No ve al cas, ja sabeu que em podeu posar en un compromís i...

—Només volia saber com estàveu —va tallar-la mestre Rifà.

—No vàreu rebre la meva carta?

—Sí, el bisbe me la va donar. Però després vaig saber que havien empresonat el vostre marit i que volien portar-lo fins a Perpinyà. Vaig témer per vós. Vaig ser jo qui novament va convèncer al bisbe per acompanyar-lo fins aquí amb l'excusa de portar el meu aprenent. No patiu, no he vingut a reclamar res ni ha fer cap espectacle amorós. Ara ja sé que esteu bé, no us preocupeu, avui mateix marxarem.

—He estat injusta amb vós, Segimon. Perdoneu, no volia...

—No us ho prengueu a pit, mestre Rifà... —van sentir per darrere. Era la veu de Francesc de Tamarit que s'havia apropat i tot just havia escoltat per sort la darrera frase de la Blanca— ...la meva dona, quan vol, sap ser molt injusta amb la gent que admira.

—Francesc? Estava disculpant-me al mestre Segimon Rifà per la meva incultura vers la pintura. He confós la tècnica d'aquesta meravella d'obra que hi ha a la paret.

—No us heu de disculpar pas, senyora —va dir mestre Rifà seguint el corrent a la Blanca— és molt freqüent l'error, no heu de saber per força com està pintat aquest fresc.

—Per cert, no ens han presentat, però ja he tingut notícies de vós —va dir Tamarit allargant-li la mà al mestre— sóc com ja sabreu, Francesc de Tamarit, exempresonat —va dir rient per fer broma.

—Segimon Rifà, per servir-vos —va donar-li la mà.

—Ja m'han dit que sou un gran pintor.

—Bé, com a mínim ho intento.

—Sou massa humil —va dir Blanca— Jo he pogut veure obres vostres i són realment esplèndides.

—Sou molt amable, Blanca —va dir el mestre fent una reverència.

—Estareu molts dies per Barcelona, mestre? —va preguntar Tamarit agafant pel braç a la seva dona.

—No, avui mateix torno cap a Sant Julià Vilatorta.

—Quina pena, oi Blanca? Havia pensat que podríeu sopar amb nosaltres i parlar-nos del vostre art. Un altre dia serà. Per cert, què us sembla si us encarregués un retrat de la Blanca —es va girar per mirar-la, aquesta se'l va mirar sorpresa— sempre he volgut tenir el vostre retrat a casa, què us sembla?

—Bé, vols dir, el mestre està força enfeinat com per fer-me un retrat a mi...

—Per què no? No pas d'avui per demà. Però amb temps, què me'n dieu, mestre?

—Heu de decidir vós, és la meva feina. Quan vulgueu, podem parlar del tema.

—Ho veus estimada... Doncs quedem així. Ara, si em permeteu, haig de seguir treballant pel país —va dir somrient donant-li la mà al mestre per acomiadar-se. Blanca, que seguia agafada pel braç del seu marit, va saludar amb el cap— Per cert mestre, Vilaplana ja m'ha posat al corrent de la vostra reunió a Vic. Estic orgullós que estigueu disposat a servir al país. Com veieu, ens tornarem a trobar aviat i aleshores concretarem aquest tema i d'altres.

Blanca es va mirar estranyada el mestre, perquè no sabia de què estava parlant el seu home i aquest, de nou manipulat sense voler, va sentir la necessitat de buscar amb la vista al tal Vilaplana i cantar-li les quaranta, definitivament. Però els dos bisbes el varen destorbar amb la seva companyia.

—Segimon... —va dir el bisbe de Vic— heu de venir amb mi, el president Claris us demana. Què us passa? Us veig amoïnat, passa res? —va preguntar-li el bisbe al veure la cara que havia fet el mestre.

—No, no passa res... millor que enllestim el tema, haig de marxar, en Miquelet deu estar esperant-me allí fora. Anem.

Va començar a caminar sense els bisbes, que es varen mirar sense entendre res. Llavors, veient que no sabia on ben bé havia d'anar, mestre Rifà es va aturar per esperar-los.

El bisbe el va portar fins a un dels despatxos de palau. Van trucar a la porta i una veu els va fer passar. Pau Claris acabava d'arribar i seia en una butaca al costat de la llar de foc. Va aixecar la vista i es va posar dempeus. Aquests es varen apropar.

—President, us presento al mestre pintor Segimon Rifà de Vic.
—Tant de gust —va dir Claris, allargant la mà.
—President, l'honor és meu —va dir el mestre i puntualitzant— però sóc de Sant Julià de Vilatorta, no de Vic. Perdoneu l'error del bisbe... —Aquest es va mirar al mestre amb cara de pomes agres. El coneixia de feia anys i sabia que li havia pujat la mosca al nas amb tot aquell afer de la reunió de Vic. I per tant el temia.
—És cert senyor, ha estat un error.
—No passa res. Però seieu mestre... Sereu tan amable monsenyor de deixar-nos... —va dirigir-se al bisbe— vull parlar en privat amb el mestre, em faríeu un gran favor, si us plau.

El bisbe va acatar la súplica de Pau Claris amb una reverència i va deixar el despatx. Ja asseguts, el president va oferir un vi al mestre.

—Tasteu-lo —va allargar-li una copa— és del Priorat d'Escaladei. Un vi jove i un pèl fort de grau pel meu gust. Però estic segur que té un bon auguri, algun dia faran uns vins de categoria...
—Gràcies, sou molt amable... —Mestre Rifà va degustar el vi i va assentir amb el cap— És bo, teniu raó.
—Bé mestre, no us he fet venir pel vi, com ja suposeu. Sé que vàreu tenir una reunió amb el meu nebot, però esteu d'acord amb ajudar-nos? Què en penseu de tot plegat?
—Bé senyor... jo no havia pensat en...
—Ja us entenc, el meu nebot a vegades... Però us pregunto el vostre parer sobre l'afer amb els francesos.
—Mireu, us haig de ser sincer. No veig de quina manera puc ajudar jo com a pintor en aquest afer, la veritat.
—Vós sabeu que teniu força experiència, diguéssim amb

temes semblants als militars —mestre Rifà es va quedar glaçat. Era possible que el govern sabés del seu passat o era simplement un mal entès. Pau Claris va veure com li canviava la cara de cop i va intentar suavitzar el moment— No patiu, el vostre passat està ben guardat. No us ho deia per atemorir-vos ni per pressionar-vos, no patiu mestre no volia que us sentíssiu incòmode. Només vull saber, com ja us he dit, el vostre parer. Si no accepteu la proposta, no passa res. Estigueu tranquil.

—Doncs la veritat... no m'heu deixat massa tranquil...

—Em sap greu, ja us he dit que estigueu tranquil.

—Bé doncs, ja que em demaneu el meu parer... Crec que alguna cosa s'ha de fer, no pot ser que aquest vassallatge amb Castella ens elimini com a nació. Fa massa temps que amaguem el cap sota l'ala. Si aquest cop no ens plantem i donem la cara com a poble, de ben segur que és la fi. De què han servit tants anys de glòria i conquestes del nostre poble. De fet, avui ja hem començat amb l'alliberament de Tamarit, no us sembla?

—Teniu raó, jo penso el mateix. Encara que, per desgràcia, la situació de Catalunya és molt greu. Hem perdut durant anys el poder d'armar un bon exèrcit i el més important, de gestionar-lo. Hem estat a disposició del rei i alhora sense adonar-nos, a poc a poc, avesar-nos a ser súbdits d'aquest. A vegades crec que no sé si val la pena tant esforç i tantes morts. Jo sóc home d'església, com ja sabeu, i tot això de les guerres em fa fàstic.

En Pau Claris es va aixecar i va caminar fins la taula de davant la vidriera. Mestre Rifà se'l mirava esperant que continués la conversa. Va agafar un paper i va tornar.

—Mireu, aquí tinc una carta d'en Richelieu. Ens assegura la nostra independència com a poble dins del reialme francès. De fet, no és el mateix que ja teníem i que Castella no ha complert? —va deixar passar uns segons i va seguir— Mireu, de fet és el mateix. Tard o d'hora els francesos faran el mateix i aleshores què?

—Haurem guanyat temps i potser un garantia per part de la

corona castellana de no agressió i d'acatar les nostres constitucions d'una vegada per totes. Espanya no es va crear per agredir les nacions o corones que la integren i fer unificar-les sota una sola, la castellana. Es va crear per ser més forts i lliures.

—I haurà valgut la pena fer la guerra, les morts i els desastres que patirà el nostre poble?

—Això... vós que sou el president de la Diputació del General, per tant de Catalunya, és qui ho ha de decidir. Jo ara sóc un creador d'il·lusions, i intento amb tot el meu cor transmetre aquest feina el millor que ser al llenç. Potser ara el vostre paper també ho és.

XVII

El viatge de tornada de Barcelona va ser plàcid i sense entrebancs. En Miquelet estava content d'haver pogut estar a la gran ciutat i més un dia com aquell de tants aldarulls. Mestre Rifà va escoltar amb paciència i satisfet pel noi, tot el que aquest li explicava que havia vist quan va estar una estona esperant el mestre a la plaça, davant l'església de Sant Jaume. Per part del mestre, havia pogut deixar clar el seu parer vers la intenció de fer-lo participar amb decisions del govern. Ell només era un artista i no en sabia res de fer de polític. Si calia, ajudaria com el que més al seu país, però com a ciutadà. Només un petit dubte restava voltant pel seu cervell, i era si Pau Claris respectaria la seva decisió i no trauria els fantasmes del passat.

Però els aldarulls a Barcelona seguien, i amb l'ajuda dels consellers de la ciutat del govern, el propi Tamarit alliberat i el mateix bisbe de Vic i el de la ciutat, van poder convèncer als revoltats que sortissin de la ciutat per evitar mal majors. La gent s'afegia als sometents del Vallès, que ara sortien de Barcelona. Però la resta de pobles del principat també s'havien aixecat en contra dels terços i, de pas, en contra de tots aquells que els donaven suport.

La matinada del 26 de maig a Vic aparegueren per les parets uns pasquins o bans amb el nom d'uns quants presumptes traïdors. Gent de fora ciutat havia arribat per passar comptes.

Aquell dia, mestre Rifà havia baixat a Vic de bon matí. A l'entrada per un del portals ja va veure aldarulls, però no va saber ben bé el perquè d'aquells enrenous. Tant bon punt havia fet un parell d'encàrrecs, es va topar de ple amb tot l'afer. Des de cal Sebastià, un llibreter amic, es varen sentir uns trets que l'advertien del perill.

—Què és això Sebastià, què passa?
—No sé noi, però sembla que han arribat gent de fora i estan buscant brega.
—Què vols dir? —va insistir mestre Rifà.
—Avui han aparegut uns pasquins amb els noms d'uns quants homes. Els tracten de traïdors i sembla que molta gent s'està afegint a la festa.
—No anem pas bé. Quan comencem així, després no hi ha qui ho aturi.
—Si, és el que passa, justos per pecadors.

De sobte, els trets es varen fer més evidents i forts. Mestre Rifà i en Sebastià van sortir al carrer. La gent començava a embogir, la cridòria de "Visca la terra i morin els traïdors!" havia envaït al país sencer. Una primera columna armada dirigia les masses. Tenien set de venjança.
Mentre passava la multitud, en Sebastià va preguntar a un d'ells a on es dirigien.
—On aneu, si es pot saber?
—Anem a casa Granollacs, on s'amaga el traïdor Bernat Pons, jutge de l'audiència.
—A casa del cavaller Miquel Joan?
—Sí home, el té de convidat. Aquest jutge s'encarrega de l'aprovisionament dels terços de la vegueria de Vic i d'Hostalric. És un traïdor.
—Però què penseu fer.. —va intentar preguntar mestre Rifà, però l'home no estava per xerrameques i va arrencar a córrer per seguir les masses.
Mestre Rifà va veure com la gent girava pel carrer dels Argenters i es dirigien cap a la plaça Major, llavors va pensar el pitjor:

—Tens una arma? —va preguntar al llibreter.
—Un arma? Que t'has begut l'enteniment? Com vols aturar a tots aquests tu sol. Segimon, deixa-ho córrer, què sabràs tu de fer servir un arma...
—S'ha de fer alguna cosa o això acabarà malament.
—Sí, ja ho sé, però no som nosaltres els qui hem de fer-ho. La gent així és molt perillosa, ja veus què va passar a Barcelona fa uns quants dies.

Mestre Rifà ni es va acomiadar, va sortir a gambades darrere les masses. Pels carrers, la gent s'afegia als crits d'aquells amotinats. A l'arribar a prop de la casa d'en Granollacs, un fum negre va començar a enlairar-se per sobre dels edificis dels voltants. Mestre Rifà va intentar passar com fos per entremig de la gent, però li va ser impossible. La cridòria era absoluta: havien embogit. Uns altres varen comentar que la gent de fora muralles s'afegia des del portal de Gurb i que molts havien anat a cercar més traïdors. Mestre Rifà va veure que res podia fer. Sol i resignat va recular i va marxar d'aquell carrer. Com va poder va tornar a casa del llibreter per recollir el cavall. Allí va ser informat que les masses havien cremat la casa d'en Granollacs i també d'altres. La revolta organitzada va acabar amb la vida d'un conseller en cap, ja gran, n'Antoni Illa, que intentant apagar el foc de casa seva, va ser abatut per un tret.

L'endemà per la tarda, i ja des de Sant Julià, mestre Rifà va saber que els amotinats estaven ja controlats a la ciutat, els havien proveït de menjar per a dies i marxaven per a combatre als terços. Havia estat un malson de poques hores, però que ja feia dies que s'anava estenent per a moltes ciutats del principat. Amb l'excusa d'ajusticiar als traïdors, pagaven justos per pecadors, i quan les masses embogien, qualsevol rancúnia era vàlida per passar comptes.

XVIII

El maig es va portar com cal, i va fer el que li era encomanat per la dita. Cada dia, o bé al matí o a la tarda, queia un raig d'aigua. Encara que feia dies que a migdia el que queia era un diluvi. Malgrat tot, la primavera sempre era benvinguda per tothom i més al maig, on es deixava enrere, definitivament, la tristesa de l'hivern i donava pas a l'arribada dels ocells que se n'havien anat a la tardor, com les orenetes que refan els vells nius o en fan de nous, a les parets i sota les teulades.
També les abelles tenen més feina que mai, amb les flors més plenes de nèctar. Per això també, la dita del pagès elogia la mel d'aquest mes com la més bona i saludable. "Maig corrent, la mel rossa com l'or, blanca com l'argent".
D'aquestes dites sobre la pagesia, el camp i més en sabia un munt Agulin, l'occità. Va arribar de bon matí, el dia 28, Sant Just. Renegava de la pluja, aturat davant la plaça.

—Bon dia l'Agulin —va desitjar-li mestre Rifà— què us passa que esteu tan rabiüt.

—*Soi moth fins los uassesç, moll fins els ossos, fa d'oras que invoco a Sant Just e vesètz ja res de res.*

—No deu escoltar-vos bé amb tan soroll que fan els trons.

—*Se vós podètz ja rire, rieu, rieu. Mas quicòm va pas plan. Fonciona totjorn amb la plueja.*

—No sé pas què dieu... —va contestar el mestre, somrient pel mal caràcter i la parla tan ràpida de l'occità .

—Que alguna cosa no va bé, pas plan. Sempre m'ha funcionat amb la pluja, la plueja.

—I què se suposa que fa Sant Just...?

—Incrèdul, que sabes pas que Sant Just èra de Vic e dctura la pluèja amb lo dit.
—Ves per on, heu fet un rodolí. Bé senhor lo Agulin, deixeu-vos d'històries i rodolins que m'heu portat avui.
—Els pinzells que vàreu demanar-me i altres coses.

De cop, pel camí, mestre Rifà va veure pujar un carruatge. De seguida va reconèixer el lleidatà, en Cinto, el cotxer de Blanca de Tamarit. El cor li va fer un salt. Va acomiadar l'occità fins a la tarda i va tornar cap a casa. Va sortir de la sagrera i va enfilar pel carrer Nou. Va veure com el cotxe s'aturava davant de la seva casa. Mestre Rifà, amb pas accelerat, imaginava com en Cinto saltava del carruatge i obria la porta perquè Blanca baixés. Llavors la veia amb la capa blau fosc del primer dia. En Cinto va saltar i es va esperar que mestre Rifà arribés.

—Déu vós guard mestre, com esteu?
—Que no ha vingut la senyora?
—No mestre, és encara a Barcelona. Però m'ha ordenat que vingués a buscar-vos un quadre. També m'ha donat això per vós —en Cinto es va treure una carta de la faixa i li va donar al mestre. Aquest, decebut, la va agafar i es va disculpar dels seus modals vers l'home.
—Perdoneu Cinto, no us he desitjat ni el bon dia. Estava distret.
—No passa res senyor. Ja n'estic avesat. Digueu-me on és i ja l'agafaré jo.
—No cal Cinto, ara mateix te'l baixo —el mestre va guardar-se la carta i va pujar a la casa. El quadre ja estava degudament embolicat amb un llençol. Se'l va mirar i el va baixar.

—Déu n'hi do, sí que és gran —va comentar el cotxer. Va obrir la porta del darrere i el va falcar dins perquè no es mogués amb els sotracs del camí. Mentrestant, el mestre se'l mirava convençut que en Cinto sabia el que es feia.
—Bé, ja està mestre, suposo que ens veurem aviat —va

comentar-li el cotxer. El mestre va assentir amb el cap, mentre l'home pujava de nou al carruatge i s'acomiadava. Mestre Rifà va esperar que el cotxe donés la volta més enllà del carrer per tornar a passar per davant d'ell. Aleshores, en Cinto va reduir la marxa per poder parlar.

—Per cert mestre, teníeu raó l'altra vegada que vaig venir... A l'hostal on em vàreu enviar, vaig menjar i dormir com un rei. Ves per on, que segur que hi tornaré. Adéu-siau.

Mestre Rifà, amb un somriure, es va acomiadar de nou d'aquell bon jan que era en Cinto. Va veure com baixava pel carrer i entrava de nou a la sagrera. Llavors va agafar la carta i la va llegir:

Benvolgut Mestre Rifà,
Us envio al meu cotxer per recollir el quadre que vós magistralment heu fet. Des del darrer dia que ens vàrem veure a palau he estat molt enfeinada. Ja sabreu que les coses estan malament amb el rei i que el meu marit i altres prohoms estan fent el possible per resistir l'envestida de les tropes espanyoles. Tant aviat com em sigui possible voldria pujar per continuar amb el segon encàrrec que us vaig fer. Malgrat la intervenció del meu marit perquè feu un quadre meu, el nostre encàrrec segueix vigent i ha de ser amb la vostra total discreció, com ha estat fins ara.

Perdoneu si no puc ser més explícita en aquesta missiva. Espero que ho entendreu.

Atentament,
Blanca

Mestre Rifà, decebut novament, va guardar la carta i va pujar al

taller. Assegut a la cadira va estar pensant amb aquell nou sentiment que l'estava turmentant d'ençà que va conèixer la Blanca. S'havia de treure del cap aquella dona, com bé el va aconsellar el bisbe de Vic. Només li estava portant angoixa i qui sap si més endavant maldecaps més grans.
Amb les mans al cap el va trobar en Miquelet que havia arribat de fer uns encàrrecs. Mestre Rifà ni l'havia sentit pujar les escales.

—Que no us trobeu bé, mestre? —va preguntar el noi veient l'escena.
—Ah, ets tu Miquel? No t'he pas sentit. Estic bé, només rumiava.
—He anat a buscar els encàrrecs que m'heu demanat aquest matí. Només falta la camisa que us havia de sargir ma mare. Però deu ser a l'hort. Després, havent dinat, m'hi arribaré.
—D'acord Miquel, moltes gràcies.
—Segur que no us passa res? Voleu que avisi l'apotecari?
—Estic perfecte —va contestar mestre Rifà, aixecant-se de la cadira per començar a treballar de nou.
—Per cert —va seguir en Miquelet— el pare em va dir que volíeu parlar amb mi, no em va pas dir de què es tractava. Que he fet res mal fet?

—Ah sí, Miquelet, ja no hi havia pensat més. Però tranquil, que no és pas res dolent. Mira, seu i ho enllestim.

Els dos varen seure a la taula. Mestre Rifà va agafar dues gerres i hi va posar vi.

—El dia de les caramelles, ton pare i jo vàrem estar parlant del teu futur. Mira, ha arribat el moment que decideixis què has de fer...
—Que no puc seguir amb vós?
—No és pas això, deixa'm que t'ho expliqui... Després ja faràs preguntes, d'acord? Com et deia, ja tens una edat i cal que

mirem endavant. Com li vaig dir a ton pare, jo aquí ja t'he ensenyat tot el que pots ser. Només és temps i pràctica, perquè tot allò que has après, ho posis sobre la tela. Però ets tu qui ha de decidir. Normalment, i ho sabràs pels teus companys, els nois com tu no poden decidir el seu futur, i menys en un poble. Segueixen l'ofici del pare, si en té, o bé porten la casa o el mas, les terres i totes les tasques que sempre han vist fer a son pare. Tu, per sort, has pogut desvincular-te de moltes d'aquestes tasques venint a treballar amb mi...

—Què vol dir desvincular-te, mestre?

—Que no has hagut de fer dia a dia tot allò que esperava ton pare de tu.

—Però sempre els ajudo quan he sortit d'aquí. A ell i a la mare.

—Sí, ja ho sé. Però alhora has après un ofici diferent de la resta. I és per això que has de decidir...—mestre Rifà va fer un glop de vi i va continuar— Has de decidir si vols dedicar-te a l'ofici de pintor o bé continues amb la tradició familiar de ton pare, sent fuster. —en Miquelet va estar a punt d'engegar la bateria de preguntes, però el mestre, novament, el va tallar i va continuar— Espera, no he acabat...

La qüestió és que si vols ser un bon pintor, necessites mestres més importants i que en sàpiguen més que jo i poder aprendre més tècniques i millors.

—Però vós sou el millor del país i ...

—No és cert Miquelet, jo em defenso bé, però...—no sabia com dir-li que per ser el millor, havia de veure món i marxar d'allí— res més. Tu ets bo, però per ser molt millor que jo has de recórrer món, has d'aprendre dels Italians i sobretot dels holandesos. Has sentit que molts cops t'he parlat dels retrats que fa en Van Dyck o en Vermeer, amb aquella llum i també d'en Caravaggio, malauradament mort fa 30 anys o fins i tot, coi, d'espanyols, en Velázquez que està fent obres d'art magnífiques.

—Però no us acabo d'entendre... Com voleu que pinti com ells?

—Doncs anant allí i entrar en algun dels seus tallers.
—Però, com? Com puc anar a Holanda?
—Això ja ho veurem. El que compta és que ara has de decidir si ho vols fer. Després ja arreglarem la resta.
En Miquelet va quedar mut. El cert era que tot allò era massa en aquell moment. Mai havia imaginat que hauria de decidir entre la seva terra i el seu estimat ofici. Amb el cap cot sobre la taula intentava esbrinar una resposta. Mestre Rifà va veure la seva angoixa.

—Vinga, que no és la fi del món. Tot al contrari, pot ser per a tu la gran oportunitat de ser quelcom important a la vida.
—I si jo no ho vull ser d'important?
—Com ja t'he dit, ets tu qui ho ha de decidir. Però no cal ara mateix. Apa, acaba't el vi i comencem a treballar.

Els dos varen posar-se a feinejar. En Miquelet va estar abstret tot el dia donant-li voltes al cap.
A la tarda, l'occità va arribar amb les comandes que el mestre li encarregava. El caràcter desenfadat i rialler de l'Agulin va fer oblidar per una estona les cabòries a en Miquelet. Tenia altra feina, intentar entendre mínimament el que aquell bon home deia.

Els dies següents no van tornar a parlar del tema. Mestre Rifà va veure que el noi no volia parlar-ne i va respectar la seva voluntat. Era millor no pressionar-lo.

XIX
31 D'AGOST DE 1629

Era negra nit, s'havia fet fosc de cop per una tamborinada pròpia de l'estiu que s'apropava pel Montseny. A pleret els ulls es varen avesar a la foscor fins que van poder situar-se plenament dins del bosc. A prop es podia veure, en el llindar del camp, la llum amortida del mas Sauleda. En Jaume Masferrer (Toca-sons) havia començat a actuar com a capitost de la seva pròpia banda, però continuava arrelat als homes i a la banda d'en Serrallonga. Aquell dia havia sabut que en Pere Joan Coll de Sant Julià de Vilatorta l'havia traït.
Mestre Rifà el va acompanyar amb un homes més. Calia escarmentar aquell home que havia fet posar soldats per capturar-lo. Sabien que més tard o més d'hora en Pere Joan tornaria a Sant Julià i passaria per allí. El mestre va veure com arribava pel camí el teixidor de lli. En Toca-sons va fer cara de satisfacció al veure'l. Va esperar fins a tenir-lo a pocs metres i aleshores va sortir del bosc.

—Estàs molt tranquil, Coll. —en Pere Joan va recular i va posar la mà a la faixa per a treure la ganiveta, però darrere ja tenia un altre home que l'apuntava per l'esquena— Deus ser molt valent com per buscar-me les pessigolles.
—Què vols? No saps que t'estan buscant, que fins a Sant Julià hi ha soldats.
—I tant. També sé que has sigut tu qui els ha portat.
—No sé de què em parles. Jo només sóc un teixidor, res més. Deixa'm passar.
—No Coll, ets més que un teixidor. Ets un traïdor.

En Toca-sons es va apropar a l'home i va treure la seva navalla. Aquest va intentar de nou recular, s'ensumava el pitjor. Però per l'esquena la fulla li començava a tallar la roba.

—Saps què li fem als traïdors com tu? Els hi tallem la llengua i després els la fem empassar, fins que moren asfixiats.

—Jaume, si us plau, jo no volia fer-ho. Encara estem a temps de fer que marxin. Parlaré amb ells, els hi diré que m'he equivocat. Si us plau...

No va tenir temps de dir res més. Les dues navalles van traspassar un parell de vegades el cos d'en Pere Joan. Aquest va caure desplomat al terra. Tot seguit, els dos bandolers varen netejar les armes amb la roba del difunt.
Mestre Rifà no va tenir temps de dir res. No es pensava pas que l'assassinessin. Li havien dit que l'avisarien, que només seria un petit escarment. Però aquells homes volien sang i una vegada davant la presa, no la deixaven escapar.

—Què collons heu fet! —va arribar corrent mestre Rifà— Això no és el que m'havíeu dit! L'heu mort, collons!

—Què passa, pintor, ara et fas l'estret... —va replicar en Toca-sons orgullós del que havia fet— o és que t'estàs estovant —van esclatar a riure els dos bandolers— Així sabran amb qui se la juguen aquests cadells de merda!

—Ets boig, això només ens portarà problemes.

—Problemes... matar un traïdor? Que vols que m'agafin?

—No calia matar-lo, ara has posat tu mateix preu al teu cap.

—Doncs bé, —en Toca-sons va pujar al cavall i agafant les brides— que pugi com l'escuma, anem!

Els dos homes varen marxar al galop mentre el mestre va mirar si en Pere Joan encara era viu. De sobte, ajupit sobre el cos mort, un soroll el va espantar i va treure la pistola per a defensar-se. Es va trobar un noi que venia corrent. Va tornar a guardar l'arma a la faixa i el va esperar.

—Acabo de veure en Jaume Masferrer, què ha passat? —era

un dels nois del mas Seuleda que va sentir els cavalls i va sortir a veure què passava— l'ha mort?
—És mort.
—Qui és?
—En Pere Joan Coll.
—Déu meu, m'ha dit que era un traïdor.
—Això sembla.
—Vós l'heu vist com el matava?
—Mira noi, tu que ets de per aquí —el mestre va pujar al cavall— avisa al batlle de Sant Julià, ell sabrà què s'ha de fer.
—Qui sou vós, senyor? —va preguntar el noi, però el mestre se'l va mirar i va abaixar la vista. No sabia què dir. Se sentia culpable d'aquell crim i ja n'estava fart d'aquella vida.
—Jo... jo no sóc ningú, vailet.

—Segimon, ei!... No has escoltat res del que t'he dit? Avui estàs a la lluna de València o què? —va exclamar-se en Guerau mentre mostrava els seu productes.
—Perdona Guerau, estava despistat, què em deies d'aquesta tela?

En Guerau Coll era el fill del teixidor de Sant Julià de Vilatorta, en Pere Joan Coll, que feia 11 anys havia vist matar a mans d'en Toca-sons. Sempre que se'l trobava pel poble o anava a comprar-li lli li venien a la memòria les imatges d'aquella nit tràgica. El noi que havia seguit amb l'ofici del pare, no sabia pas que el mestre havia estat present aquella nit. I encara que ell no va prendre partit físicament amb l'assassinat, se sentia culpable de no haver fet res per impedir-ho. Sabia com eren aquells homes i no va ser capaç de controlar la situació.

—Que si la vols prima però valenta, aquesta és la millor.
—Sí, m'agrada... —va dir el mestre mentre l'agafava amb les mans i l'estirava per comprovar com n'era de forta— aquesta m'anirà bé. Em prepararàs aquestes mides —li va deixar un

paper escrit— quan ho tinguis m'avises, d'acord Guerau?

—Perfecte, no passis ànsia, aquesta setmana la tindràs preparada.

Mestre Rifà va marxar del taller amb la pena al cor. Portava uns dies que les històries que havia viscut en el passat no el deixaven pensar clarament. Tenia por que després de les converses amb els consellers del govern, les coses no fossin iguals. I no anava mal encaminat doncs aquell mateix dia havia rebut una carta on se'l convidava a trobar-se a l'hostal de Calldetenes per un assumpte que en la missiva posava d' "integritat nacional".

L'hostal de Calldetenes, en ple camí ral de Vic a Girona, era ple al migdia, els traginers que voltaven per les comarques anaven a dinar o a fer el got. I molts vigatans anaven a comprar aliments per no pagar els tributs que encarien els productes a la ciutat de Vic.
Ca la Nena era un lloc on es barrejava la flor i nata, des del prohom més ric, al captaire més pobre. I on passava de tot, des d'afers amorosos fins a assassinats com el de Francesc Torrent dels Prats, veí de Sant Julià de Vilatorta i agent reial que s'encarregava de perseguir bandolers i que va ser mort a mans del bandoler de més anomenada del moment, en Perot Rocaguinarda.

La Nena, una dona alta, amb moltes corbes i un caràcter més aviat esquerp, però alhora fàcil, portava l'hostal amb l'ajut del seu marit en Jaume. Aquest, més avesat a la beguda que no pas a la feina, era l'hostaler més burlat, ja que se li atribuïen les banyes més grans de la comarca.
Mestre Rifà va entrar decidit per acabar amb aquella trobada que li feia mala espina. Va topar-se de cara amb la Nena que li va somriure:

—Hola Segimon, quant de temps sense veure't... Que ja no et fem bons tractes a l'hostal?

—Hola Nena, com estàs? Saps si hi algú que...
—Estan asseguts darrere les bótes, volien un lloc tranquil... Pots comptar, en aquest hostal... Com es nota que són nouvinguts.
—Gràcies, maca.

Mestre Rifà va travessar el local saludant a molts dels que eren asseguts. Va veure dos homes bevent amb els barrets d'ala ampla, asseguts al costat de les grans bótes de vi. De moment no en va reconèixer a cap.

—Senyors, em buscàveu? Sóc en Segimon Rifà.

De cop, es varen girar al sentir la veu del mestre. Llavors un d'ells es va adreçar a ell:

—Quant de temps, pintor —el mestre el va reconèixer, era un antic home de la colla d'en Serrallonga— no et quedis aquí dempeus, seu i beu amb nosaltres.
—Què vols, Adrià? No crec que tinguem res a parlar.
—No t'esveris, seu i escolta. Per cert et presento a Salvador Gallard, lloctinent de les tropes catalanes.
—Mestre Rifà, és un honor... —va saludar, aixecant-se l'home— Voldríeu, si us plau escoltar-nos cinc minuts, us ho prego —mestre Rifà no entenia molt bé de què anava el tema. Un exbandoler i un lloctinent de l'exèrcit, junts. El mestre va seure i es va treure el barret.
—Vós direu.
—Com sabeu... —va començar el militar— estem envoltats dels terços estrangers del rei i ens estan portant molts maldecaps en aquesta part del país.
—Això no és nou, ja fa anys que dura —va interrompre mestre Rifà.
—És cert, ja fa anys, però ara s'ha accentuat amb les males relacions que la Diputació té amb el rei. Des de palau se m'ha demanat que us recluti per a encapçalar un grup d'homes que

posin fi a aquesta disbauxa.

—Jo? Què hi pinta un pintor en aquest afer militar?

—Vós coneixeu bé la comarca i teniu...—va fer una pausa per fer un glop de vi— força experiència, diguem militar...

—Esteu perdent el temps senyor, no sóc pas l'home que busqueu. Ell mateix —assenyalant l'home que l'acompanyava— té molta més experiència i de ben segur us serà més útil. —mestre Rifà va agafar el barret, donant a entendre que finalitzava la trobada.

—Potser no m'he explicat amb claredat... —va continuar el lloctinent— és un afer nacional i, com tothom, hem de estar disposats a servir al país —mestre Rifà es va aixecar. No volia involucrar-se en res.

—Deixeu-vos de romanços i anem al gra. —va tallar en sec, l'Adrià Capdevila— coneixes prou bé qui és en Francesc Tamarit, oi Segimon?

—Com tothom.

—Doncs jo diria que ell et coneix molt més bé.

—Què vols dir?

—Senyors... —va interrompre en Salvador Gallard— us haig de deixar, tinc altres afers que reclamen la meva atenció. Capdevila, us ho deixo a les vostres mans. Estic segur que arribaran a un acord. Adéu-siau. —en Gallard es va aixecar, va saludar a Mestre Rifà i va sortir de l'hostal. El mestre no va entendre massa bé el que estava passant. Però tot plegat no li agradava gens.

—De què va tot això, Adrià?

—Doncs va de que si tu no fas el que et diuen, tots plegats sortirem malparats.

—No et segueixo. Per què hem de sortir malparats?

—L'il·lustre heroi de Catalunya, en Tamarit, és qui ha donat ordres explícites de reclutar-nos per fer aquesta feina. I concretament a tu, Segimon. Mira noi, no sé pas què li has fet al tal Tamarit, però si no compleixes, els fantasmes del passat ens passaran factura. I no només a tu.

Mestre Rifà va començar a lligar caps. En Tamarit sabia l'afer amb la seva dona i era una manera de venjar-se. Però qui havia estat capaç. No tenien un matrimoni de conveniència? O és el que ella es creia...? La qüestió era que estava en perill.

—Qui més hi està involucrat?
—En Dídac Martorell, en Picamés, en Serra, el Camatort i en Petit, l'Agustí de cal Noi i ...
—Collons! —va tallar en sec el mestre— pensava que tots éreu morts o havíeu fugit del país...
—No sé si en Filigranes també hi està ficat. Molts varen fer com tu, quan les coses van començar-se a torçar.
—En Filigranes segur que no.
—Has parlat amb ell?
—No ben bé. És mort.
—Com ho saps?
—Bé, és una llarga història —el mestre va estar a punt d'explicar-li l'incident a Barcelona amb el tal Filigranes, però s'ho va repensar— però de ben segur que és mort. I tu què vas fer?
—Quan van agafar a en Jaume, en Toca-sons, vaig fugir cap a Tortosa. Vaig intentar fer una vida normal, però des que les tropes del rei van començar a entrar als pobles vaig decidir tornar. Vaig pensar que tot s'havia oblidat. Segimon —va abaixar la veu— jo ja no vull participar en res, vull tenir una vida normal. I si he de lluitar pel meu poble, ho faré perquè jo ho he decidit, no perquè m'estiguin fent xantatge.
—Doncs, ja veus. Hem d'intentar acabar amb això el més ràpid possible i sense que ningú més en sàpiga res. Abans que res, intentaré arreglar aquesta merda...
—Espero que ho facis, de tu depèn la vida de tots. Com ha mínim la nostra, la resta em consta que no han sabut triar-ne una altra.
—Em sap greu Adrià, t'he subestimat, pensava que encara estaves ficat amb tot allò. Ara veig que has intentat, com jo, refer la teva vida. Tens la meva paraula que faré tot el possible

per arreglar-ho.

El mestre va marxar de l'hostal amb la certesa que algú havia parlat més del comte. Per això en Tamarit s'havia assabentat de l'afer amb la Blanca. Només una persona podia ser el responsable...

XX

De bon matí, mestre Rifà va agafar el cavall i va baixar a Vic. Va entrar pel Portalet vorejant la Catedral, fins al palau del Bisbe. Allí va entrar un mosso i li va agafar el cavall. Mestre Rifà estava decidit a parlar amb el bisbe, fos l'hora que fos. Va pujar les escales grimpant fins al replà d'entrada al palau. Allí va topar-se amb el camarlenc del bisbe que li va barrar el pas a l'interior. Mestre Rifà va restar un graó per sota de l'home.

—Bon dia, amb què us puc ajudar, mestre Rifà?
—Haig de veure urgentment el bisbe.
—Em sap greu mestre, però ara mateix el senyor bisbe està esmorzant i no se'l pot destorbar.
—Com us he dit, és urgent i us prego que aviseu al bisbe de part meva.
—Si us espereu un parell d'hores, jo mateix...

Mestre Rifà va pujar el graó d'una revolada, es va posar davant mateix del camarlenc que era més baix i gras que el mestre i acostant-li la cara a dos dits li va parlar:

—Mireu, refotut capsigrany, us demano, si us plau, que l'aviseu o per Déu que tant me fot si està esmorzant o dormint, que entraré i us portaré arrossegant-vos a vós per l'orella fins la seva presència. O sigui, que entreu i aneu per feina. I si no sortiu, tiraré la porta a terra i entraré. Us ha quedat prou clar?

El pobre camarlenc, assentint amb el cap i gairebé sense respirar, va recular fins la porta sense girar-se, la va obrir i amb un fil de la poca veu que li va sortir li va demanar que esperés.
Amb poc més de dos minuts, va tornar a sortir i va convidar al mestre a passar. El va acompanyar fins al despatx del bisbe i allí

li va pregar que esperés. Al cap d'una estona va entrar Ramon de Sentmenat amb mala cara.

—Què és això tan urgent que no té espera? Qui us heu pensat que sou vós per entrar d'aquestes maneres, us heu begut l'enteniment?

—Què en sabeu d'aquest allistament forçat que està preparant en Tamarit?

—No sé pas de què em parleu...

—Vol que recluti un grapat d'antics bandolers per plantar cara als terços.

—Ai, benvolgut Segimon, i què us pensàveu? —el bisbe va seure al seu despatx, mentre el mestre restava dempeus— Tan ferotge que semblàveu fa uns segons allí fora i tan ingenu que us comporteu de vegades. Que no us ho vaig advertir, que Blanca de Tamarit, no era pas un bon afer?

—Com ho ha sabut? —va preguntar mestre Rifà posant les mans sobre la taula del despatx.

—Que com ho ha sabut? Però què us penseu? —el bisbe va aixecar-se de sobte i va començar a donar tombs per l'estança mentre gesticulava amb els braços— Blanca es pensa que té una llibertat infinita, gairebé llibertinatge per una dona. Però el cert és que darrere d'aquesta aparença, Tamarit té ulls pertot arreu. I encara que no li demostri, Blanca està completament controlada. Si és penseu que he sigut jo qui ha posat en alerta al tal Tamarit, us ben equivoqueu. Per què us hauria de trair a vós? I encara menys a Blanca. No és pas que em sembli correcte el que fa, i ja sap prou Déu que he intentat canviar el rumb d'aquesta dona, però és inútil. Si no fos perquè vaig prometre a son pare, que al cel sigui, tenir cura de la seva filla fins la resta de la meva vida, a hores d'ara ja l'hagués abandonada al destí. Jo he parlat amb ella milers de vegades, i res.

—Doncs com ha sabut qui era jo i la resta de gent?

—Perquè a hores d'ara és un heroi nacional amb molt de poder. I està dins del govern.

—Claris em va assegurar que si jo no...

—Claris fa el que pot. Però això no és pas obra de Claris, això

Segimon, simplement és gelosia. Vaja, que Tamarit us vol allunyar tant com pugui de Blanca, sense fer enrenou.

—Doncs digueu-me, què puc fer? Hi ha gent, com jo, que fa anys que ha intentat sortir del fang i ara no vol pas tornar.

—Pel que em dieu seria foragitar els terços que assolen les nostres contrades. Per tant, esteu servint al país.

—No crec que sigui tan senzill. A part dels terços, vol impedir que els revoltats que varen alliberar-lo a ell a Barcelona i que estan creixent com a bolets per arreu del país, continuïn fent mal pels pobles i ciutats. Ja vàreu veure què va passar aquí a Vic mateix, fa uns dies, quan vós estàveu a Barcelona. Això és cosa d'un exèrcit, no pas de quatre pela canyes.

—Ja us he dit el que penso. Us vol eliminar del mapa.

—He de parlar amb la Blanca...

—Que esteu boig? I què en penseu treure?

—Ella pot intervenir per nosaltres.

—Per què voleu que ella sàpiga més del compte? Com penseu que s'ho prendrà si sap que vós heu estat un bandoler? No veieu que ella és de la noblesa d'aquest país. A part, creieu que s'enfrontaria al seu marit i amb un tema així... —el bisbe, actuant, va fer una parodia de la situació:— per cert, estimat espòs, sabeu aquell pintor... en Segimon, sí

—Home, el meu amant... —mestre Rifà se'l va mirar amb ganes d'escanyar-lo— no sigueu patètic Segimon, deixeu les coses com estan i no parleu amb ningú.

—Llavors?

—Miraré de fer unes quantes gestions. Encara que com ja comprendreu, amb l'afer de França, no estic en massa bones relacions a hores d'ara. Crec, amic meu, que fins i tot, està en perill el meu càrrec de bisbe aquí a Vic. Però vaja, això són figues d'un altre paner.

—Us ho agraeixo i disculpeu-me si he dubtat de vós.

—Bé, i ara... —va fer una pausa i remarcant les paraules que mestre Rifà havia engegat al pobre camarlenc, li va dir:— refotut capsigrany, deixeu-me esmorzar tranquil!

XXI

Feia un moment que en Miquelet havia marxat a casa seva. Ja es començava a fer fosc i mestre Rifà havia donat per acabada la jornada de treball. Mentre endreçava els pinzells, va pensar en posar-se, una estona, abans d'anar a sopar a l'hostal, a dibuixar esbossos per uns quadres que tenia en ment des de feia uns dies. Es va servir un got de vi i va encendre un quants llums per a poder veure-s'hi correctament. Tant bon punt es va posar a la taula per a començar, va sentir com trucaven a la porta... Normalment, en Miquelet, quan marxava al vespre, tancava el portal. Va pensar el mestre que el noi s'havia deixat quelcom i que tornava per a recollir-ho. Va agafar un quinqué i va baixar. Va arribar al portal i va deixar el quinqué al ganxo de la paret per obrir la porta. Allí palplantat hi havia en Cinto, el cotxer de Blanca, senyora de Tamarit.

—Bona nit mestre i perdoneu que us molesti a aquestes hores...
—Hola Cinto, què passa?
—Res mestre, no patiu, però us porto una carta de la senyora. —En Cinto, com qui no vol dir res, va avançar-li el contingut de la carta:— Ens estem al mas dels Hostalets. Us hi espera demà, em sembla.
—D'acord Cinto, ara la llegiré.
—Fins demà mestre, bona nit.
—Adéu-siau.

Mestre Rifà va esperar que en Cinto marxés i va tancar la porta. Assegut al banc de treball, mestre Rifà va obrir la carta. Blanca el convidava l'endemà al mas dels Hostalets per poder començar l'esbós del seu quadre. Com sempre, la missiva era estrictament breu. Per un moment va ser feliç de retornar a veure a Blanca, però llavors va recordar les paraules del bisbe feia només uns dies. I no sabia si l'afer estava arranjat o no. Aquella nova trobada amb Blanca podria empitjorar la situació, si és que ja no era del tot irreparable.

Sense pensar més en les conseqüències d'aquella trobada, l'endemà, Mestre Rifà va pujar al carruatge que l'esperava puntual davant del portal. En Cinto, com sempre, era l'home més feliç de la terra. La seva energia i el seu bon caràcter feia que el més pintat estigués de bon humor mentre ell fos davant. En Pinzell va seure a l'empedrat del portal i com si es coneguessin de tota la vida, en Cinto i el ca van estar jugant i fent magarrufes fins que mestre Rifà es va acomodar dins del carruatge.
El viatge va ser radicalment diferent del darrer que va fer al mas. I no pas només pel temps del trajecte sinó pel paisatge. De sols veure neu i boira, ara va poder gaudir de l'esplèndid espectacle que li oferia la vista del Montseny a mà esquerra. Amb poc menys d'una hora, van arribar just davant del portal. Aquest cop, en Cinto va baixar i va obrir els dos porticons que tancaven el pati del mas, llavors va tornar a pujar i va conduir el carruatge fins davant mateix de la porta. Allí va tornar a baixar d'un salt i va obrir la porta del cotxe perquè mestre Rifà pogués baixar.

—Quina diferència del darrer dia que vàreu venir, mestre?
—I tant Cinto, llavors ni vas poder apropar-te al mas.
—Recony, és cert mestre. Perdó, sóc un mal parlat.
—No passa res, tots ho som, els catalans.
—Sí, però com diuen: "si vols ben parlar, aprèn a callar". Veniu, seguiu-me... —va indicar-li en Cinto, pujant els quatre graons— Ara mateix aviso a la senyora... Avui estem sols, no hi ha pas ningú.

Van entrar dins del mas, llavors en Cinto va cridar pel forat de l'escala:

—Senyora Blanca, ja som aquí! —va esperar un segons— Si vol res, estaré endreçant l'animal a l'estable.

—D'acord, Cinto... —es va sentir des de dalt— Ara baixo, Segimon...

—Bé mestre, fins ara.

—Fins ara, Cinto —va contestar, amb un somriure, mestre Rifà.

En breus segons va sortir Blanca. Mestre Rifà estava entretingut mirant un parell de trabucs que hi havia penjats a la paret.

—Tan malament ho veus que ja penses en com et podràs defensar?

—No se sap mai... —es va girar mestre Rifà— Diuen que aquestes dones, perdó, dames de l'alta societat són molt perilloses...

—No ho dirà pas per mi?

—Valga'm Déu, no m'ha passat mai pel cap. Com estàs?

—Bé, però si et plau, puja, no sé què fem parlant aquí.

A dalt, Blanca esperava el mestre a la porta de l'estança on havien fet l'esbós l'altra vegada.

—Et sembla bé aquí? M'agradaria que, més o menys, el quadre fos igual.

—Si tu vols, ets tu la mestressa.

—I tu, el mestre. —Es varen mirar somrient mentre el mestre entrava dins.

Blanca va tancar la porta i va obrir els finestrals perquè entrés més llum. Mestre Rifà se la va mirar. Desitjava apropar-se a ella i besar-la, però es va reprimir. A part de les bromes, la veia un pèl distant i freda. Llavors no va poder més que advertir-la d'aquella trobada.

—Vols dir que és una bona idea això d'avui? No sé pas, com estan les coses... —va insinuar mestre Rifà per veure per on sortia ella.

—Veig que estàs un xic angoixat, estimat.

—Més que angoixat, preocupat per tu.

—Segimon, agraeixo la teva preocupació, però no pateixis. Per ara tinc les coses controlades... —va seure davant del mestre— Estic assabentada de com s'ha comportat el meu marit aquests darrers dies.

Mestre Rifà va deixar el paper que havia agafat i va seure davant de Blanca. Estava expectant davant del que podia saber d'ell Blanca.

—I si me'n fas tres unces de tot plegat?

—Deixa't de misteris. Sé que el meu home ha volgut enviar-te fora per dirigir un petit exèrcit contra els terços... —Mestre Rifà va empassar saliva, però va seguir amb l'aplom d'indiferència— No sé pas què li ha agafat aquest cop. Vull dir que mai s'havia ficat en res, pel que es refereix a la meva vida privada. Em sap greu...

—Bé, no cal que et pregunti com ho has sabut, oi?

—El nostre amic comú, com dius tu?

—Suposo...

—Però no has de patir, tot està arreglat. Mai hauràs d'anar en lloc —llavors mestre Rifà es va sobtar i no va saber dissimular.

—Què vols dir? Què has fet?

—Jo res. Bé, quasi res, només he hagut de moure uns quants fils.

—A veure, Blanca... —mestre Rifà es va començar a posar nerviós, veia clar que tot plegat se li escapava del seu control— explica'm què has fet en concret?

—Precisament ara el meu marit està fora del país...

—A França?

—Justament. I com que les ordres eren d'execució immediata... només hem hagut de canviar la persona que havia de comandar aquest petit exèrcit. Vós, malauradament, no heu pogut, estàveu... diguéssim que... compromès directament des de palau per una altra missió. Que, evidentment, és estrictament secreta, només la coneix el propi president.

—Mare de Déu, però quin embolic heu tramat?

—Evidentment en Pau Claris està al corrent de tot i s'ha prestat gustosament al joc. Li has caigut bé. De totes maneres, no descarto que a canvi us encarregui quelcom important pel país. No patiu, és un bon home i tinc plena confiança en ell.

—M'haguessis pogut consulta,r no?

—No he pogut, Segimon. Tenia les hores contades. Demà mateix haguessis hagut de partir. Era impossible esperar.

—No sé pas... m'has deixat de pasta de moniato.

—Em sap greu. Però el que no entenc com és que havia pensat amb tu per comandar aquesta missió. Tu ets pintor, has estat a l'exèrcit o alguna cosa similar? Quina experiència tens sobre aquest tema?

Mestre Rifà va respirar tranquil després de sentir les darreres paraules de Blanca. Ella no sabia res de res del seu passat.

—No sé pas, suposo que la gelosia no el va fer pas reflexionar amb claredat —va intentar dissimular mestre Rifà, sense haver de contestar— però em preocupa quan torni. Si s'assabenta de tot, encara serà pitjor.

—No t'amoïnis, tenim un bon aliat. No crec que ho arribi a saber mai. Però això —Blanca va aixecar-se trencant la tensió— ja ho solucionarem quan calgui. Ara crec que tenim feina, no? Com em poso pel quadre?

Mestre Rifà estava del tot emboirat, tot allò el tenia més que preocupat. A banda, trobava que Blanca estava distant, diferent.

—Bé, no sé, has dit que el volies com l'altre, no?

—Sí, han de ser similars, si em permets, vaig a canviar-me...
Blanca va sortir de la cambra. Mestre Rifà va apropar-se a la finestra i va veure com en Cinto estava enfeinat netejant estris del carruatge. En pocs minuts, Blanca va aparèixer de nou. Anava amb una bata de seda color vi. Mestre Rifà va restar immòbil mentre ella s'apropava.

—Si has de passar-te tot el dia mirant-me així, de ben segur que no avançarem —va dir Blanca amb un to picaresc.
—Perdona, estava distret. Bé, seu al sofà. Obriré un pèl més el porticó de la finestra, entrarà més llum. Quan vulguis, pots treure't la bata, però no del tot. Estira't i deixa el cos mig nu.
—Home, ara sembla que tinguis pressa.

El mestre va seure a la cadira i es va mirar a Blanca. No sabia com començar a explicar-li el que li passava. Llavors va intentar clarificar idees.
—Mira Blanca, el cert és que no sé ben bé de què va tot això.
—Què vols dir?
—No sé. He estat esperant ansiosament aquesta trobada amb tu. Pensant que tu sentiries el mateix, que voldries tronar-me a veure. I no pel quadre, sinó per mi. I ara no sé què pensar...
—Ara sóc jo que no sé què dir-te.
—És que no t'entenc, no sé si el que sents per mi és el que jo sento. M'és confús tot plegat.
—Segimon, gairebé no ens coneixem. Però si he fet el que he fet per tu, no ha sigut perquè poguessis acabar la feina del quadre. Ha sigut perquè t'aprecio.
—Ja, potser és per això, perquè només m'aprecies.
—Mira Segimon, jo tinc una vida un pèl complicada i n'estic orgullosa de com és. Per-què poques dones poden dir el mateix.
—Potser això em desconcerta. El teu marit, la teva amiga, d'això, Flor de Neu, no? I jo entremig. Les dones que jo he conegut, han estat sempre normals i tu ets diferent.
—Vaja, ara ets tu qui està gelós! —Blanca va fer una pausa mirant-se'l— Jo, al meu marit li dec tot el que sóc i mai podré

fer-li res que el perjudiqui. Jo l'estimo, potser no com s'entén l'amor entre marit i muller, és més com una amistat sincera, una estimació d'agraïment. Ell ho sap, jo ho sé i la resta es pensen que som un matrimoni exemplar. I així serà. Cadascú, com ja saps, fa la seva vida intentant no perjudicar a l'altre. Pel que fa la meva amiga, com dius tu, ja et vaig explicar quina era la nostra relació, no? Ja entenc que sóc diferent però, i què? Quin problema hi ha?

—El problema pel que sembla sóc jo, no?
—Tu no ets un problema, Segimon.
—I llavors, digues, aquella nit què va ser per tu?
—Especial, vaig estar molt a gust amb tu. Però només va ser una nit. Digues tu, amb la mà al cor, si com aquella nit no han estat altres per a tu. —Mestre Rifà va assentir amb la mirada— I no has seguit pas amb la relació, potser ja no l'has vist mai més. Doncs és el mateix.

—Bé, crec que no, no és el mateix —va contestar mestre Rifà amb un to més dur.

—No és el mateix perquè sóc una dona, no?
—És clar.
—Vaja, que no tenim el mateix dret? Si ho fas tu, t'hem d'aplaudir, si ho faig jo, sóc una meuca. És això, no?

—Bé, no volia dir això... Veus com ets diferent —va fer una pausa intentant justificar-se amb la mirada— Potser tens raó, jo que intento ensenyar modernitat i fer obrir els ulls a la gent, i en el fons, segueixo pensant com ells. Però has d'entendre que aquest sentiment de l'home, és instintiu, potser primitiu. És un sentiment de possessió. I és molt difícil d'erradicar. També és cert que la societat mateixa i, les dones en general, a vegades són més radicals que l'home.

—Tens raó, jo tinc unes quantes conegudes que si sabessin el contingut exacte de la meva vida, m'obririen en canal com als porcs davant de tothom per treure'm els budells. Vaja, em desbudellarien viva.

—Renoi, quines amigues!
—Conegudes, no pas amigues.

Llavors, tant l'un com l'altre van somriure. Mestre Rifà va veure clar com era la Blanca i que no tenia res a fer amb ella. Si la volia tenir al seu costat, havia de acceptar-la tal i com era.

—Per tant, podem dir que només som amics, no?

—Íntims, potser seria la paraula. Mira Segimon, estic molt bé amb tu, però no vull presses. En aquests moments només hi ha una persona de qui estic enamorada, encara que sembli contra natura. M'agradaria no perdre't, de veritat, ara que tot just ens comencem a conèixer. Però no em facis triar, si us plau, anem a pleret.

—Bé, el cert és que un no és de pedra. Com vols que pugui concentrar-me ensenyant-me tot aquest bé de déu... —mestre Rifà va agafar les mans de la Blanca, va aixecar-se i les va alçar com si volgués ballar una sardana, ella que portava la bata oberta, va mostrar de nou el seu cos nu davant d'ell. Blanca va riure, el va abraçar i el va besar dolça, però intensament. Llavors a cau d'orella li va xiuxiuejar:

—Jo també t'estimo.

Mestre Rifà la va mirar i seguidament trencant l'encant li va etzibar:

—Bé senyora, si vol que em posi a treballar potser que em deixi de grapejar... Apa, al seu lloc...

—A l'ordre, mestre... —Blanca va posar la mà al front com un soldat— Potser podríem acabar aquesta conversa més tard i en un altre lloc senyor... potser al meu llit, no troba?

XXII

Feia un parell de dies que havia arribat una carta de la Margarida Serrallonga. En breu baixaria del mas Serrallonga de Querós a Vic per a comprar provisions per l'hivern i li preguntava si podria passar uns dies a Sant Julià. També li comunicava que vindria acompanyada de la Marianna. Això va trasbalsar per uns dies la conducta d'en Miquelet. Tot eren preguntes, quan vindrien? Com hauria de tractar-la? Mestre Rifà s'ho mirava divertit i intentava, com sempre, alliçonar el pobre noi tant com fos possible. El cert era que mestre Rifà també estava impacient per tornar a veure a Margarida. La darrera vegada va ser el retrobament inesperat d'un amor perdut o que ell creia perdut i conservava un molt bon record, més que un bon record.

Com cada dia, en Miquelet va arribar per esmorzar. Estaven treballant intensament amb el retrat de la Blanca i en una verge que no s'ha acabava mai. Mestre Rifà feia dies que volia posar de nou sobre la taula el futur d'en Miquelet, perquè ja era l'hora de decidir. Però no sabia com exposar-ho. Malgrat veia que el noi no estava decidit a marxar, creia el mestre, que estava en l'obligació de, si més no, intentar que en Miquelet s'ho repensés i arribés a poder estudiar fora del país. Era, creia ell, la millor opció i de ben segur, més tard, en Miquelet sabria valorar aquesta decisió.
Sense pensar-s'ho més, mestre Rifà va atacar de front, abans que en Miquelet pogués dir ni fava.

—Miquelet, hem de parlar seriosament, avui.

—De què es tracta, mestre? —en Miquelet va seure davant del mestre i va començar a remullar el pa a la llet.

—Del teu futur Miquel, ja ho saps.

—L'os pedrer, mestre, ja hi tornem. Jo no us vull deixar, ni a vós ni als pares. No necessito aprendre més del que vós m'ensenyeu. Estic bé així.

—Fes memòria i digue'm pintors actuals catalans.

—Ara mestre? Estic esmorzant.

—Va, no facis el ronso.

—No sé, en Francesc Ribalta, en Ramon Berenguer, no sé... en Josep Ribera ... en Joan Gascó, d'aquí Vic...

—Bé, en Ribera és valencià i en Gascó, encara que va pintar molts retaules per aquí, era de Navarra. Bé, ara de fora.

—En Velázquez, Murillo, Zurbarán, el seu estimat Caravaggio, en Van Dyck, aquell que va comentar l'altre dia... en Remart, Remgart...

—En Rembrandt, en Jan Lievens, molt bo per cert. També tenim el francès Nicolas Poussin o l'immens Georges de La Tour... —mestre Rifà va fer una petita pausa, va agafar el bol de llet, va sucar el pa i sense presses se'l va menjar. En Miquelet va seguir escurant el seu esmorzar. Sense dir res, els dos varen acabar. En Miquelet sabia que mestre Rifà no havia acabat amb les seves preguntes i estava atent.

—Com pots comprovar, al nostre país no hi ha massa pintors reconeguts.

—Bé, me n'he deixat un de molt reconegut.

—Bé, n'hi ha d'altres, però...

—En Segimon Rifà! —en Miquelet va somriure, mestre Rifà se'l va mirar movent el cap.— Jo ja voldria ser com aquest, ja en tinc prou.

—No Miquel, tu has nascut per pintar, ets un artista. Però com tots aquests que has anomenat, has d'aprendre més i més i sobretot a fora, on realment hi ha el millor. Si no ho fas ara, no servirà de res. Mira, en Rembrandt i en Lievens el 1624, amb 18 anys, ja van obrir el seu taller propi. No vull dir amb això que t'has d'emmirallar per córrer amb el teu aprenentatge, però ara tens l'oportunitat de gestar allò que vols ser en el futur. I creu-me, si aprens fora d'aquí, quan tornis seràs el doble del que ara ets, i ets molt bo, de debò, sinó no faria tot això per tu. Ja sé que és difícil deixar-ho tot, però serà per poc temps i valdrà la pena marxar.

En Miquelet va tornar a seure, va mirar el quadre de la Blanca i va resseguir amb la mirada tot l'estudi. Va sentir que allò que li deia mestre Rifà, que havia nascut per pintar, era cert. S'estimava amb bogeria la feina que feia. Tenia ganes de dibuixar-ho tot, de pintar, fins i tot de preparar pintures i olis. S'estimava aquella olor d'oli de llinosa que l'envoltava dia i nit. Encara que no volia marxar, sabia que mestre Rifà tenia raó. El cert era que sempre tenia aquella maleïda raó.

—D'acord, parlaré amb els pares i decidirem si marxo o no. Però si us plau, ara que ve la Marianna que no m'ho espatlli parlant del meu futur.
—Tracte fet. Seré una tomba.

Un parell d'hores més tard, en Miquelet pujava cridant des del portal:

—Mestre Rifà, ja són aquí, estan entrant pel carrer.

El mestre va deixar els pinzells i va eixugar-se les mans. El quisso, en Pinzell, va despertar de cop i va baixar a corre-cuita per les escales. Llavors es va escoltar el renill del cavall i com el carro s'aturava davant del portal. Mestre Rifà va mirar per la finestra i va veure com la Marianna baixava. Va deixar el drap i va baixar.
La Margarida era asseguda encara, recollint les quatre coses del seient. Es va girar i va veure el mestre.

—Haig de demanar-te que m'ajudis o sortirà de tu? —va reclamar amb un somriure.

—No sé, ja em permet que l'agafi per la cintura bella damisel•la. —mestre Rifà va aixecar els braços per ajudar la Margarida a baixar.
—Pobre de tu que no em grapegis com Déu mana, poca-solta.

En Miquelet i la Marianna s'ho miraven rient. El noi va agafar els dos farcells que portaven i va convidar la noia que entrés a la casa. El mestre va agafar quatre coses més de sobre el seient.

—Vés en compte amb això. T'he portat embotit del bo i vi. No me'n refio del que mengeu a ciutat, ves a saber de què està fet.
—Això, com pots veure tu mateix,a no és pas cap ciutat.
—Sí, sí, però esteu ja podrits dels de Vic, amb aquest aires de llepafils amanerats que tenen de Barcelona.
—Veig que comences bé, fent amics, com sempre.

Margarida rient es va apropar al mestre i el va besar als llavis.

—Això és perquè t'he trobat a faltar —llavors li va etzibar un cop de puny a l'estómac, que mestre Rifà va entomar encongint-se— i això és per no escriure'm ni dir-me res més en tot aquest temps que t'he estat esperant.

Mestre Rifà es va aixecar amb la mà a l'estómac i amb cara de pomes agres. El farcell amb l'embotit, una mica més i rodola pel carrer.

—Vinga, que només ha estat una carícia —va dir la Margarida— Mare de Déu com de primmirat ens hem tornat. Per cert, agafa la garrafa de vi...

Mestre Rifà va mirar com la Margarida girava cua i entrava al portal. Remugant i movent el cap va pensar amb el distrets que estarien uns quants dies. En Miquelet va baixar de nou i es va encarregar de guardar a l'estable el cavall i el carro. Estava content i va mirar estranyat la cara del mestre.

—Que no esteu content de tenir-les aquí?
—Sí Miquel, ho estic, que no se'm nota a la cara? —els dos van esclatar a riure.

Després de dinar en Miquelet i la Marianna van voler marxar per fer un tomb pel poble. En Pinzell, que s'afegia a qualsevol sortida, va remenar la cua, i en un obrir i tancar d'ulls ja estava assegut al portal esperant que la resta baixés.

—Aquest és el carrer Nou, de fet és el camí de Vic a Girona... —va començar a explicar-li en Miquel— ara entrarem a la sagrera pel portal de la Barrera i t'ensenyaré on visc jo.
—Pensava que vivies amb mestre Rifà!
—No, no. Estic amb ell d'aprenent. Però els pares viuen molt a prop i encara estic amb ells.
—Jo sempre he viscut amb la mare.
—Mira —va dir en Miquel quan varen arribar a la fusteria del pare, en Morera— perdona, aquesta és casa meva, veus allí dins hi ha el pare. Vine, entra que te'l presentaré.
—Vols dir, Miquelet?
—Oh, i tant! Vaja, si no et fa res?
—No, no, és clar que no.

Els dos varen entrar dins del local on en Joan estava passant el ribot per un tronc.

—Hola pare, què fas?
—Ah, hola fill! Estic rebaixant aquest tronc per la tanca de can Marçot. Es veu que el poltre que té l'ha trencada d'una coça. Però qui és aquesta noia que portes? —la Marianna amagada rere

d'en Miquel va sortir ruboritzada.

—Bona tarda senyor, sóc la Marianna.

—Mare de Déu, no en tinc res de senyor, jo. Digue'm Morera i prou.

—És aquella noia de la que us vaig parlar... —va explicar-li en Miquel, mentre la Marianna seguia mig amagada darrere del noi— quan vàrem tornar de Querós, recordeu?

—Ah, sí! Noia, el meu fill ens va parlar molt bé de tu. Com és que ets per aquí?

—Hem vingut per a comprar queviures per l'hivern a Vic.

—Bé pare, us deixem, vaig a ensenyar-li el poble a la Marianna. Ens veiem per sopar.

—Molt bé, noi. Fins després.

Els dos van sortir de la fusteria i van seguir pel camí de la sagrera.

—És molt simpàtic el teu pare, i la teva mare?

—És a l'hort, normalment. Els dos són bones persones, estic content. Però, acaba d'explicar-me el que em deies abans... Vaja, si vols.

—Ah, sí! Doncs això... que sempre he viscut amb la mare.

—I ton pare?

—El meu pare? El teu heroi? —en Miquel es va aturar per a mirar-li als ulls— doncs el cert és que tinc pocs records d'ell. No estic tan orgullosa d'ell com tu. Potser perquè la mare ha patit molt per la culpa seva i, de retruc, tots plegats... —En Miquel es va quedar glaçat, no sabia què dir. La Marianna, que ja havia superat aquella història, va veure com en Miquel es trobava neguitós i va trencar el gel:— tranquil, és aigua passada, què hi farem.

—Què se sent quan saps que el teu pare era un bandoler i resta com un heroi del país, com dius tu?

—Un heroi? Tornem-hi! —va exclamar amb un to de desaprovació, mentre reprenia la caminada— Mira, Miquel, sí, era el meu pare, però jo gairebé ni el vaig conèixer. Vaja, ni el recordo degudament. Però no eren pas herois, Miquel. Eren lladres, i d'això n'estic ben segura.

—Així també creus que mestre Rifà era un lladre? —va preguntar-li en Miquel un pèl enfadat pel que havia sentenciat la dolça— jo crec que no —es va respondre ell mateix.
—No ho sé Miquelet, però cal que ens enfadem per això? —en Miquel es va ruboritzar i rascant-se el cap va dir:
—És veritat, perdona. No volia dir-ho així. Ho sento.
—No passa res. Per cert, on anem?
—Ai, sí! —va exclamar el noi— no recordava que tu no coneixies el poble. Anem, si vols a la riera? Com pots veure, ja hem sortit pel portal de la sagrera. Ara agafarem el pont que va al castell i a Vilalleons i t'ensenyaré el meu racó preferit. Vols?
—I tant.

Van arribar al pont que creuava la riera de Sant Julià. Allí, en Miquel tenia un espai secret, on hi anava quan necessitava estar sol. També el feia servir per pescar, sense que ningú el destorbés. La riera que donava l'aigua necessària al poble passava pel safareig i després donava vida als molins que s'anaven trobant successivament al voltant del riu, pel camí a Vic. Allí, amb els amics, de cara a la primavera i l'estiu, era el punt de trobada. Per pescar també en grup, o per remullar-se jugant.
Passat el pont, hi havia un camí que el traspassava per sota i vorejava l'aigua fins arribar a un empedrat de grans dimensions. Allí, front la gran roca, semblava que el camí s'acabés. Però fent una ziga-zaga just per sota la roca, el camí seguia vorejant, a mà dreta, el tros de pedra que restava com si estés per art de màgia suspès a l'aire. A mà esquerra, una paret de sorra de gran altura resseguia el camí. Per això, poca gent passava per allí. S'estimaven més anar per dalt fins a trobar de nou la riera. Però aquesta, tot just acabat el pont, s'enfonsava i gairebé desapareixia pel boscatge. Per això, pocs sabien que just després d'aquell petit camí s'estenia una gorja, amb un banc de sorra.

Aquell era el secret més ben guardat d'en Miquel.
El dia era radiant i els raigs de sol il•luminaven a la perfecció i amb gran bellesa el camí. La riera gaudia de força cabal i les pedres de dins l'aigua amb la llum es combinaven amb colors terrosos i ocres.
En Miquel li va oferir la mà a la Marianna per fer el tram de baixada del caminoi. Amb curiositat, la noia seguia amb seguretat i sense cap por les passes del noi. Just varen passar per les roques, la noia es va quedar aturada gaudint de l'espectacle.

—És fantàstic, Miquelet.
—T'agrada? És el meu racó particular. Vine, anem a baix... —la Marianna va tornar a donar-li la mà i el va seguir. Des de baix es veia com per entremig de la gorja l'aigua feia un salt i, seguidament, s'obria un espai d'uns tres o quatre metres al voltant del bosc, on l'aigua tenia un fondària d'un parell de metres, més o menys. Als voltants, un banc de sorra de la pròpia riera i tot seguit una catifa de gespa s'estenia fins a les roques. La llum entrava directament en aquelles hores a l'aigua i il•luminava totalment la sorra més profunda— Ja hem arribat! —va dir en Miquel— Vols seure per descansar?

—I com vas trobar aquest lloc? —va preguntar la Marianna excitada per la bellesa de l'entorn.
—Si em promets que no ho explicaràs a ningú... —la Marianna va somriure i va acceptar.
—T'ho prometo.
—Un dia, cercant una truita... vaja, la mare de les truites, diria jo...
—Però com ho vas fer, vas poder pescar-la?
—No, encara no l'he pogut pescar, aquesta mala pu... —en Miquel es va tallar quan va veure que la Marianna se'l mirava rient— bé... la truita del dimoni. Vaig anar seguint-la per la riera i, sense saber com, vaig relliscar i tot d'una vaig trobar-me sota l'aigua, allí al mig —va assenyalar el noi.

—I no vas prendre mal, al caure d'allí dalt?
—Per sort, no vaig topar amb res. Aleshores vaig buscar un camí segur per sortir. Més endavant, amb temps, he anat conservant el caminoi i l'he adaptat perquè s'hi pogués passar, però intentant dissimular-lo.
—És magnífic, Miquelet. S'està tant bé escoltant l'aigua i els ocells de dins el bosc. Fins i tot en vénen ganes de banyar-me.
—Compte, que l'aigua, fins i tot a ple estiu, és ben freda.
—Vaig a veure... —va dir la Marianna alçant-se i traient-se les espardenyes. Llavors, a pleret, va començar a enfonsar un peu. De sobte, el va enretirar rient, alhora que feia una ganyota. L'aigua, tenia raó en Miquel, era freda. Però el dia era ja calorós a ple sol i era agradable el remullar-se. En aquell tros de riera només el sol feia acte de presència i amb la sorra i sense vent i poca ombra, feia calor. En Pinzell, que havia desaparegut a l'arribar al pont, va sortir esperitat i es va llençar de cap a l'aigua. La Marianna va riure i va convidar al noi a fer el mateix— que no véns, valent? —el va picar la Marianna, mentre es treia l'altra espardenya i enfonsava els dos peus al riu.
—I tant, què et penses? —va fer el gallet d'en Miquel— un dia em vaig ficar a l'aigua en ple mes de febrer...
—Ets boig, com se't va acudir?
—Doncs, la veritat és que baixant em va caure una espardenya i no vaig tenir altre remei.

Els dos, amb els peus enfonsats a l'aigua, varen esclafar a riure. En Miquel va seguir emmirallat mirant com la dolça reia, mentre jugava amb la sorra. Llavors va pensar que era la noia més bonica que mai havia vist. Ella es va girar i se'l va mirar. Aquells ulls d'en Miquel ho deien tot. La noia va deixar de somriure lentament i va apartar la mirada. Un no sé que li deia que alguna cosa estava passant. Ella no tenia l'oportunitat allí dalt al mas, de poder trobar-se amb nois, de més o menys la seva edat. I d'ençà que va conèixer a en Miquel va sentir que quelcom hi havia entre ells. Llavors en Miquel li va agafar la mà. Ella es va deixar, se'l va tornar a mirar i, amb un extens somriure, li va dir

tot. El noi també va somriure i la va abraçar. Els dos cors es van accelerar. En Miquel li va robar un petit però dolç bes. La Marianna es va enrojolar i amb un acte de picardia es va ajupir i el va esquitxar amb aigua. Rient, els dos van començar una guerra d'aigua.
Una vegada molls varen sortir de l'aigua. En Pinzell seguia rebolcant-se per la sorra i quan estava ben arrebossat, tornava a ficar-se en remull. Llavors la Marianna li va preguntar:

—No t'has banyat mai despullat?
—Sempre, aquí no he vist mai a ningú des que hi vinc.
—Ho fem?

Sense deixar que en Miquel contestés, la Marianna es tragué la brusa i tot seguit les faldilles. En un no res restà nua completament. Llavors va tornar a l'aigua. En Miquel, perplex, la va seguir amb la mirada. Els pits i les natges de la Marianna es bellugaven enèrgicament mentre corria per endinsar-se de nou al riu. En Miquelet va sentir com de l'entrecuix li pujava un no sé què. De cop, va sentir que necessitava dos talles més de calçons per a contenir aquell bé de Déu. Avergonyit, es va girar. La Marianna, des de l'aigua, li va recriminar que no es despullés i anés amb ella. Aquest, dissimulant desvestir-se, va maleir mil vegades la situació. Llavors es va asseure a la sorra per a treure's els calçons i intentar ni mirar la noia, ni pensar en res, per veure si arremetia la cosa. Quan va calcular que ja tenia una mida no tan compromesa va arrencar a córrer i es va llençar de cap a l'aigua. La fredor el va ajudar un xic, però no del tot. Mai havia estat amb una dona nua i allò era difícil de controlar el primer cop. En pocs minuts varen tenir prou de mullar-se i van decidir escalfar-se al sol. Els dos van sortir i es varen estirar a l'herba.

—Ha estat fantàstic, Miquelet.
—A l'estiu està millor, a vegades hi passo hores dins l'aigua.
—Ara tinc una mica de fred —va dir la Marianna mentre s'acostava al cos d'en Miquelet. Aquest la va acotxar amb el

braç. Llavors, de nou, aquella maleïda tibantor de l'entrecuix va tornar, però aleshores no hi havia res que l'ocultés. Amb el braç lliure va intentar ocultar aquell estat. La Marianna es va adonar de la situació. I donant exemple del seu nom, el va mirar als ulls i li va dir:

—No et preocupis, Miquelet, des que t'has despullat, a mi també em passa. La sort és que a les dones no es veu.

Seguidament es varen estirar i van estar fent l'amor sobre l'herba mentre en Pinzell seguia jugant amb l'aigua i la sorra. Allí es varen prometre amor etern i que sempre estarien junts. Amb molt de seny per part dels dos, van decidir no consumar l'acte. Temps hi hauria per a estar junts.

Aquella nit, en Miquelet es va quedar a sopar a casa del mestre. Llavors, mentre entaulats menjaven, la Marianna va fer una mirada al Miquelet per demanar-li la seva aprovació per comunicar el que havien planejat els dos aquella tarda a la riera.

—Us hem de dir una notícia... —va somriure la noia, mentre la Margarida i mestre Rifà se la miraven expectants— en Miquelet i jo ens hem promès i ens volem casar.

La Margarida, amb aquell sisè sentit de les dones, va agafar la mà de la Marianna i la va felicitar, besant-la. Després es va aixecar i va apropar-se al noi. En Miquelet es va alçar i també la va besar.

Mestre Rifà va restar sobtat uns segons sense saber què dir. De cop, tot allò que havia planejat pel futur d'en Miquelet se n'anava en orris. Però no era pas el moment de retreure res. Va recuperar-se i va felicitar als dos nois encara que no tan efusivament com ho havia fet Margarida.

XXIII

Els dies que la Margarida i la Marianna van passar a Sant Julià van estar els més plàcids i feliços d'aquell any, tant pel mestre com per en Miquelet. L'un va recuperar un amor perdut i l'altre es va enamorar perdudament. Tant va ser la fal•lera dels dos nois que ningú va ser capaç de posar cap entrebanc a l'afer. Ni tan sols mestre Rifà va ser capaç de fer cap comentari sobre tot el que s'havia planificat pel futur d'en Miquelet. Sí que va pensar en les darreres paraules que el noi li va dir aquella tarda, després de l'última conversa: "Però si us plau, ara que ve la Marianna, no m'ho espatlli parlant del meu futur" va demanar en Miquelet i ell va assentir. El noi ja tenia les coses clares i, si no anava errat, la trobada amb la Marianna solucionaria o ajornaria en part aquella decisió que havia de prendre.

Els dies següents varen ser de molts projectes per part del noi. A tothora parlava d'ell i de la Marianna, d'on anirien a viure i com s'ho farien. Del seu futur com a marit i dels compromisos que això comportava. Mestre Rifà l'escoltava sense obrir boca a menys que demanés el seu parer. Però habitualment eren preguntes que ell mateix es contestava i que fins i tot arribava a contradir per a tornar a contestar-les.
Per aquelles dates moltes vegades el pare d'en Miquelet, en Morera, era contractat per a fer feines als pous de glaç i neu del Montseny. Era un sobresou que es pagava força bé. I en aquell any també podia incloure el noi, en Miquelet, encara que per a tasques de transport. La feina als pous, l'empouament, ja

començava al gener i al febrer amb les nevades. Però prèviament hi havia una tasca en la qual també molts cops la família Morera col•laborava i era recompensada econòmicament: de neteja, manteniment i preparació.
El material es podia emmagatzemar per a obtenir neu o bé gel i les construccions eren diferents. El pou de glaç era una excavació cilíndrica sota terra, amb parets de pedra, coronada amb una cúpula i vàries sortides per a poder tallar el gel que es generava amb l'acumulació i premsat de la neu. El pou de neu, no tan gran, era l'acumulació de neu i la seva conservació gelada a llocs de força altura i tapada amb branques i fulles. També s'utilitzaven indrets com les congestes o poues, que eren cavitat naturals.
Després, durant els mesos d'estiu, fins l'esgotament del glaç o la neu, hi havia la tasca del transport, que també donava feina a molts pagesos i a homes d'altres oficis. La neu es transportava de matinada, a recer del sol i la calor, amb matxos de càrrega ben coberta amb fulles per a conservar-la. Era un comerç que havia arribat fins i tot a ciutats com València i Mallorca. Però la major part del comerç de neu i gel se servia a Barcelona ciutat i a les rodalies del Montseny, Vic, Granollers i altres. Malgrat que durant el transport hi havia una pèrdua de material, tot el comerç d'aquest producte natural estava gairebé legislat i aquests percentatges que s'evaporaven durant les hores, també. Per tant, la tasca dels traginers de neu era delicada, però força calculada.
Aquell any, en Miquelet va ser admès en una de les caravanes que distribuïen la neu i el glaç a Barcelona. I durant uns quants dies que durava el seu contracte, no va poder col•laborar amb les seves tasques d'aprenent de pintor. Mestre Rifà va respirar, mentre el noi va ser fora. Havien estat dies molt feixucs per ell. No estava avesat a escoltar continuadament la veu d'en Miquelet i l'havia esgotat. Va tenir temps de pensar en tot allò i a ser realista. No podia imposar un futur a en Miquelet, que solament ell volia engegar. Per molt que fos el millor per ell, mestre Rifà no tenia dret a decidir pel noi. Llavors va fer un acte

de resignació i va proposar-se no intervenir més en la vida d'en Miquelet si és que ell no li demanava.

Per part del mestre, el retrobament de la Margarida Serrallonga va engegar una nova espurna dins seu. D'ençà de la mort de la dona i el fill, mestre Rifà va excloure voluntàriament de la seva vida qualsevol relació estable amb una dona. Havia decidit que el seu futur era la pintura i només els seus pinzells tenien el dret de compartir la resta de la seva vida. Ara Margarida estava posant un punt i a part en la rutina del mestre i ell no es veia capaç o no volia contradir-la. Potser va pensar, que en tots aquells anys, no havia trobat la persona escaient i ara la tenia a mercè de la seva voluntat.

Aquells dies van parlar molt d'ells mateixos i solament hi havia una qüestió que els impedia conviure junts, la distància. Ella tenia una nova llar, refeta d'ençà d' uns quants anys i unes terres pròpies que conrear o gestionar. Ell, una bona situació a Sant Julià de Vilatorta, que li permetia moure's relativament amb facilitat per a cercar clients i gestionar les seves obres. Encara que el mas Serrallonga estigués a prop del camí ral a Girona, les distàncies a la ciutat més propera eren massa grans per a estar comunicat degudament. La situació era clara, tant per a un com per a l'altre: si volien estar junts, un d'ells s'havia de traslladar. Margarida només va posar un inconvenient. I era que volia viure en un mas, com fins ara. La casa del mestre era suficient pels dos, però ella mai havia viscut en una casa de poble i ja que era ella qui marxava, volia sentir-se lliure i poder conrear i gestionar un mas com feia fins ara. Malgrat aquest inconvenient, mestre Rifà va estar d'acord amb la proposició de Margarida. Tant l'un com l'altre, podien permetre's la compra de terres i un nou habitatge. Ell va marxar amb la promesa que en un parell de setmanes, mestre Rifà pujaria a Querós i acabarien de decidir.

Mestre Rifà va continuar treballant amb el quadre de Blanca de Tamarit, però estava deixant expressament la part del retrat en si, la figura, per a poder-la fer amb ella mateixa com a model. Així semblava que havien quedat el darrer dia que es varen veure, però el problema era que mai sabia quan arribaria aquell dia.

Mentre descansava del quadre, mestre Rifà havia estat fent esbossos per a noves pintures. Com havia fet el seu estimat Caravaggio, volia pintar obres que reflectissin la realitat de la gent del moment i alhora, a diferència de Caravaggio, començar una nova línia pictòrica diferent de la que havia fet fins ara. Faria conviure la pintura religiosa amb la d'altres motius, com estaven fent grans pintors flamencs del moment. Tenia en ment actes patriòtics que mereixien ser plasmats en pintura per a futures generacions. La valentia dels homes i dones de Sant Julià el dia de la mort de la Mercè, la seva dona i el seu fill, en Ferran davant les tropes del rei, el tenien obsessionat. Per això volia crear un quadre que fes justícia a aquell matí del 12 de juny de 1634, on molts vilatortins, com la seva família, havien perdut la vida per defensar el poble.

Per això necessitava pensar i parlar amb gent que va ser allí des del primer moment. Volia encabir un gran nombre de rostres coneguts que varen lluitar. Triar un escenari propi per fer-ho més realista tot plegat. Ell tenia el pensament boirós, només li venien imatges dels moments més tràgics, la resta havia desaparegut. No sabia com havia arribat al poble, encara que ho somiava freqüentment. Després era incapaç de concretar i centrar les imatges per a esbossar les escenes. Potser no seria només un quadre, podien ser dos o bé una sèrie que reflectís el moment. Fins i tot estava disposat a pintar el seu drama particular. En el fons ho necessitava, era com demanar perdó per no haver estat allí en el moment que més el necessitaven.

Va marxar aviat per resseguir fil per randa el camí i els passos que havia fet aquell 12 de juny. Esperava centrar-se i anar recordant les escenes que havia viscut i que tenia amagades en el subconscient. Però un fet el va destarotar del tot: quan sortia de la sagrera, va trobar-se amb el rector de Santa Maria de Vilalleons, mossèn Balmes, esperitat i molt nerviós.

—Mare de Déu, mestre Rifà, estic desesperat... —va dir esbufegant i amb la cara desencaixada— ens han robat... maleïts els ossos que els aguanten, poca-soltes...
—Però què us passa rector, què dieu que us han robat?
—Sí, Segimon, han entrat a l'església i s'ho han emportat tot. També el vostre quadre, mestre.
—Però, com ha sigut? Aquesta nit? I qui ha pogut...
—Bandolers, Segimon, han estat bandolers... n'estic del tot segur. Els he vist, però no he pogut fer res per aturar-los.
—Bandolers? Quins bandolers? Deuen ser carronyaires dels terços.
—No mestre, eren d'aquí i sabien perfectament què buscaven. Quan m'han vist, un d'ells s'ha girat i m'ha anomenat pel nom. Després, al marxar, m'ha dit que en Serrallonga havia tornat, que ho digués a tothom. Jo m'he quedat parat sense saber què fer, semblava talment ell. Que Déu ens protegeixi...
—Bajanades, malparit de merda... Com podeu pensar amb fantasmes. En Joan Sala és tan mort com el vostre cervell si és que us deixeu entabanar per qualsevol lladregot. Per desgràcia jo vaig presenciar la seva execució i us puc ben assegurar que és mort. No dieu res a ningú d'això, només que us han robat. Només ens faltaria anar darrere d'un fantasma. Quant fa que han marxat?
—El temps de venir fins aquí, han agafat el camí de la carena...
Bé, aneu i recordeu què us he dit, res de fantasmes. Que convoquin uns quants homes i espereu que jo torni, miraré d'esbrinar quelcom més.

Mestre Rifà tenia un pressentiment, però abans de prendre qualsevol decisió, volia estar-ne segur. Amb els plans regirats, va sortir esperitat cap a Vic. Allí, de ben segur, podria esbrinar quelcom.
Ramon de Sentmenat acabava de dir missa. Mestre Rifà es va esperar assegut a la Catedral. Un dels mossens havia anat a informar al bisbe que l'esperaven. Amb pocs minuts d'espera

aquest va sortir per trobar-se amb el mestre.

—Bon dia mestre, estic content per fi us heu decidit a trepitjar sagrat, encara que sigui circumstancialment...
—Bon dia Monsenyor, haig de parlar amb vós en privat. —mestre Rifà va fer una pausa i va reafirmar— És urgent.
—Més segur que la casa de Déu no hi ha cap altre lloc, fill meu. Què us amoïna, Segimon?

Els bisbe va agafar pel braç a Segimon Rifà i el va acompanyar fins a un dels bancs de davant mateix de l'altar major. Allí varen seure i, assegurant-se d'estar del tot sols, mestre Rifà li va explicar els fets d'aquell matí:

—Heu de saber, monsenyor, que aquest matí han robat a l'església de Vilalleons a Santa Maria.
—Déu del cel! —va exclamar el bisbe.
—S'han emportat tot el que han pogut. El mossèn no ha pogut fer res. Però hi ha una cosa que em preocupa...
—Què més hi ha que us pugui preocupar que un sacrilegi com aquest...
—S'han emportat el quadre de la Mare de Déu que jo vaig pintar i, pel que m'ha comentat el mossèn, ha estat premeditat. Sabien qui era ell. Aleshores li han dit que digués que Serrallonga havia tornat.
—Com pot ser, han estat bandolers de nou? Però qui?
—Això és el que m'amoïna. Sembla que han agafat el quadre expressament perquè jo ho sabés. I han utilitzat el nom d'en Joan Sala per assegurar-se. Li he dit al mossèn que no esmentés per res aquest fet ni que havien estat bandolers.
—Saps qui ha pogut ser, Segimon?
—Penso que realment no ha sigut un robatori casual.
—Què vols dir?
—Sabeu si la gent que es va poder reclutar per a combatre els terços ja ha tornat o bé encara estan seguint-los?
—Ja t'entenc —el bisbe va fer una pausa per pensar— els

Miquelets?

—Això, el nou exèrcit que han format des de la Diputació del General.

—Vols dir que aquells que varen allistar que eren antics bandolers estant implicats en aquests fets?

—És possible. Jo pensava que molts d'ells eren morts o havien fugit, però l'Adrià Capdevila en va anomenar uns quants que farien qualsevol cosa per diners.

—Vols dir que en Tamarit encara et busca les pessigolles...

—No sé què pensar. La Blanca sembla ser que ho va arreglar...

—Renoi, Segimon!

—No patiu, no sap res de res, ho va fer per mi i punt.

—I que així segueixi, qui sap el que podria passar. Potser que algú d'aquests fugitius us vulgui mal per algun fet del passat?

—No veig per què. Jo vaig marxar abans que tot s'emboliqués més i se n'anés en orris. Però potser que hagin deixat de fer el soldat i vulguin tornar a fer de bandolers.

—Esbrinaré si hi hagut desercions en els reclutaments, tu vés en compte. Si són ells, et poden crear molts problemes i ho pots perdre tot, fill meu. No ens podem adormir en aquest afer, com ja et vaig comentar un dia, sembla ser que tinc els dies comptats com a bisbe de Vic. Per tant, avui mateix us donaré una resposta.

—Si no us oposeu que Catalunya pacti amb França, no tindreu cap problema.

—Déu és l'únic que pot decidir el meu futur. Per tant, m'hi oposo.

—Sou ben foll, bisbe —mestre Rifà va aixecar-se i va marxar.

Hores més tard, una carta del propi bisbe confirmava que molts homes havien desertat de la Companyia dels almogàvers, col·loquialment anomenats Miquelets per un dels seus oficials amb més renom, en Miquelot de Prats. Aquesta companyia la va crear en Francesc Cabanyes aquell any de 1640 com a exèrcit català, per combatre les tropes espanyoles. Ara, mestre Rifà havia d'anar amb peus de plom si no volia sortir-ne escaldat.

Va fer esperar al consistori de Sant Julià a rebre les notícies des de Vic, i els va convèncer que necessitaven homes preparats. Llavors ja era massa tard per a començar a cercar pels boscos del poble. Havien d'esperar a l'endemà que des de Vic vinguessin els reforços. L'estratagema li havia sortit bé. Ell només volia temps per esbrinar si aquells homes eren els que ell pensava i quin propòsit els havia portat a robar a Vilalleons. Tenia unes quantes hores de llum per poder cercar pel seu compte.

XXIV

De retorn a Sant Julià, va trobar-se amb la resta del poble a l'hostal per preparar la sortida de l'endemà, tant bon punt arribessin els anomenats Miquelets de Vic o bé altres homes disposats a cercar als fugitius. Va fer temps i quan va veure que la conversa ja era reiterativa va marxar de l'hostal. Els seus passos eren ferms pels carrers del poble, només tenia una idea al cap i l'havia de portar a terme ràpid i amb prudència per no ser descobert.
Una silueta darrere de mestre Rifà el va seguir des de l'hostal fins a casa seva. Algú sospitava quelcom i va arrecerar-se prop de casa del mestre per seguir els seus actes. Mestre Rifà va pujar les escales de dos en dos, acompanyat d'en Pinzell, que ja l'estava esperant al portal per entrar. Llavors, va seguir pujant fins a les golfes. Allí, cobert de pols i trastos vells, hi havia un bagul. El va obrir i va agafar els dos pedrenyals que hi havia i un trabuc. Els va deixar sobre una taula i va extreure del bagul una caixa de fusta plena de munició. Saques petites de pólvora i balins. Aparentment, el bagul semblava ja buit, però va estirar de dues pestanyes que eren situades a cada extrem del moble i va extreure el doble terra buit. En el compartiment següent hi havia roba, botes i cinturons. Era l'antiga roba que havia utilitzat feia anys quan era bandoler. Es va aturar un moment. Les imatges antigues rondaven pel seu cap veient aquell vestuari i per un moment va sentir por i inseguretat. Havien passat molts anys i ell havia canviat. No tenia clar si podia retornar al passat tan clarament com havia previst. Però va recordar l'incident a Barcelona amb aquell antic company de bandositats on encara que, mort de por per la reacció de l'individu, va saber

reaccionar a temps. Va agafar el que va creure que li podia fer servei i es va vestir per a l'ocasió.

Minuts més tard, ensellava el cavall i, per la porta de l'estable posterior a la casa, sortia agafant les regnes i avançant a pleret per no fer soroll. Aniria caminant una estona, a l'aguait per a no trobar-se amb ningú. Després, una vegada s'allunyés del poble, muntaria sobre del cavall.
Era ja tard i la gent ja s'havia reclòs a casa. Vorejant el llindar del bosc va agafar el camí ral. Volia pujar la carena fins arribar al coll de Portell. Per sota de Sant Llorenç del Munt sabia que hi havia amagatalls que encara ara podien ser aprofitats. Ell havia recorregut temps ençà tots aquells paratges i estava segur que encara podia trobar llocs que ell mateix havia utilitzat. Si aquells bandolers eren els que pensava, no seria difícil trobar-los, encara que era perillós.
Passat el mas de Puigsec, va començar a galopar intensament. Tenia poc temps i li quedava poca llum de dia. Va passar el coll de Portell i, vorejant el penya-segat del serrat del Vent, va arribar a Sant Llorenç. Allí es va endinsar pel bosc per a no ser descobert. Per un caminoi que coneixia, va baixar fins a l'Espluga Vella. Havia arribat al lloc on ell esperava trobar-los. De ben segur s'havien amagat en les balmes que feien les parets. Va baixar del cavall i el va endinsar un pèl del camí per a lligar-lo en un arbre. Llavors es va pujar el mocador fins a sobre del nas i es va embolicar amb la capa per a intentar passar desapercebut pel mig del bosc. A cada mà hi portava un pedrenyal i havia deixat el trabuc al cavall. Va pujar sigil·losament fins a un turó petit per guaitar quelcom que pogués confirmar-li que els havia trobat. Sempre hi havia un o més sentinelles per a vigilar les entrades dels amagatalls. A recer d'una enorme roca va ajupir-se per esperar algun soroll. Des d'allí podia veure la part de dalt de la balma, on ell creia que podien estar els seus antics companys. Aquestes cavitats són freqüents en aquella zona i, en èpoques de moltes pluges, l'aigua baixa de les roques i fa petits salts d'aigua. Eren llocs idonis per

a poder sobreviure a l'aixopluc de les inclemències del temps.
De sobte, va sentir el brogit d'unes veus, va mirar i va poder localitzar a dos homes armats a pocs metres d'on era ell. Per si mateix va somriure. Els havia trobat. Llavors va sentir un soroll de petjades de cavall per la zona del camí on havia deixat el seu cavall. Algú arribava dels bandits o potser l'havien seguit. A poc a poc va baixar per esbrinar qui podia ser. Pel camí apareixia un genet.

Aquest es va aturar al veure el cavall de mestre Rifà i va desmuntar. D'on era ell no es podia veure amb claredat qui era: anava amb un barret ample i una capa. No tenia més remei que enfrontar-se a la situació i si era algun dels bandolers era el moment de posar-s'hi en contacte. Mentre l'individu registrava el cavall del mestre, ell va baixar fins arribar a posar-se rere mateix de l'home. A poc a poc, i amb l'arma sempre apuntant el cap de l'home, mestre Rifà li va situar el canó a centímetres del cap.

—Busqueu alguna cosa? —l'home que havia agafat el trabuc es va quedar immòbil a l'escoltar la veu del mestre— o és que potser m'esteu robant? —llavors va posar una de les armes fent pressió sobre el barret perquè l'home sentís que l'estaven apuntant al cap i l'altra, a l'esquena— deixeu, a poc a poc, el trabuc on era i llavors gireu-vos sense fer cap bogeria.

Sense presses, potser per la por, però sense pauses, l'home va obeir. Seguidament es va girar. El canó del pedrenyal es va situar directament entre els dos ulls. L'home estava blanc i amb els ulls mirant guenyo el canó de l'arma. Llavors mestre Rifà va exclamar:

—Què collons hi fots tu aquí? —l'home en qüestió era en Miquelet. L'havia seguit d'ençà que mestre Rifà havia sortit de l'hostal. El noi el coneixia força i sabia que mestre Rifà preparava alguna cosa ja que havia sortit pensarós del local, aquella tarda. Mestre Rifà va deixar d'apuntar-lo, llavors en Miquelet va mirar-lo però amb el mocador fins al nas no va saber ben bé qui era. Aleshores, mestre Rifà va abaixar-se'l. Seguidament, en Miquelet va fer un somriure d'orella a orella i es va relaxar— es pot saber què hi fots tu aquí, que no gires dret o vols que et matin?

—Si no deixeu de cridar mestre, segur. Només us volia ajudar.
—Ajudar a què?
—A trobar els bandolers.
—Mare de Déu, que n'ets de foll. Tu no estaves portant gel?
—Sí però fins demà a la nit no hi haig d'anar. I he pensat que... mireu he portat el trabuc del pare per si de cas...
—Hòstia puta, Miquel!
—Ho sento, només volia ajudar...

Mestre Rifà va començar a caminar a munt i avall pensant què podia fer. Ara no es podia fer enrere i, per contra, deixar anar sol al noi no li feia cap gràcia, ja que amb poques hores es faria de nit i llavors podia tenir problemes per arribar al poble. Sense tenir-ho clar va decidir que es quedés.

—D'acord, tu guanyes, però ja que et vols fer l'home, hauràs de comportar-te com a tal i obeir les meves ordres sense discussió, d'acord?
—D'acord, mestre.
—Tu et quedaràs aquí baix, vigilant. Et col•locaràs darrere d'aquella roca... —mestre Rifà va assenyalar-li l'indret on ell s'havia posat i d'on podia veure els sentinelles— si veus que passa quelcom estrany i no torno, sense fer soroll, tornes al poble i avises a tothom.
—Si, però mestre...
—Sense discussions, això no és cap joc i aquests homes se'ls en fot fotre un tret a qualsevol. Els herois estan sota terra, no ho oblidis mai. Entesos?
—Entesos.

—Bé doncs, som-hi!
Mestre Rifà va agafar el cavall i va muntar. Mentrestant, en Miquelet es va apropar a la roca. Llavors el mestre va començar a fer caminar el cavall pel caminoi que pujava fins la balma. Just al costat d'on es trobava el noi, el camí començava a fer pujada. Mestre Rifà va saludar-lo amb la mà i va seguir. El camí feia una ziga-zaga per arribar a dalt. Al darrer revolt, va guaitar un dels sentinelles que no va poder reconèixer i alhora aquest es va posar dret, apuntant-lo amb el trabuc.

—Qui sou i què voleu? —va preguntar el bandoler.
—Sóc Segimon Rifà, el pintor —mestre Rifà es va aturar.
—Quin pintor?

Llavors es va apropar l'altre sentinella i aquest sí va reconèixer al mestre.

—Tranquil, jo el conec —va dir-li a l'altre sentinella— Endavant, pintor.

Mestre Rifà també el va reconèixer: era en Camatort amb uns quants anys a sobre, com tothom. Va seguir caminant fins acabar de fer el darrer revolt per arribar a dalt. Allí, a mà esquerra, començava una paret de roca i a la dreta hi havia el baixant de la muntanya on hi havia el camí per on havia pujat i a baix de tot en Miquelet. Al fons, va veure les dues balmes grans, va seguir a poc a poc per l'estret camí. De sobte, mil i una imatges li varen venir a la memòria. Ara recordava que el camí que havia fet era l'antiga sortida de l'amagatall i que sempre entraven pel camí que hi havia a l'altra punta de les balmes.
Va intuir que algú es col•locava darrere d'ell, però no es va girar. Llavors va començar a tenir por. Feia molts temps que no tractava amb gent com aquella i no esta segur de sortir-se'n. Els anys no perdonen i ell havia canviat.
Va seguir fins arribar a on hi havia el cavalls. Va poder comptar-ne fins a sis, per tant faltaven quatre individus més. Dos estarien

com a sentinelles a l'entrada de l'altre camí. I els altres dos, a la balma.
Va arribar a la balma gran. Allí hi havia en Picamés, en Dídac Martorell, ja s'ho pensava que aquest estaria involucrat en tot el tema.

—Hola pintor! —va dir-li en Picamés, tot agafant una bóta de vi i llençant-li a les mans perquè begués i fent-li una reverència— o t'haig de dir mestre Rifà?
—Com vulguis... —mestre Rifà la va atrapar al vol i va fer un traguet, llavors va anar al gra i va preguntar-li el perquè de tot allò— a què ve fer-te passar per un mort?
—Veig que te n'has assabentat, això era el que m'esperava de tu. Ah, no et preocupis pel quadre, no tenia intenció de quedar-me'l, només ha estat un reclam.
—No estàveu amb els Miquelets?
—Sí, sí, però ja saps que nosaltres no som homes de normes i era força emprenyador servir a quatre afeminats que feien de soldats. Vaja, que tal i com ens varen allistar a la força, ens en vàrem desdir.
—L'Adrià Capdevila és amb vosaltres?
—Bé no, va tenir un problema de decisió. No volia venir i es va quedar allí on havíem acampat la darrera nit.
—Ha estat millor decisió que la vostra.
—Potser sí, però nosaltres som vius i ell ja no —mestre Rifà prement amb força la bóta li va tornar a llençar amb ràbia— no t'ho prenguis així home, no volíem que ens delatés. A més, tot és culpa teva, si no hagués estat per tu, això no hagués passat. Per cert, tu també havies d'haver estat allí amb nosaltres, oi pintor? Però clar, tu ja estàs per sobre d'aquestes coses. Per això ara et veus amb l'obligació d'ajudar-nos. Ho entens ara?
—No veig de quina manera us puc ajudar, ja no sou uns simples bandolers. Ara sou uns desertors de l'exèrcit i aquest no perdona. Demà mateix els tindreu a sobre: tot Vic i el poble en va ple. Estan organitzant la vostra captura. Sou uns ximples, ara ja no us perseguia la justícia, us heu complicat la vida novament.

De sobte, de darrere dels cavalls va sortir un altre home que havia estat escoltant la conversa. Era l'Agustí de cal Noi, un carnisser boig que no tenia miraments alhora de matar qualsevol ser vivent. Empunyava una pistola i es va dirigir ràpidament on era el mestre.

—Baixa del cavall, mitja merda, si no vols que et rebenti el cap d'un tret. Ens vas deixar penjats una vegada i ara ho has tornat a fer. No sé com en Serrallonga no et va fotre un tret quan va saber que marxaves. Si hagués estat per mi, ja estaries criant cucs fa anys.

—Calma, Agustí... —va cridar en Picamés— guarda l'arma, mort no ens fa cap servei.

Mestre Rifà va aguantar l'amenaça de l'Agustí amb serenitat. Encara que va pensar per un moment que ja tot s'havia acabat, que allí mateix seria la fi dels seus dies. Però no va baixar del cavall i va seguir impertèrrit assegut a la sella, mentre l'individu encabronat agafava la bóta de vi i seia. Llavors mestre Rifà va pensar amb els retrets de l'Agustí i veient que l'individu es calmava va voler deixar les coses clares.

—Saps perfectament que vaig marxar abans que comencéssiu a tenir problemes i tu també ho haguessis pogut fer. No sé ara a què ve voler emmerdar els fets. I pel que fa a l'exèrcit, res he tingut a veure, ni amb el vostre reclutament ni el fet de lliurar-me de comandar una guarnició. Jo vaig estar tan sorprès com vosaltres. De l'única manera que ara us puc ajudar és intentar esgarrapar temps perquè pugueu escapar ben lluny. Si deixeu tot el que vàreu robar a Vilalleons, només us tindran com a desertors i ara per ara els Miquelets estan començant a organitzar-se. Potser en un altre indret a França podreu sobreviure sense problemes.

—No està mal pensat. I com sabem que podem confiar en la teva paraula...

Llavors les petjades de cavalls varen fer girar a mestre Rifà: era en Miquelet seguit d'un bandoler que l'apuntava amb un pedrenyal. L'havien descobert.

—...veus pintor, explica't, com podem confiar si no has estat legal ara.
—Ell no té res a veure amb el tracte, m'és fidel i m'ha seguit fins aquí. Vosaltres també i podeu confiar-hi.
—Molt bé, doncs ja tenim la solució. Ell es queda amb nosaltres fins que estem del tot segurs.
—Ni pensar-hi. Ja t'he dit que ell no hi té res a veure...
—Mira pintor, sempre m'has caigut bé, però fa molts anys, d'ençà que lluitàvem junts. Tu ara ets un home, com ho diuen... honrat. I potser has canviat.
—Fem-ho a l'inrevés: jo em quedo i ell marxa —mestre Rifà intentava guanyar temps per pensar, però aquells homes eren tan experts com ell alhora d'elaborar un pla per a escapolir-se— sóc jo a qui voleu, deixa'l marxar.
—Ja està decidit, oi Agustí? —l'home jeia somrient— Agafarem el camí cap a Ripoll, abans d'arribar, si estem segurs que no ens segueixen, el deixarem sa i estalvi. Per contra, si veiem qualsevol moviment sospitós, també el deixarem, però abans l'omplirem de plom. Et queda clar, pintor?

Mestre Rifà va prémer el puny amb força, tenia el desig d'agafar la pistola i començar a disparar, però aquell acte només l'hagués portat a la mort, a ell i també al noi. Es va girar i va mirar als ulls a en Miquel. Se'l veia sencer i no massa espantat. Gairebé li va donar permís amb la mirada per fer allò que volien els bandolers. Després, amb parsimònia, va baixar del cavall. L'Agustí es va posar dret i el va encanonar amb l'arma. En Picamés també va tensar els muscles i va agafar un ganivet a l'espera de què feia mestre Rifà. Aquest es va apropar a ell i va allargar la mà.

—Dídac, sempre vas estar un home de paraula, però ara més que mai hi vull confiar. Si tu m'ho confirmes, marxaré i faré el que he promès.

Allò va deixar un xic sorprès a en Picamés i, sense pensar-s'ho dues vegades, va allargar-li la mà i va segellar el pacte amb una encaixada. Les dues mirades varen ratificar allò que havien promès.

—Tens la meva paraula... —va dir en Picamés— però recorda que qualsevol jugada posaria la vida del teu fidel amic en perill.

Mestre Rifà es va dirigir cap al cavall, va muntar i al passar pel costat d'en Miquelet es va aturar:

—No et preocupis, complirà la seva paraula, no et vulguis fer l'heroi i intenta col•laborar amb tot. Fes com si fossis un d'ells i tot anirà bé. Només serà un dia o dia i mig.
—Em sap greu mestre. Faré el que dieu. No patiu per mi.
—Dídac, tens un dia de coll —va cridar el mestre perquè tothom l'escoltés. Aleshores va esperitar el cavall i va sortir trotant pel camí.

Va baixar pel caminoi fins al camí principal, allí va seguir trotant fins arribar a un petit rierol que es formava a partir d'una deu que brollava de les parets rocoses. Va aturar el cavall, les cames i les mans li tremolaven i el cor li anava a cent per hora. La tensió acumulada davant dels bandolers li passava factura, ja no era com abans. Patia pel Miquelet, encara que estava segur que en Dídac compliria la seva paraula, a vegades les coses no es podien preveure i no sabia si la resta dels malfactors eren de fiar.

Va baixar del cavall i es va refrescar. Tot seguit va veure que tenia el temps just per arribar al poble abans que es fes fosc. Tenia varis problemes que resoldre d'aquí a l'endemà i no podia perdre més temps.

Tant bon punt va entrar al poble va passar per casa d'en Miquelet. Allí va explicar a son pare, en Morera, que el noi es quedaria a dormir a l'estudi com feia altres vegades, doncs tenien feina a preparar pintures. Seguidament va marxar fins a casa seva.

L'absència aquella nit d'en Miquelet l'havia pogut emmascarar, però l'endemà també havia de preparar una estratagema perquè ningú s'assabentés que el noi havia estat retingut pels bandolers. Del contrari, perillava la seva vida i mestre Rifà hauria de donar moltes explicacions.

XXV

Sense saber molt bé què fer, l'endemà a primera hora va sortir per a trobar-se amb una colla d'homes del poble armats fins a les dents, esperant el suport militar que els havien promès. Pocs minuts més tard varen arribar quatre genets des de Vic, eren els Miquelets. Encara no els havien pogut veure amb l'uniforme sencer. A tothom els va impressionar el seu aspecte. Era clar que tot just l'estrenaven ja que anaven massa nets. Un d'ells era conegut del poble i això va causar més orgull a la resta. De sobte va arribar en Morera. Mestre Rifà va començar mentalment a preparar una sortida plausible.

—Bon dia, Joan
—Bon dia, mestre. No ha volgut venir en Miquelet?
—I tant, però he pensat que no era pas el millor lloc per ell encara i amb l'excusa de la feina li he encomanat més tasques... —mestre Rifà va pensar que allò segur que era el que també podia pensar el fuster— a part, més tard vindrà amb mi a veure un possible client.
—Us agraeixo que us preocupeu pel noi, Segimon. A vós normalment us fa més cas que a mi i de ben segur que és molt jove per això.
—Ja sol passar.

Els homes varen començar a decidir quin era el pla per poder trobar els bandolers. Llavors, abans que mestre Rifà els intentés convèncer de portar-los fins l'Espluga Vella, un dels homes del mas Torrents, masia que estava pel camí que portava fins l'indret, va explicar el que ell havia vist i escoltat:

—Anit mateix vaig escoltar cavalls que anaven i venien pel camí i estic segur que un d'ells va passar pel davant del mas abans d'aturar-se a veure aigua a les deus. Segur que estan amagats a les balmes de l'Espluga Vella o pels voltants.

A mestre Rifà se li va encongir el cor a l'escoltar el relat d'aquell home. De ben segur que si no hagués estat ja un xic fosc, l'hagués pogut reconèixer. Anava tan capficat que no va parar atenció que passava per davant del mas Torrents. Per sort, les coses anaven bé, sense haver de convèncer a ningú, anirien pel camí que ell volia. Si en Dídac i la banda de bandolers havien estat llestos, a hores d'ara ja eren de camí a França. Els objectes robats a les balmes de l'Espluga Vella i en Miquelet a punt d'alliberar-lo al camí.

Quan tothom va estar a punt, van marxar plegats: els Miquelets encapçalaven el grup. El sol començava a treure el nas per sobre les muntanyes i la frescor de la rosada feia agradable la marxa. Amb poc temps varen passar per davant del mas Torrents i dos homes més s'hi varen afegir. Havien sentir remors de cavall a l'albada. A pocs metres enllà van arribar al caminoi que pujava fins les balmes. El grup es va dividir per dins del bosc. Tots anaven amb les armes a les mans i prou alertes. Mestre Rifà desitjava trobar el robatori a les balmes, seria símptoma que el pla anava per bon camí.
No va ser dels primers en arribar a l'Espluga Vella, però de bon tros va saber el que havien trobat.

—Han marxat no fa massa, el foc encara té brases —va argumentar un dels Miquelets, el que semblava més professional.
—Mireu, aquí dins! Hi ha tot el que es varen emportar de Vilalleons, fins i tot el vostre quadre, mestre. Des de quan uns bandolers tornen el botí?
—Això vol dir que no eren pas bandolers, sinó uns ximples que han agafat por al saber que els empaitaven... —va dir mestre

Rifà per veure quina era la tàctica a partir de llavors— Què hem de fer?

—Tenint en compte que no han robat res més i que el que han robat ho han tornat...
—I si ho han deixat pensant que era un bon cau per ells i estan intentant robar en un altre lloc per després tornar? —va contestar el més jove dels militars.
—Hauríem de seguir-los i deixar un ostatge aquí per si les mosques... —va comentar un del poble.

Mestre Rifà no havia previst aquella situació. Si els empaitaven podien posar en perill la vida del Miquel.

—Aquest homes saben el que es fan. No han deixat pas provisions, res que sembli que han de tornar. I si han arribat fins aquí vol dir que sabien que en un lloc així només s'hi podien estar un temps.

Llavors en Morera va parlar.

—Crec senyors que cadascú de nosaltres té altres feines a fer que empaitar lladregots. Deixem-ho, si us sembla, als Miquelets. Ells sabran què fer.

Tots hi van estar d'acord i mestre Rifà, el primer. Sense saber-ho, el pare d'en Miquel havia salvat la situació i possiblement la vida del seu fill.
Els Miquelets varen restar per la zona patrullant, mentre que la resta del poble va tornar a les seves feines. Mestre Rifà va posar una excusa i va partir per anar a buscar el noi en direcció contrària. Va fer el camí per Sant Llorenç per anar a trobar els camins que de ben segur havien agafat els bandolers.
Un cop arribat al voltant de Rupit es va aturar per descansar ell i el cavall. Era ja migdia i el sol escalfava força. Allí, el pànic de no trobar al noi, li rosegava el cervell. Feia càbales per esbrinar

com havia pogut ser tan ruc i deixar marxar el Miquel amb aquella colla d'assassins. No havia concretat ni tan sols el lloc per trobar-se amb el noi. I si en Dídac, en Picamés, no havia agafat el mateix camí? Ell sabia de sempre la ruta que utilitzaven antigament. Però i si han decidit arribar fins a França amb l'ostatge?

Amb el cor a cent, va pujar de nou al cavall. Si li arribava a passar quelcom al pobre Miquelet, no s'ho perdonaria mai. Que estúpid havia sigut de confiar amb aquells bandolers! La seva excessiva confiança en si mateix, havia posat en perill la vida del noi.
Va seguir trotant pels camins. Només feia que cercar pels voltants qualsevol indici del pas dels bandolers, però era inútil. Llavors, després d'hores sobre la muntura, va decidir posar fi a aquella disbauxa. Estava esgotat i el cavall gairebé mort de cansament. Abans de baixar fins a la vall d'en Bas, a prop del camí, va recordar que hi havia una capella anomenada La Salut. Allí, molts cops s'havien aturat per descansar i beure d'una petita font que brollava una aigua fresca i cristal•lina. Des de la capella, just al llindar dels penya-segats i amb un dia sense boires, es podia veure tota la vall d'en Bas, amb els Pirineus a la fondària i la ciutat d'Olot. Aquell dia, un núvol de tempesta s'havia instal•lat sobre la pròpia vall. Els raig del sol esquitxaven parts de la terra i altres indrets restaven a l'ombra. Es podia gairebé mesurar amb la mà, la grandària del núvol. La resta del cel havia agafat un blau intens. De cop, varen començar a caure les primeres gotes. Mestre Rifà va agrair aquella mullena. Els faig que hi havia al camí que portava a la capella li van fer d'aixopluc.

Llavors quan ja podia intuir les parets de la capella, va veure dos cavalls sota un dels arbres. En un hi havia en Picamés, l'altre era el cavall d'en Miquelet però ell no hi era. No sabia què pensar i a poc a poc es va apropar amb una mà al pedrenyal. Potser havia corregut massa i aquells homes es podien pensar que els estava empaitant. Hauria de ser prudent. Va mirar pels voltants per veure si hi havia més homes, però sembla desert.

—Vinc sol, he pogut arreglar la situació. No sembla que us vulguin perseguir. I tu, què hi fas aquí? On és el noi?
—Tranquil pintor, ja veig que tot sembla correcte.
—On són els altres?
—Cadascú ha agafat un camí diferent.
—I tu? Per què has esperat aquí? I si fos una trampa?
—No has entès res, oi pintor? Va ser l'Adrià Capdevila qui ens va ficar en aquest merder, ara ho he vist clar.
—L'Adrià? Ell em va dir que...
—Sí, ja sé què et va dir el molt malparit —va tallar en sec en Dídac— ell necessitava trobar feina i va anar a buscar al Salvador Gallard, que eren coneguts. Aquest, en contrapartida, el va utilitzar i va voler apuntar-se el mèrit de fer una llista d'antics bandolers que encara podien estar fora de la llei per allistar-los a les noves tropes. Però casualment, aquesta llista va anar a parar a mans d'en Tamarit. No sé pas quina li has feta ni ho vull saber, però aquí es va complicar tot...
Jo no volia tornar a començar de nou un bàndol. Feia anys que em dedicava a ser fuster i això m'ho ha esgarrat tot. Si vaig venir fins aquí va ser per saber si tu també estaves involucrat en tota aquesta merda. No pas per fer de bandoler...
—Llavors qui va matar l'Adrià?
—L'Adrià ja ens la va jugar un cop abans de marxar del grup. Tu ja no hi eres. No era una bona peça. I ja saps com és l'Agustí de cal Noi.

Intentant digerir tot aquella explicació d'en Dídac, mestre Rifà només pensava amb en Miquelet.
—Molt bé, però on és el noi?
—Aquí el tens.
De sobte, d'uns matolls va sortir en Miquel. Havia estat fent les seves necessitats.

—Mestre, ja sou aquí... —va exclamar mentre encara es pujava els calçons— ha sigut molt emocionant aquesta nit. M'he atipat de maduixes i ara tinc un mal de panxa...

—Ja veus que està sa i estalvi. Quan han marxat tots no l'he volgut deixar sol, no em refio dels altres.

—Bé doncs i ara tu què faràs?

—Penso marxar a provar sort al Rosselló, sempre estic a temps i a prop de passar a França.

—Per què no tornes a fer de fuster?

—Doncs perquè aquells malparits es van assegurar d'escampar qui havia sigut jo abans.

—Em sap greu, no ho sabia, però com ja t'he dit... no sembla factible que us vulguin perseguir, estan molt entretinguts amb els terços espanyols. Crec que pots marxar sense cap perill.

—Així ho faré. Fa anys que vaig voler passar pàgina. Però noi, sembla que el destí ens guarda rancor i ens fa reviure coses que voldríem que fossin ben enterrades sota terra.

—Sí, també ho penso —va contestar mestre Rifà— m'estic fent a la idea que mai podrem deixar enrere el nostre passat. O més tard o més d'hora, alguna cosa fa reviure situacions.

—Bé pintor, no sé pas si ens tornarem a trobar... —llavors en Picamés va apropar-se amb el cavall i li va estendre la mà. Mestre Rifà també li va encaixar— i tu Miquelet, tens sort de tenir un home com mestre Rifà al teu costat. Segueix el que ell et marqui a la vida i veuràs com a la fi hauràs encertat. Per cert —llavors en Picamés va agafar el ganivet que portava a la faixa i li va donar al noi— això és perquè no oblidis mai aquesta nit de bandolers.

En Miquelet el va agafar i sense temps de poder ni agrair el regal, en Picamés va picar amb les botes al cavall i va sortir corrents. Els dos varen restar mirant com l'exbandoler es confonia amb els arbres del camí fins a desaparèixer. Llavors en Miquelet va muntar al seu cavall i van agafar el camí de tornada a Sant Julià.

XXVI
6 DE JUNY DE 1640

Era el darrer dia que en Miquelet ajudava a traginar el gel dels pous a les ciutats. Mestre Rifà volia aprofitar que el noi encara no podia ajudar-lo en la feina per baixar a Vic i comprar queviures per la setmana. La plaça Major era plena de parades de pagesos amb els seus productes de la terra i bestioles de granja. Hi havia altres parades de mestres i gremis: els cistellers, boters, corretgers... Mestre Rifà va aturar-se en una d'elles, concretament en la d'un espardenyer amic del poble.
Prop de casa la vila hi havia un grup que escoltava a quatre homes que amb gestos exaltaven a la gent:

—Bon dia Pere, com va avui?
—Bon dia tingueu mestre, avui estem fluixos. Comencen a arribar les colles de segadors per a llogar-se per la sega. I la gent està més pendent de l'enrenou que munten, que de comprar.
—Bé, això sempre passa, és una tradició de sempre. Ja veig que allí... —va assenyalar al grup que cada vegada era més nombrós de prop casa la vila— estan força engrescats.
—Sí, però em fa mala espina, aquest homes no són pas de per aquí. I em sembla que estan intentant revoltar a la gent.
—Només falten ells, tal i com està el país...
—Ja teniu raó mestre, no anem bé.

Llavors va aparèixer en Miquelet.

—Mestre, què hi feu aquí?
—Miquel? I tu, que no estaves treballant?

—Sí, però ja hem acabat, ara estava fent temps per pujar amb algú al poble.

—Si vols, quan acabi de comprar, véns amb mi.

—I tant, ja sabeu quina es prepara?

—Què vols dir?

—Tothom n'anava ple aquest matí per Granollers. Es veu que han arribat al port de Barcelona les galeres d'un tal duc o no sé què punyetes, vaja un tal Toledo...

—Garcia Toledo... —va precisar mestre Rifà— marquès de Villafranca.

—...això, marquès. I es veu que no s'han atrevit a desembarcar, ja que la gent s'ha posat en contra. Què pensaven aquests... després de tot el que estan fent les tropes del rei?

—I Barcelona torna ha estar revoltada? —va preguntar en Pere l'espardenyer.

—No ho sé pas, però es veu que demà esperen a tots el segadors i ja sabeu què passa cada any...

—Em temo molt que aquest cop serà pitjor... —va comentar el mestre— no han pogut triar un dia millor les tropes del rei per amarrar les naus al port.

—Veieu com no anava desencaminat... —va dir en Pere, referint-se a la gent que envoltava als quatre agitadors—Mireu, estan aplegant una multitud considerable, no anem bé!

—Teniu raó Pere, vaig a veure què passa... —va contestar mestre Rifà.

Gairebé sota les voltes de casa la vila la gent cridava consignes contra les tropes i contra el virrei Santa Coloma. Aquells homes estaven reclutant a gent per anar l'endemà a Barcelona amb la resta de segadors. Mestre Rifà va estar un moment escoltant com la gent s'engrescava i quedava pels volts de l'albada per a baixar a la capital. Llavors va arrossegar a en Miquelet que ja volia apuntar-se a qualsevol carro que sortís des de sant Julià. El va fer que l'acompanyés amb ell a veure al bisbe. Ell sabria si les coses a Barcelona estaven tan exaltades.

Van arribar minuts després, però un dels secretaris del bisbe els hi va confirmar que el bisbe Ramon de Sentmenat havia marxat feia un parell de dies cap a la capital, reclamat pel bisbe de Barcelona. Temien que aquell any l'entrada dels segadors comportés més problemes que de costum. La gent estava molt revoltada des del 22 de maig, quan varen alliberar Francesc de Tamarit.
Mestre Rifà va témer el pitjor i com que ja sabia com era en Miquelet va preferir fer una volta per no trobar-se de nou amb la gent que estava preparant la marxa a Barcelona. Va comprar quatre coses i va decidir marxar emportant-se al noi.

Com era d'esperar, en Miquelet va estar protestant tot el viatge de pujada a Sant Julià. Volia anar amb la gent l'endemà. Però, molt subtilment, mestre Rifà el va fer desistir:
—Però a veure, Miquel —va començar mestre Rifà, després d'escoltar-lo fins a la fatiga— tu no dius que vols ser pintor? —en Miquel va assentir amb el cap i amb cara de no entendre el que li deia— doncs què hi pinta un pintor en una revolta?
—Què hi té a veure? Jo vull defensar la meva pàtria.
—Que poètic t'ha quedat noi. Però és perillós i tu, pel que m'havies explicat, vols estar amb la Marianna, oi? I us voleu casar?
—Molts homes tenen dona i van a defensar el país.
—Sí, ja ho sé, però creus que la Marianna hi estarà d'acord? I si no vol passar per aquest tràngol?
—Mestre, que no vaig a la guerra, només és anar a veure què passa, com l'altra vegada. A més, ella està lluny i no ho sabrà pas.
—Mira Miquel, tal i com estan les coses, potser sí que anirem a la guerra. I llavors no podrem dir que no. Pensa i sigues prudent, a la pàtria la pots ajudar més viu que mort.
—Esteu molt pessimista, mestre.

Mestre Rifà va fer un somriure i en Miquelet va deixar de parlar. Havia fet afecte el discurs. El noi s'ho estava replantejant.

Quan van arribar a Sant Julià, en Miquelet va quedar-se a casa seva. Havia matinat molt per anar a treballar i volia estirar-se un estona abans de dinar. Aquella tarda tampoc aniria al taller, ja que aprofitaria per ajudar a son pare. Però al marxar ja va deixar clar que l'endemà aniria puntual a treballar amb el mestre Rifà.

A la tarda, el mestre va aprofitar per fer esbossos i dibuixos diversos pels quadres que estava començant a crear. De tant en tant s'aixecava per estirar les cames i retornava de nou a la feina. Feia una tarda esplèndida, i el sol entrava des del finestral de darrere el pati resquitllant la paret del taller. I per la façana principal que donava al carrer Nou, entrava per una de les finestres, escalfant al Pinzell que jeia al costat mateix de la llar de foc apagada.
A poc a poc la llum es va esmorteir i finalment mestre Rifà va aixecar-se de nou per encendre un quinqué. Llavors va recordar que encara tenia aquella nova beguda que li portava Agulin, l'occità.
Va escalfar aigua i va decidir plegar de treballar. No tenia massa ganes de fer-se res per sopar. Per tant, aniria un xic més tard a l'hostal. Quan va tenir el cafè fet i encara calent es va fixar amb el quadre de la Blanca, cobert amb un llençol per no arreplegar la pols. Va aixecar la roba i va seure davant d'ell a una certa distància. El quadre gairebé estava enllestit. Només la figura d'ella, la cara i cabells, i uns petits retocs de realisme, mancaven per a finalitzar del tot l'obra. El rostre, amb l'esbós inicial a carbó i amb una veladura aplicada, resseguint el dibuix amb essència de trementina i el color anomenat pels mestres de Florència, verdaccio. Un barreja de blanc, negre i ocre. Li va fer recordar amb imatges el dia que la va dibuixar. Amb aquell somriure clarament descarat mostrant-li tot el seu cos nu. I després els records el varen portar fins hores més tard, quan va jeure amb ella i va sentir el seu delicat i suau cos abraçant-lo.

Estava fet un embolic. Aquella dona el tenia obsessionat. Si com a mínim ja hagués pogut lliurar el quadre acabat... Potser aquesta

fal•lera s'hagués reduït a uns quants records i prou. Però sabia que la tornaria a veure, per poder enllestir la feina i voldria de nou jeure amb ella per a fer-li l'amor. Encara que sabia que era un amor impossible, que ella a diferència d'altres havia escollit enamorar-se d'una dona, per molt que malgrat tot l'estimés d'alguna manera.
De sobte es va sentir molest i va aixecar-se per tornar a tapar el quadre. Què estava fent? Feia res que s'havia gairebé promès amb la Margarida Serrallonga, que l'havia estimat tota la vida i que estaven fent plans per a viure junts. I a hores d'ara encara no es podia treure del cap a la Blanca.

Amb la mosca al nas del seu propi comportament, va endreçar els estris de feina i posteriorment va baixar per anar a sopar. Feia una temperatura excel•lent, ni fred ni calor. Va arribar al carrer de l'hostal i va sentir el brogit de la gent. Les portes eren obertes de bat a bat per contrarestar el fum i la calor que dins es generava. A cada costat de la porta d'entrada dues torxes il•luminaven el carrer estret. De seguida va escoltar la veu cridanera de la Mariona, la dona de l'hostaler. Molts forasters la rondaven pel seu tracte amable i desvergonyit. Però ella només tenia ulls pel Joan i aquest deixava fer, sabent que res tenien a fer-hi. Quan les coses anaven maldestres, tots plegats, els clients habituals i del poble, sortien a defensar-la.

—Mira qui ha vingut, Joan? Quina sorpresa més cultural, mestre Rifà —va cridar la Mariona, al veure entrar el mestre. En Joan l'hostaler va mirar i va somriure amb tota resta de clients— Si no fos perquè algú el ronda, de ben segur que amb aquest sí que et faria banyes, Joan. —En Joan seguia posant vi a les gerres sense fer cas del que deia la seva dona, ja que sempre feia la mateixa broma quan mestre Rifà anava a l'hostal.
—Deixa en pau al pobre Segimon, que sempre l'estàs avergonyint —va contestar l'hostaler.
—Avergonyint aquest tros d'home? —va replicar la Mariona.
—Ja tens raó Joan, potser que la lliguis més curt a la teva dona

—va dir el mestre fent broma.

—Goita tu, aquest! Si tu pots, és tota teva, perquè jo... —va contestar en Joan.

—Encara no ha nascut cap home que pugui lligar curt a la Mariona de l'hostal —es va sentir d'un dels veïns del poble.

—Només quan estigui sota terra em podreu lligar curt i si puc us vindré cada dia a tocar-vos els collons cada nit... —va dir la Mariona rient.

—A mi ja m'estaria bé... —va contestar un dels joves del poble que estava assegut amb una colla d'amics.

—Tu calla, ganàpia, que no veus que aquestes mans necessiten ous com cal, no olivetes...

La gent va riure i la Mariona es va apropar al noi en qüestió. Es va ajupir per ensenyar-li l'escot voluminós i li va besar el front en senyal d'afecte. Aquest, divertit, va fer com si es mareges i es va deixar caure a terra. La gent va aplaudir rient.
Mestre Rifà es va apropar a una de les taules on hi havia gent coneguda.

—Puc seure, senyors?

—Segui mestre, segui. No sé què farem quan no hi hagi la Mariona portant l'hostal.

—Coi d'home, —va dir un de la taula— tu sempre tan optimista!

—És tot un espectacle la Mariona... —va dir mestre Rifà seient a la taula— i esperem que per molts anys!

Llavors es va apropar en Joan per saber què volia mestre Rifà per sopar.

—No li feu cas Segimon, és boja del tot... —va dir en Joan— Què us poso?

—Potser sí que és boja, però si no fos boja, no seria la Mariona.

—Oh, i tant! Ja teniu raó, mestre. Tinc unes pilotilles amb suc o embotit.

—Fes-me unes llesques amb embotit.

—Teniu mestre, el vi. —li va donar un dels de la taula— Heu sentit el que ha passat avui al mercat de Vic.

—Què ha passat? —va preguntar mestre Rifà.

—Sí home, els segadors que han vingut avui i que han estat xerrant davant mateix de la casa de la vila.

—Ah, sí, sí que els he vist! Però aquells homes no eren pas de per aquí...

—No, però han estat dient que demà hi haurà merder a Barcelona. I molts han estat d'acord de baixar a trenc d'alba cap a ciutat.

—Què penseu vós, mestre, sabeu res d'important?

—No sé més que vosaltres, però sí que crec que demà tornarem a tenir aldarulls. Estan aconseguint que la gent es posi en contra del govern i només faltava que les naus espanyoles estiguin esperant al port de Barcelona. Sembla que ho fan amb tot el propòsit, per burxar la ferida. —va explicar el mestre.

—Aquesta gent no entén res més que la guerra i si la provoquen, la tindran. Per Déu que la tindran! —va dir aixecant el got un d'ells.

—Però Pere, si fa anys que estem en guerra contínua... —va contestar el mestre— No veus que no tenim res a pelar. O són els francesos o els espanyols. La qüestió és que sempre hi sortim perdent.

—Cony! Doncs per això tenim un govern, no? —va dir el més gran de tots— i ara amb els Miquelets sembla que vulguin posar fil a l'agulla per tenir de nou un exèrcit com cal. Si estem units i fem les coses ben fetes, ens podem defensar prou bé dels estrangers. No necessitem pas a ningú que ens governi, ho hem fet d'altres vegades. No veig perquè ara no?

—Sí. Si com tu dius, es fan les coses com cal, potser sí. Però fa anys que l'únic que hem aconseguit és debilitar-nos —va dir l'agutzil— no som pas allò que érem.

—Mireu, —va dir en Pere— crec que en Claris els té ben posats per ser capellà. I a més, és català i ho sent com nosaltres. Els altres han estat cagamandúrries dels espanyols i per això ens ha anat com ens ha anat.

—Sí, però segueix tenint molta gent en contra... —va contestar el mestre— la noblesa està espantada. I d'aquests, molts, com ja sabeu, estan amb els espanyols, que són els que els defensen. Fins que la noblesa no torni a sentir-se catalana del tot, poc farem. Com sempre, aquesta és la malura que té la nostra pàtria.

—Doncs amputem-la de soca-rel. Com una cama podrida per la gangrena. Són els que ens estan xuclant la sang dia a dia i vós ho sabeu. Hem d'actuar i amb coratge! —va dir el més jove de tots.

—Com es nota que ets molt jove... —va dir el vell— poc recordes, com nosaltres, les atrocitats d'una guerra oberta. Jo ja en tinc prou, senyors. Pel poc que em queda, vull viure en pau.

—Sí, i nosaltres, els joves, què hem de fer? Viure sempre amb la bota dels espanyols sobre el coll. Jo no vull viure així i lluitaré encara que em costi la vida. Sé que més tard o més d'hora guanyarem.

—Bé senyors, tranquil•litat... —va posar pau mestre Rifà, doncs la conversa anava prenent un caire violent— no som nosaltres qui ens hem de barallar. Ja veurem què passa demà. Brindem per la pàtria, senyors.

Tots varen aixecar els gots fent un brindis clar i emocionant per una Catalunya lliure.

XXVII
Matí del 7 de juny de 1640, dia del Corpus Cristi
"El Corpus de Sang"

Els cascs dels cavalls ressonaven com esclops per sobre les pedres del pont de la Malafogassa. Advertint, amb el soroll de repics, a qualsevol que estigués a la guaita, la Margarida Serrallonga anava la primera, muntada amb un cavall d'un negre cendra, a pocs passos. Mestre Rifà la seguia. Al passar pel pont, l'aire feia voleiar els cabells de la Margarida, deixant-li entreveure el clatell i el coll. Mestre Rifà hagués volgut resseguir aquell coll amb un bes llarg i suau. Sabia que no podia esperar més temps, l'estimava.

Traspassat el pont, a una certa altura del terra, dos homes varen sortir de dins del bosc, armats amb trabucs. Eren els vigilants. Al veure qui arribava, varen saludar abans de tornar als seus amagatalls.

Els dos genets van agafar un caminoi a mà dreta que pujava entremig de dues roques. Seguidament, el camí s'obria per donar pas a una esplanada plena d'arbres. Al llindar de la riera Major, assegut sobre una pedra gran, hi havia en Joan Sala, en Serrallonga. La Margarida al veure'l va colpejar amb el peu el cavall, per ordenar-li que acceleres la marxa. En Serrallonga va sentir com arribaven i es va aixecar somrient. La Margarida, a l'arribar on hi havia el seu home, va desmuntar a corre-cuita per a poder-lo abraçar. Mestre Rifà seguia amb la mirada l'escena, mentre el seu cor s'accelerava de ràbia. No podia pas fer res.

Mestre Rifà va saludar a en Joan mentre agafava les regnes del cavall i marxava d'allí. Havia decidit que no aguantaria més, no podia seguir volent matar el seu cap cada cop que tocava a la

seva pròpia dona. Llavors, mentre pujava de nou pel caminoi, una cosa calenta i humida va fregar-li la cara. Amb la mà va desempallegar-se momentàniament d'allò. Segons després la cosa va resseguir-li tota la cara, des de la barbeta fins al front.
Sense saber com va aconseguir aixecar una parpella. Allí davant, a dos dits del seu nas, hi havia en Pinzell. Aquest, content de veure com el seu amo despertava, va propinar-li una darrera llepada de bon dia.

—Coi de gos! —va remugar el mestre eixugant-se la cara— Ja sé, ja sé... és hora d'aixecar-se —llavors les campanes varen tocar les set— No sé com t'ho fots per saber quina hora és abans que toquin les campanes.

Mestre Rifà havia anat a dormir tard aquella nit. La conversa a l'hostal es va allargar i la beguda també. Però en Pinzell estava eixerit esperant l'esmorzar, després en Miquelet arribaria i podria sortir a fer el tom matinal.
Mestre Rifà es va aixecar del llit amb la bufeta plena. El coi d'aiguardent de la nit passada, va pensar. En Pinzell el seguia a tot arreu, fins i tot quan va sortir al darrere per apaivagar la urgència.
El ca va posar-se al costat del mestre mentre aquest feia les necessitats. Com que trigava, va seure, però, sense perdre de vista l'amo. Aquest va girar-se perquè es va sentir observat. El gos va aixecar-se i es va tornar a posar al costat del mestre.

—Hòstia Pinzell! Vols fotre el favor de marxar, m'estroncaràs la pixera... —amb la cama, i fent equilibris per a no mullar-se, li va etzibar un guitza al gos. Amb la mala sort que aquest la va esquivar i mestre Rifà va caure de cul amb la feina mig feta i tot allò penjant— em cagun cony.

En Pinzell, que va veure que anaven mal dades, va marxar per esperar l'amo a dins de casa. Mestre Rifà va mirar pels voltants per si algú s'havia adonat del seu espectacle. Just li havia estroncat la pixera i anava moll. Sense complexes ja, va apropar-se al porxo on hi havia un safareig gran ple d'aigua del pou. Allí es va treure la camisola molla i nu es va asseure dins. La temperatura era gairebé d'estiu aquells dies i donava ja gust de banyar-se.

Aleshores va escoltar el repic de dos quarts de vuit. Era estrany, en Miquelet encara no havia arribat. Llavors va recordar la conversa de tornada de Vic, on el noi li explicava que volia afegir-se a la gent que baixaria a Barcelona l'endemà. Ja veia que els seus consells no havien fet canviar de parer al noi. Ell també ho hagués fet a la seva edat. Absort en aquells pensament, va aparèixer la iaia Enriqueta, la subministradora de les coses bàsiques dels matins.

—Què, ja tenim fogots de bon matí? O és que encara no hem anat a dormir?

—Ni una cosa ni l'altra, iaia. Giri's, que vostè sí que tindrà fogots si mira.

—Ai, fillet! A la meva edat, aquestes coses ja no em fan ni fu ni fa. Us deixo les coses aquí dins. Per cert, en Miquelet m'ha donat això per tu. Ha marxat a trenc d'alba. Vinga, espavila, que sortiràs arrugat. Apa, si au!

—Adéu-siau, iaia.

Mestre Rifà, després que sortís la iaia Enriqueta, va pujar nu fins al pis. Allí es va eixugar i vestir. Llavors va llegir la missiva d'en Miquelet:

Bon dia mestre,

Em sap greu, però he decidit anar a Barcelona, no vull que us enfadeu amb mi. Però necessitava veure el que està passant amb els meus propis ulls.

Aniré amb molt de compte i no em ficaré en merders. Demà a primera hora seré com un clau al taller.

*No patiu per mi.
Fins demà,
Miquel Morera*

Mestre Rifà va somriure, estava orgullós d'aquell noi. Potser no tot era feina seva, però sabia que havia contribuït a fer un home com cal.

Mentre llegia la missiva va sentir un brogit de gent pel carrer. Va mirar per la finestra i va veure com la processó del Corpus passava pel carrer Nou. En aquell precís moment, el rector de Sant Julià, Pons Perestene, va aixecar el cap i va veure com mestre Rifà mirava per la finestra. Llavors, sense saber perquè, mestre Rifà el va saludar amb la mà. El rector, que ja havia fet mala cara al veure el pintor a casa seva i no pas a la processó, va moure el cap amb gest de desaprovació per la salutació del mestre. Aquest va retirar-se del finestral i va seure en una cadira.

—Seré ase, vaig i el saludo com si el rector estigués de passeig... El que m'espera, quan em vegi...

De sobte, un lladruc fort però curt va espantar al mestre mentre pensava en el que acabava de fer. En Pinzell, ja amb la mosca al nas, no volia esperar més a menjar. Quina poca serietat, deuria pensar el can. Fa hores que m'espero i encara no hi ha res calent i aquest encantat, mirant per la finestra...

Mestre Rifà, assumint la culpa li va fer una carantoina al gos i li va posar les sobres de menjar.

Va esmorzar i, encara que tenia ganes de fer un tomb abans de posar-se a treballar, va pensar que millor seria deixar acabar la processó del Corpus. Per tant, va començar amb un esbós que feia dies que intentava perfilar. En Pinzell marxava a fer la seva ronda matutina, quan va arribar un missatge pel mestre:

—Mestre Rifà, que hi és?
—Sí, sóc aquí dalt... —va contestar el mestre sense saber qui

era. Llavors va pujar en Cinto, el cotxer de la Blanca de Tamarit. Mestre Rifà, cada cop que veia aquell home, el cor li feia un salt.

—Cinto, què hi fas aquí, i la senyora?

—Bon dia mestre, he vingut a portar-li una missiva de la senyora. M'ha dit que si pot contestar-li...

—Ah, doncs a veure què hi diu. Seu Cinto, vols un got de vi?

—Mercès mestre, però ara no puc, la senyora no li agrada que begui massa. Si té una mica d'aigua, faré l'esforç.

—I tant, tu mateix, aquí tens un tupí amb aigua fresca del pou. Que heu vingut avui?

—No senyor, ahir de vesprada, al mas. Però hem vingut a Vic aquest matí. Es veu que el senyor ha volgut que la senyora marxés de Barcelona. La cosa està una mica esvalotada i avui s'esperen molts segadors. Es deuen ensumar una altra revolta com la del mes de maig. I a sobre, sabeu que tenim una flota espanyola sencera al port?

—Sí, ja m'han explicat com estan les coses a la capital...- mestre Rifà va obrir la carta per llegir-la— si em permets Cinto...

—Oh sí, és clar, perdoneu.

Benvolgut Mestre Rifà,

Us escric per informar-vos que aquest matí estaré fent unes visites de cortesia a Vic i he pensat si aquesta tarda us aniria bé de trobar-nos al vostre taller per a finalitzar l'encàrrec que teniu pendent.

En espera de la vostres noves,

Blanca de Tamarit

Mestre Rifà va somriure mentre pensava com era d'eixuta aquella dona alhora d'escriure res. Va buscar una ploma per a contestar la missiva però finalment va pensar que no calia.

—Bé, no cal que li escrigui... —va dir-li el mestre al Cinto que esperava amb un tassó a la mà— pots comunicar-li a la senyora que pot venir quan vulgui aquesta tarda.
—D'acord mestre, així li ho faré saber. Bé doncs, fins després, senyor.
—Per cert, Cinto —va aturar la marxa del cotxer— saps si us quedareu molts dies al mas?
—No us ho puc dir amb seguretat, mestre. Però jo diria que per l'equipatge i el servei que hem portat, tres o quatre dies, de ben segur. Quan venim per un dia o dos venim sols la senyora i jo.
—Gràcies, Cinto.

Mestre Rifà va començar a pensar amb la trobada d'aquella tarda i possiblement de la nit sencera. Llavors, aquella mena de culpabilitat el va tornar a trair. Si s'assabentés la Margarida, la seva relació es trencaria de ben segur. També podia evitar caure en la temptació i limitar-se exclusivament a fer la seva feina com a pintor i com amic únicament.

La Blanca li havia deixat clar aquell darrer dia, però seguidament s'havien allitat junts de nou. Era una dona imprevisible per ell.
Mentre rumiava va començar a preparar l'estudi per a la sessió de la tarda, llavors a poc a poc va deixar de pensar amb el que podria fer malament i va començar a gaudir del que estava a punt de fer.

En plena tarda assolellada, mestre Rifà va raspallar la seva euga, li posar menjar i estava a punt de treure aigua del pou quan va sentir com un carruatge s'aturava davant mateix del portal. Sabia qui era i per això va deixar el cossi a prop de l'animal i sortí per rebre'l.
En Cinto estava lligant les regnes per baixar a obrir a Blanca de Tamarit.

—Hola, Cinto. No cal que baixis, ja l'ajudaré jo mateix —va dir-li el mestre.
—Bona tarda, senyor. És molt amable, mestre.

Mestre Rifà va obrir la portella del vehicle i va posar l'escala. De dins en va sortir una mà. El mestre la va agafar. Llavors Blanca va incorporar-se per baixar de l'interior del carruatge. Amb un somriure va saludar al mestre.

—Hola Segimon, com estàs?
—Ara millor.
—Cinto! —es va dirigir al cotxer la dama— recordes com hem quedat?
—I tant mestressa, demà al matí estaré aquí com un clau.

Mestre Rifà es va sentir incapaç de contradir aquella decisió. Tot al contrari l'estava esperant.
Va tornar a posar l'escala al seu lloc i va tancar la porta. Llavors el cotxer va fer espetegar el seu fuet a l'aire i el carruatge es va començar a moure. Els dos es van esperar veient com desapareixia pel carrer.

—Entrem? —va dir mestre Rifà.
—Et fa res fer un volt pel camp, fa una tarda esplèndida i ja ha minvat la calor. Tinc ganes d'estirar les cames.
—Oh, i tant! Deixa'm uns segons per rentar-me les mans i marxem. Puges?
—No cal, t'espero al final del carrer, et sembla?
—D'acord.

La dama va caminar passejant pel carrer fins on acabaven les cases. D'allí es podia veure el camí ral que continuava i, alçat a mà esquerra, el mas de Puigsec. A la dreta, una petita plana amb el puig del mas Albareda i al fons, nítidament, les Guilleries amb un to vermellós pel sol de tarda.
Tot d'una, va sentir com una cosa li passava a prop del vestit.

Era en Pinzell, que ja la coneixia i no es volia perdre de cap manera el passeig.

—Hola Pinzell, com estàs? —va saludar al quisso, mentre aquest amb la cua fent de ventilador es posava bé perquè l'acariciessin— tu també vols fer un tomb?
—Aquest s'apunta sempre, encara que després desapareix i no torna fins que arribem a casa... —va dir mestre Rifà, que ja arribava on era la Blanca.
—Quin paisatge més preciós que tens aquí. Jo, a ciutat, només veig pedres.
—I focs artificials, no?
—Sí, i massa sovint. Volia parlar amb tu abans que res. S'han complicat molt les coses.
—Què ha passat?
—M'ha arribat un correu del meu marit aquest migdia. Han matat al virrei.
—Què dius ara, avui?
—Sí, volia fugir amb alguna embarcació, però finalment no ha pogut. Sembla que com esperaven, de bon matí els segadors i altra gent, ha entrat a Barcelona i hi ha hagut molts aldarulls. Per això el meu espòs va voler que marxés de la ciutat ahir. No sé res més, però això és com una declaració de guerra.
—I què ha fet la Diputació?
—Ha intentat apaivagar els ànims, però tampoc massa.
—Vols dir que ja els hi està bé, no?
—Això sembla.

Varen fer un silenci, mentre caminaven pels vorals del petit puig del mas Albareda. En Pinzell els seguia de prop però pel mig dels camps.

—I ara què? —va preguntar mestre Rifà.
—Haig d'esperar noves. De moment, estic a casa d'una bona amiga, a Vic. Aquest cop no puc refugiar-me al mas de sempre. No vull que se n'assabenti el meu marit.

—Vols dir que no sap res del mas?
—No. Pensa sempre que vaig a casa d'aquesta amiga íntima.
—Ets increïble!
—Per què?
—Dona, no sé... l'enganyes també amb això?
—Ja saps que jo tinc la meva vida privada i com que darrerament ha volgut saber més del que teníem estipulat. Ara no puc fer res més que enganyar-lo... —va fer una pausa pensant— però ell ho sap, n'estic segura. Potser no sobre el mas, però segur que sap que jo no m'estic sempre a casa de la meva amiga.
—Renoi quina relació, jo no sé si podria...
—Ja ho estàs fent... —mestre Rifà es va aturar i la va mirar— des que ens veiem, has estat consentint que jo segueixi amb el meu espòs i amb la meva vida privada.
—Sí dona, però és diferent...
—I tu? Que no estàs enganyant a la Margarida?
—Touché, Madame... —els dos varen somriure i van seguir caminant— és curiós... n'he estat enamorat sempre de la Margarida, i n'estic. Però ara és diferent... no sé...
—Diferent? No és diferent... —va contestar la Blanca— segueixes enamorat, però ara estic jo pel mig i veig clar que no saps com manegar aquest afer.
—Noia, avui estàs sublim, ho encertes tot. I què se suposa que haig de fer, si quan començo a tenir-ho clar, apareixes tu de nou i m'ho emboliques tot.
—Ai, pobrissó... el meu mestre està perdut...
—Sí dona, a sobre te'n rius de mi...
—No és això. Ja n'hem parlat Segimon, mai podré ser teva. Ni teva ni de ningú. No vull estar lligada a ningú, ara per ara. Potser amb els anys i per força hauré de triar, però mentre sigui jove vull viure la vida com ho feu vosaltres els homes. Jo —va fer una pausa i es va aturar— t'estimo, però a la meva manera. No vull que per mi deixis de tenir allò que havies somiat sempre, no m'ho mereixo, de veritat. Sé que et faria molt de mal. Perquè ara ens veiem poc i intensament, però el que tu vols és per sempre i

aleshores no podries suportar que jo fes la meva vida. Em voldries únicament per a tu.

—És cert —va contestar el mestre mirant-la fixament als ulls— però ara ja em passa això. Sempre en qualsevol moment et vull veure, vull agafar-te les mans, parlar amb tu. I penso on deus estar i amb qui. Ho sento, però no ho puc evitar... jo t'esti...

La Blanca li va tapar la boca amb la mà abans que pogués pronunciar aquella paraula.

—No ho diguis... ja ho sé i per això, quan acabis el quadre, desapareixeré de la teva vida per sempre, perquè això que anaves a dir, li ho diguis a la Margarida amb tot el cor i sense dubtar.
Si m'estimes, has de prometrem que no ens veurem mai més. M'ho promets?

Mestre Rifà l'hagués abraçat i besat. I li hagués dit que allò no ho podia fer, que mai la deixaria. Però es va apartar d'ella i va seure en un rocam. Va mirar com el sol deixava tot el paisatge amb un to vermellós i els quatre núvols que hi havia sobre les Guilleries, semblaven talment extrets d'un quadre. Llavors al mirar les muntanyes, la imatge de la Margarida se li va aparèixer de cop.
Tenia raó la Blanca, no podia dubtar més. Només una nit més i s'hauria acabat tot.

—M'ho promets? —va insistir la Blanca ja al costat del mestre.
—D'acord... t'ho prometo. Però tu també m'ho has de prometre.
—Ah no, això no val!.
—Com que no val? —es va aixecar mestre Rifà. Llavors la Blanca li va posar la mà a l'espatlla.
—És clar que sí... era broma. T'ho prometo, Segimon.

Llavors els dos van seguir caminat en silenci fins que la Blanca va començar a parlar.

—És molt possible que hi hagi una guerra imminent. Promet-me que si necessites quelcom et posaràs en contacte amb mi. Només per ajudar-te.

—No crec que pugui fer res, jo. Ja vaig deixar clar les meves intencions i opinions. No vull malgastar el que em resta de vida amb una guerra. Hi ha gent altament preparada, com el teu espòs, que viu d'això i ho fa perfectament. Puc preguntar-te una cosa, Blanca?

—Tu diràs.

—Què saps de mi?

—Que què sé? Que ets el millor pintor de la plana i... —la Blanca va intentar desviar la pregunta, però mestre Rifà va ser directe:

—Del meu passat...

—Tot —va contestar secament la Blanca— ho sé tot. Però això és aigua passada i ja no has de preocupar-te —a mestre Rifà la contesta no li va sorprendre.

—Ho sabies des del començament?

—No. Va ser quan et van intentar allistar. Llavors ho vaig saber. Però, de veritat, està ben guardat el teu passat i no ha de tornar a sortir.

—No tens cap pregunta a fer-me?

—No. Ara ets un bon pintor i el més important, un bon home.

—Ho intento, però hi ha coses que mai podré oblidar. I em perseguiran fins a la tomba.

—Deixa-ho córrer. No et martiritzis, no pots canviar el passat, ja està fet.

—Tens raó. Però fa mal... —llavors mestre Rifà va canviar de conversa— Per cert, com estàs de gana?

—Déu n'hi do. I tu?

—També i si hem de treballar tota la nit, ens haurem d'alimentar bé. Què et sembla que et convidi a un sopar a l'hostal?

—A l'hostal?

—Sí, dona. Són de confiança. T'ho passaràs bé, creu-me.

—Bé, per què no?
—Doncs, som-hi!.

XXVIII
NIT DEL 7 DE JUNY DE 1640, DIA DEL CORPUS CRISTI
"EL CORPUS DE SANG"

Varen sortir de l'hostal rient i sentint com la Mariona els acomiadava amb bromes. Passejant, van arribar a casa del mestre.

—Bé, és hora de treballar —va dir el mestre encenent les espelmes— encara hi ha claror, però aviat es farà fosc i necessito llum.
—Què faig, jo?
—Vols que prepari una mica de cafè, recordes la beguda aquesta negra?
—Sí, em ve de gust. Vaig a canviar-me, et sembla?
—D'acord.

Mentre mestre Rifà encenia els llums i preparava el cafè, la Blanca es va despullar a l'habitació. El mestre ja li havia preparat una bata perquè se la posés.
Mestre Rifà es va proposar només pensar en acabar la feina, i així va ser. Tenia preparat un selló perquè la Blanca s'hi pogués asseure, com estava previst en el quadre. Només li calia repassar les textures de la carn i perfilar la fisonomia de la Blanca. Per això, sí que necessitava que ella hi present.
Les llums de les espelmes il•luminaven a la perfecció, tant la tela com el lloc que havia preparat per a ella. La resta del taller, restava en una penombra groguenca. Les lleixes, amb pots de vidre plens de pigments de colors, restaven il•luminats i aquests reflectien a la paret els colors, que es barrejaven i feien la seva

pròpia paleta de colors.

El quadre es veia perfecte, les robes quasi reals, el fons amb una penombra que deixava intuir qualsevol objecte, però alhora restava gairebé imperceptible. La finestra, on entrava a l'esquerra un raig de sol esmorteït per la posta, il·luminava una part dels cabells de la Blanca. Detalls que, a mida que anava coneixent a la Blanca, els incorporava al quadre. Com un ram de flors, un mocador brodat amb fil d'or amb les seves inicials.

La Blanca, una vegada canviada i amb la bata, va sortir de l'habitació. Va veure aquell muntatge que havia preparat el mestre i va restar embadalida mirant el quadre.

—És preciós... no tinc paraules per descriure allò que veig. Les meves flors! Tot està perfecte...

—Tot no. Faltes tu per a ser perfecte del tot. Però vinga, deixem de xerrar, vols prendre ara el cafè?

—No, ho faré mentre posi. Quan descansem.

—Descansar? Què dius, impossible, no podem. Tenim molta feina. Apa, agafa'l i el deixes sobre el tamboret. De tant en tant li fas un tast.

—D'acord senyor, com vostè mani. Ets pitjor que el meu marit donant ordres.

—Vinga, vinga, col·loca't bé i deixa de xerrar. No calles, eh?

La Blanca va agafar el tassó de cafè rient i el va deixar sobre el tamboret que li havia preparat el mestre. Llavors, esperant que el mestre la veiés, es va treure la bata a poc a poc i amb molta elegància. La va deixar a terra i va seure al selló. Mestre Rifà, somrient, va captar el gest de la Blanca.

—Ets molt dolenta, ho saps oi?

—Jo? Pobre de mi, què he fet ara? —mestre Rifà es va aproximar per acabar de col·locar bé la Blanca i les robes del seu voltant— Ei, ei, com s'atreveix a tocar-me? Vostè és un depravat...

—Ara no, però quan acabi, no saps prou com puc ser de depravat...
La nit ja va fer acte de presència. Feia hores que mestre Rifà no parava de pintar, perfilant i detallant el cos de la Blanca. Aquesta, còmodament asseguda, només havia de moure una mà per a poder beure un xarrup del cafè. En Pinzell, després de varis intents de llepar la mà de la Blanca, estroncats pel crit del mestre, va desistir, sense entendre què coi feia aquella dona asseguda tanta estona al selló. Es va estirar als peus de la Blanca i com qui no vol la cosa es va posar a dormir esperant que la festa s'animés.
Una estona més tard, mestre Rifà es va aixecar, va deixar els pinzells en remull i es va enretirar de la tela.

—El puc veure? —va dir la Blanca impacient.
—No.
—No? Per què no?
—No està acabat.
—Però podem descansar una mica. Ja no sé on tinc el cul.

Mestre Rifà es va posar a riure i amb el cap li va dir que sí. La Blanca va agafar la bata i amb un gest d'estar cansada se la va posar.

—De veritat que no el puc veure encara?
—Sí dona, vine.

La Blanca va fer un salt i es va col•locar al costat del mestre.

—Sóc jo, és com mirar-me al mirall.
—No sé, hi alguna cosa...
—El què? Jo el veig perfecte.
—No sé, potser... t'he fet més maca del que ets en realitat...
—la Blanca se'l va mirar amb picardia.
—Què vols dir amb això? Barrut!
Mestre Rifà la va abraçar i mentre la besava, li va dir a l'orella:

—És impossible fer-te més maca del que ja ets.
—Això vol dir que ja has acabat?
—Sí.
—Doncs ara començo jo —mentre s'obria la bata. El va encaminar cap a l'habitació.

A trenc d'alba en Cinto va arribar puntual a la cita. El carruatge es va aturar davant mateix del portal de can Rifà. En Pinzell va aixecar les orelles al sentir el brogit del cavalls, però va estimar-se més seguir dormint.
La Blanca jeia al costat del mestre tapada amb un llençol blanc de cotó. Quan va sentir com s'aturava el carruatge, es va llevar amb sigil per no despertar al mestre. Es va vestir i va sortir al taller. Allí va agafar un paper i, amb la ploma del mestre, li va escriure una nota.
Quan va acabar li va deixar sobre la taula. Llavors va tornar a entrar a l'habitació, va seure sobre el llit i va besar al mestre. Ell va sentir el contacte i es va mig despertar, la va mirar, però es va tornar a adormir. Va ser la darrera vegada que mestre Rifà veia la seva cara al natural. Mai més es varen tornar a trobar. La Blanca va sortir de la casa i va pujar al carruatge. Aquest va desaparèixer pel carrer per no tornar mai més.

XXIX

Mestre Rifà es va despertar amb la claror del sol. Va fer un cop d'ull al seu costat del llit i va veure que la Blanca no hi era. Es va mig vestir i va sortir al taller. Va mirar arreu però no la va trobar. Va veure sobre la taula una nota i llavors va entendre que ella havia marxat.

Bon dia estimat,

No volia acomiadar-me de tu sense dir-te el que sento. Però no he estat capaç de fer-ho davant teu. Llavors he pensat que un breu però intens bes no ens faria cap mal. M'has mirat mig adormit però els teus llavis m'han retornat el petó.
Recorda què em vares prometre... Jo encara que tinc a hores d'ara el cor trencat, penso complir la promesa. Perquè t'estimo i no vull fer-te mal, perquè sé que si això continua no podré estar sense tu. I això em fa molta por. Tanta por que no sóc prou valenta per dir-t'ho a la cara.
Tu tens una persona que t'estima i que no et farà mal. Aprofita-ho perquè tu, malgrat tot, sempre l'has estimada i la pots fer molt feliç.

Ha estat per a mi la millor nit de la meva vida, la duré com un tresor en el cor per sempre més. Ningú ens la podrà robar. Conserva-la com jo ho faré.

Quan estigui a punt el quadre, manaré fer-lo recollir. Jo no vindré pas.

T'estima per sempre més,
Blanca

Mestre Rifà es va encongir fins a seure a terra. En Pinzell es va apropar, li va llepar la mà, com entenent la situació i es va ajeure al seu costat. Un ofec al pit no el deixava respirar i poc a poc va regalimar una llàgrima dels seus ulls. Finalment, sense poder evitar-ho, va trencar la carta amb ràbia i va esclatar a bramar. Només pensava en sortir i anar darrere d'ella, aturar-la i dir-li que si era cert el que sentia per ell. Que no marxés, que ho deixés tot i es quedés per sempre amb ell. Però malgrat tot era incapaç d'aixecar-se. Havia perdut la mobilitat, estava destrossat. Va estar-s'hi força estona allí, mig nu, recolzant l'espatlla a la paret, sense poder deixar de plorar. Feia anys que no se sentia tan malament, des que va perdre la dona i el fill. Llavors es va aixecar i va tornar al llit. Entre plors, es va tornar a adormir.

Un hora més tard, es va tornar a despertar. Estava relaxat. Curiosament, el seu primer pensament va ser per la Margarida Serrallonga. Va baixar al pati i va extreure una galleda d'aigua fresca del pou i es va rentar. De seguit va pujar i va veure el quadre. Va recordar la nit i l'angoixa de feia poques hores, però ara era com si es tragués un pes de sobre, alleugerit d'una pressió que l'envoltava i no el deixava pensar clarament. L'estimava sí, però ara sabia que la Blanca tenia raó i que malgrat tot la podia oblidar. Que la seva vida havia de ser per la Margarida. Estava eufòric, li havia fet reanimar el seu interior, l'havia sacsejat internament.
Va contemplar el quadre: hi veia quatre coses per retocar, però avui mateix l'acabaria. Llavors va arribar en Miquelet, tant o més eufòric que el mestre, però no pels mateixos motius.
　—Bon dia mestre... —va dir el noi des del llindar de l'escala— us porto un reguitzell de notícies.

—Ja m'ho esperava —va dir el mestre amb la boca petita— no m'ho puc creure, que potser vas anar ahir a Barcelona?
—Sí mestre i va ser trepidant...
—Trepidant? Jo diria perillós, no?
—Bé, jo no em vaig ficar en cap merder. Però les noves a cada hora eren més importants i la gent estava bolcada al carrer d'un lloc a un altre de la ciutat. Amb la processó del Corpus, la gent es va agrupar i un seguici de segadors i altres homes i dones van recórrer els carrers. Jo els vaig seguir amb uns quants nois més. Mentre anàvem darrere, uns altres que ens vàrem creuar confirmaven que havien fet fora al virrei. La gent va començar a cridar. Era impressionant la quantitat de gent que hi ha a Barcelona, més que aquell dia que vàrem anar-hi plegats. Llavors, a mitja tarda, van dir que havia mort i que farien el mateix amb tots els traïdors. Al virrei, havien mort al virrei. Vam arribar com vàrem poder fins a la Generalitat. No hi cabia ni una agulla. El mateix Pau Claris va sortir al balcó amb més gent. També hi havia el vostre amic el bisbe de Vic. Allí va intentar calmar els ànims dels que hi havia a baix que volien gresca. Aquests, més o menys, es van retirar de la plaça, però van seguir pels carrers cridant i llavors.. .— mestre Rifà el va tallar en sec. En Miquelet estava nerviós mentre explicava a glopades el que havia viscut—:
—Miquel aturat, descansa noi...
—Ai, perdó mestre, però és que va ser...
—Ja ho sé, home, però a aquest pas estaràs esgotat abans de començar el dia.
—Oh, i tant, gairebé no he pogut dormir, pensant en tot el que vaig viure ahir...
—Ho veus? Apa, esmorzem tranquil·lament i a poc a poc m'expliques més coses, però a poc a poc, com les gallines.

En Miquelet es va posar a riure i va començar a preparar l'esmorzar. Com era d'esperar, no va callar durant tot l'àpat. Va seguir explicant les coses que va veure: la gent, els moments més perillosos. Quan van acabar d'esmorzar encara estava explicant coses. Llavors, mestre Rifà es va preparar per donar els darrers detalls del quadre. Va ser llavors que en Miquelet es va adonar que el quadre era acabat.

—Mestre, heu acabat el quadre!
—Ara te n'adones? No m'estranya: no has callat des que has arribat....
—I tant que sí, el teniu acabat del tot! Això s'ha de celebrar... És fantàstic, és perfecte, és una gran obra mestra! Veieu com sou el millor!
—Va, calla gamarús, que encara em faràs posar vermell...

Tot seguit, el mestre va començar amb els retocs, estava orgullós del treball. Però també hi havia una espurna de malenconia, sabia que mai més tornaria a veure aquell quadre. Però el pitjor era que a ella tampoc. Aquell retrat mentrestant li havia estimulat els sentits cada dia, encara que no tingués cara. I ara, tenia el seu rostre allí, que el mirava provocatiu, com havia fet hores abans. De ben segur allò és el que més recordaria de la Blanca. Aquella mirada.
En Miquelet el va treure de les seves cabòries amb una carta que havia arribat...

—Mestre, és de la Marianna. Va dir que m'escriuria si tornava a venir...
—Veig que encara no t'ha oblidat.
—Molt graciós, n'estem molt un de l'altre, ja ho sap —va contestar el noi mig seriós.
—Sí, ja ho sé Miquel, era broma. Bé, i què hi diu? Vénen o què?

En Miquel va començar a llegir la carta. Amida que s'endinsava en el text, la seva cara canviava. Va arquejar les celles preocupat i va acabar de llegir. Mestre Rifà, aliè al noi, esperava que en Miquelet expliqués què deia la carta. Quan va veure que no deia res, es va girar.

—Bé, i què diu? O és que és tan íntim... —el mestre va veure que alguna cosa no rutllava— què passa, Miquel?

—Diu que no es troba bé, és al llit i no podrà venir.
—Però què li passa?
—No ho diu. Però la veig molt trista.
—Home, és normal si no es troba bé. Deu ser un constipat i ja està. Segur que uns dies al llit i com a nova.
—No sé mestre, i si està malalta de debò?
—No home no, vinga. El que pots fer és escriure una carta d'aquelles tan romàntiques que es posarà bona de cop per poder venir.
—Me'n vaig avui mateix.
—Vols dir, Miquel? Si fos greu, la Margarida ja ens hagués dit alguna cosa, no creus?
—No sé mestre, però és que no estaré tranquil.
—Bé, tu mateix. Deixa'm acabar això i marxem.
—Potser no cal, mestre. Em sembla que mon pare a d'anar pel voltants. Si és així, aniré amb ell.
—D'acord, però si no hi va, ja hi anirem plegats.
—D'acord, mestre.

Mestre Rifà no va voler contradir el Miquel. El noi se'l veia preocupat i era normal. Va seguir pintant per poder acabar del tot el quadre.
Hores més tard, enllestia definitivament l'obra. Ara només calia deixar-la assecar uns dies i posteriorment aplicar-li el vernís. Això era una feina molt meticulosa, ja que s'havia d'assegurar que la pintura fos del tot seca. Tant al tacte com per dins. Això comportava esperar pacientment. No tots els colors reaccionaven igual. Uns eren més propensos a assecar-se ràpidament. Però els altres, com els blancs, trigaven més. Sobretot en dies més humits. També podia passar que un color al tacte, semblés sec i quan aplicava el vernís a base d'essència de trementina, pogués diluir la petita capa eixuta i emportar-se

amb el pinzell la resta del color i, per tant, desfer la feina feta.
Amb molta cura va agafar l'obra i la va portar a la paret que tenia assignada per la tasca d'assecar-se. Allí, sobre una llarga i forta lleixa, va dipositar la tela. Llavors va treure d'un bagul una tela blanca de cotó, neta com un llençol. Va pujar damunt d'un tamboret i va separar dues fustes clavades a dalt de la paret i que s'allargaven per sobre del quadre al voltant d'un pam. Era una feina que amb quadres grans ho feia millor amb l'ajut d'en Miquel, però va pensar que amb una mica de paciència ho podia fer tot sol. Llavors va baixar del sostre una altra fusta, tan llarga o més que el quadre, amb una corriola. Allí va enganxar el llençol net i, a poc a poc, evitant que la tela toqués el quadre, el va enlairar amb la corriola, fins a dipositar-lo sobre les fustes que havia separat de la paret. Finalment, va fixar la part inferior del llençol, perquè no volés. D'aquesta manera evitava, en part, que la pols de tants dies es dipositès sobre la tela mentre s'assecava del tot.

Mentre comprovava que tot estava correcte, van trucar a la porta i la veu del noi que li portava les cartes el va cridar:

—Mestre Rifà, que hi és?
—Sí, ara baixo.
—És que abans m'he deixat de lliurar-vos una carta per vós.

Mestre Rifà va baixar per recollir la carta. De sobte va témer el pitjor. Era de la Margarida i de seguida va pensar en el que li havia dit a en Miquel ell mateix feia poques hores.
La carta no eren pas bones notícies, la Marianna estava molt malalta, havia agafat unes febres i els metges no sabien si se'n sortiria. Estava molt dèbil i no es recuperava. Tot seguit li comunicava que avisés a en Miquel per si volia arribar-se al mas. Potser això faria que la Marianna s'animés i es recuperés.
De seguida el mestre va anar a casa del noi, suposava que havia marxat amb el seu pare, però com que era molt tossut, igual

havia marxat sol. Allí va trobar a sa mare i li va confirmar que havien anat plegats. Ell li va explicar el que passava i la dona es va afligir molt, li agradava aquella noieta.

Aquella nit, mentre mestre Rifà es preparava per sopar, va arribar en Joan Morera a casa seva, el pare d'en Miquelet. Seguidament es va apropar per poder parlar amb el mestre.

—Segimon, mala peça al teler. No té bona pinta.
—I els metges, què diuen?
—Diuen que descansi i que begui molta aigua. Em sembla que han dit que tenia no sé què de "pulmònia" o alguna cosa així... Vaja, un constipat molt fort.
—Pulmonia, és diu pulmonia. Bé, és possible que es curi, és molt jove i estava forta.
—No sé, no estaven massa convençuts.
—I en Miquel?
—S'ha volgut quedar allí. Està destrossat. Diu que vol estar amb ella fins que es curi.
—Ja ho entenc.
—Diuen que si amb un dia més no millora, no hi haurà res a fer, sembla que fa dies que està així.
—Com està la Margarida? La coneixies?
—Ja pots comptar. No, no la coneixia pas, ella és la dona d'en...
—Sí, ho era.
—Sí, és clar.
—Bé Segimon, jo marxo. Només volia explicar-te com estan les coses... Bona nit.
—T'ho agreixo Joan, que tinguis bona nit.

L'endemà, mestre Rifà es va desplaçar fins a Querós, no volia deixar sola a la Margarida. Quan va arribar es va trobar un munt de gent a la porta del mas. Allò no era un bon senyal, va pensar. Va deixar el cavall i va entrar. La Margarida i familiars seus estaven asseguts davant de la llar. Quan va veure al mestre es va aixecar i el va abraçar plorant.

—Com està?
—No podem fer-hi res. Se me'n va, Segimon. És tan jove...
—No pensis en el pitjor, dona. Potser és més forta del que pensem.
—No Segimon, no. Fa unes hores que ja ni obre els ulls.
—I en Miquelet?
—Està amb ella. No ha volgut deixar-la en tota la nit. Ni ha menjat.

Mestre Rifà va pujar amb la Margarida a l'habitació on jeia la Marianna, amb la mà agafada al Miquelet. El noi no es va ni girar. Tenia els ulls vermells de tant plorar i simplement li acariciava la cara. Mestre Rifà va decidir deixar-los. Va besar a la Margarida i va baixar amb el convenciment que no hi havia res a fer. El dia següent, a trenc d'alba, la Marianna va fer el darrer sospir.
Malgrat havia perdut una filla, la Margarida es va fer càrrec de tot. Si no havia tingut prou amb tot el que havia passat, el destí burlesc li etzibava una darrera guitza directament al cor. Però ella s'havia forjat a ferro roent i va entomar, amb una serenitat de pedra, aquella pèrdua.
Un dia més tard, varen enterrar a la Margarida al cementiri de Querós. En Miquelet estava desfet, no podia arribar a entendre el perquè de tot plegat. Per què Déu s'emportava a la Marianna tan aviat? Havien estat somiant junts el present i el futur. Com el Senyor havia estat tan dèspota amb ells?

El dia següent de l'enterrament en Miquelet i mestre Rifà van tornar al poble. El noi portava dies que no havia pronunciat una sola paraula. I tampoc ho va fer en el decurs del viatge de tornada. Mestre Rifà el va deixar fer. Era normal, el temps posaria en ordre aquell desgavell de sensacions. En Miquelet, destrossat, es va fer gran de cop. Allò va canviar per sempre més la seva vida i, de retruc, el seu destí.

XXX

El juliol va portar pluja: gairebé cada tarda feia un ruixat amb turmenta inclosa. A les nits refrescava i deixava dormir plàcidament a la gent fins l'endemà, que el sol sortia amb més ràbia que mai per escalfar de valent tota la plana. Però aquell darrer dia havia plogut tota la nit amb força rebombori de llamps i trons. Mestre Rifà no havia aclucat l'ull en tota la nit, o potser li semblava a ell. La qüestió és que de bon matí ja era dempeus. Havia esmorzat i treballat un parell d'hores, abans que en Miquelet arribés com cada dia.

—Bon dia mestre, veig que us heu llevat d'hora avui...
—Ja veus, més que llevat és que no m'he allitat gairebé.
—I això? Que no us trobeu bé?
—Sí, sí, però amb la tempesta d'aquesta nit no he pogut dormir...
—Tempesta? Quina tempesta?
—No em diràs que no has sentit els trons d'aquesta nit.
—Ah, però ha plogut aquesta nit? Ja em semblava a mi que els carrers estaven molt fangosos...
—Noi, quina sort que pots dormir com una soca!
—I tant, quan tanco els ulls ja pot passar un carro per sobre meu que no sento res.
—Bé, avui hauràs de preparar aquests colors... —li va donar un paper que contenia la llista— Jo sortiré un parell d'hores. El batlle m'ha demanat que assisteixi a una reunió de la confraria de terrissaires i els teixidors.
—Que passa res?
—No ho sé, però sembla que estan organitzant quelcom. Bé,

jo marxo Miquel.

Mestre Rifà va sortir per arribar-se a la plaça de la Barrera, just a l'entrada de la sagrera, on havien convocat la reunió. Tot just començar a caminar pel carrer Nou va trobar-se que sortia de casa seva el batlle.

—Bon dia Joan, que passa res?
—Ah, bon dia Segimon. El de sempre, amic meu, els maleïts impostos, suposo.
—No m'estranya que la gent acabi revoltant-se. Ens estant ofegant, aquests malparits.
—Sí noi, però jo no sé què fer... per això, tu que tens bona relació amb tots, espero que m'ajudis a calmar l'ambient.
—Jo? No sé què puc fer... —mestre Rifà anava caminant al costat del batlle, intentant no quedar enganxat al terra per la quantitat de fang que hi havia— Per cert, fot trenta anys que som una vila i encara tenim els carrers així, què hem de fer?
—Hòstia Segimon, t'he demanat que m'ajudis, no que et fotis en contra.
—Sí, sí, però quan plou, ja veus com estan els carrers... La feina que tenen els carros per no quedar atrapats en el fang i això més tard o més d'hora t'ho recriminaran els terrissaires i els teixidors. Estan cansats de pagar més amb els transports per la manca de manteniment del camí ral.
—No, si ara tot es culpa meva... Que vols que ho enllosi tot fins a Girona?
—Home, no estaria malament. El romans bé que ho feien fa segles. Encara que només fos el tros de la vila...
—Va Segimon, que et penses que estàs en una gran ciutat... Apa, que no tenim altres problemes que deixar polits els carrers perquè el senyor mestre no s'embruti.
—Sí, ja et pots fotre de mi, però algun dia tot estarà "polit" com tu dius... És el progrés, amic meu.
—Ets boig, pintor.

Els dos van arribar a la plaça on ja hi havia gent esperant. Sant Julià era un centre molt important de terrissa i també de teixit. Aquells moments... els impostos, la falta de seguretat amb els terços voltant per la plana i les males relacions amb el rei, eren gairebé de començaments d'una altra guerra. Feien témer que la producció en general es veiés afectada per les revoltes.
Si bé que el bandolerisme de camins anava de capa caiguda, el dels bàndols Nyerros i cadells, en general, seguia dominant sectors importants, tan aristocràtics com eclesiàstics. Per això, decantar-se per un bàndol o altre, feia estar més o menys protegits en cert moments. Els camins com el camí ral d'entrada a Osona des de Girona, que passava per Sant Julià de Vilatorta o de les Olles, com alguns l'anomenaven, era vital, com era lògic pel poble.
Darrerament, els avalots de Barcelona, amb la mort del virrei Santa Coloma, s'havien estès a la resta del país. La gent ensumava que aquells dies de més o menys pau s'estaven acabant. Per això, la confraria de terrissaires i els teixidors, que englobaven la part més important del teixit industrial de Sant Julià, volien cercar unes mesures pel que pogués succeir més endavant i poder garantir una seguretat.

Mestre Rifà, conjuntament amb la resta dels gremis convocats i el consistori, varen trobar-se a l'hora, sota un gran pi centenari que hi havia a la plaça i que els resguardava de l'intens sol que aquelles hores ja feia acte de presència.
Mentre s'exposaven els temes i es discutien les propostes, d'esquena al mestre, per la porta de la sagrera, va sortir un carruatge que va seguir pel camí ral. A l'arribar a casa del mestre, es va aturar un cavaller, va baixar i va entrar a la casa. Minuts més tard, arribava a la plaça en Miquelet.

—Perdoneu mestre... —va interrompre el noi— ha arribat un cavaller que vol parlar amb vós. L'he fet passar i us espera al taller.
—Està bé Miquel, ara vinc de seguida.

El noi va fer via i va encaminar-se cap el taller sense esperar el mestre. Mestre Rifà es va excusar i tot seguit també va marxar. Va veure el carruatge i va pensar que podia ser la Blanca que venia a recollir el quadre. Havien passat unes quantes setmanes i ja estava del tot enllestit. Però de seguida va veure que no era pas el seu carruatge i ho va desestimar.
Va entrar al taller i es va trobar amb un home d'esquenes mirant per la finestra. En Miquelet estava allí palplantat esperant què fer.

—Bon dia, —va desitjar-li el mestre— amb què us puc servir, cavaller?

Aquest es va girar i llavors el cor de mestre Rifà va fer un sal. Era el marit de la Blanca, el diputat Francesc de Tamarit. Aquest, amb un posat d'alt dignatari li va allargar la mà:

—Bon dia mestre Rifà, us recordeu de mi? Sóc Tamarit, ens vàrem veure a palau.

Mestre Rifà li va tornar la salutació amablement, allargant-li la mà.

—Ho recordo, va ser el dia de la vostra alliberació, si no vaig errat.
—Sí, ho podríem dir així.
—I bé, a què es deu la vostra visita?
—Bé doncs, com ja suposo que esteu assabentat... —Tamarit que no era pas un home diplomàtic, sinó tot al contrari, un home de la guerra. Feia mans i mànigues per a recórrer a una gesticulació ostentosa i a intentar aparentar ser un home intel•lectual, sense gaires

Èxits, per cert. I això era una de les coses que mestre Rifà odiava més d'aquell home, que només amb una trobada, ja li havia vist el tarannà i evidentment l'altre era ser el marit de la

Blanca. En Tamarit va fer una pausa i va mirar al Miquelet, que encara estava dret escoltant. Mestre Rifà va entendre que volia que marxés. Aleshores es va girar i va dir-li al noi que si us plau els deixés sols. Llavors, Tamarit va continuar —com deia... el país està en uns moments molt decisius pel seu futur —va fer una pausa gairebé teatral i es va girar de nou cap a la finestra, donant-li l'esquena al mestre. Mestre Rifà l'hagués estavellat contra la paret per aquella pantomima— estem a les portes de la guerra contra el rei i això ho converteix en un fet de total prioritat. Vós —es va girar de nou— vau estar assabentat i, crec recordar implicat, amb el pla de negociacions que es vol tirar endavant amb França...

Mestre Rifà que no tenia aquell dia la corda massa llarga el va interrompre:

—Perdoneu que us interrompi, però el que dieu no és del tot cert. Si que en vaig estar assabentat, però sempre m'he mantingut al marge i no he participat i no participaré, com ja vaig expressar al nostre president, amb afers polítics. Em sap greu contradir-vos.

—Sí, és clar... —va contestar Tamarit amb un somriure que denotava un principi de contrarietat pel que li havia dit mestre Rifà— però crec que heu de reflexionar. No voldria que les vostres negatives, posessin en dubte la vostra fidelitat al país. Ja m'enteneu. Estem en temps difícils mestre Rifà, ja ho sabeu, i com jo faig, hem d'estar disposats a servir a la nostra nació, pel que convingui.

—Ja veig per on aneu senyor, i aprecio el vostre interès pel que fa la meva fidelitat al país, però no veig amb què pot ajudar un pintor en unes negociacions polítiques?

—Us subestimeu Rifà... —llavors es va girar de nou i va buscar una de les cadires per seure— vós sou un home culte i amb una aparent reputació.

—Aparent dieu?

—Bé, com podeu comprendre, no disposo de tot el temps del món per negociar amb vós —va fer una pausa— De fet no estem negociant res.

—Perdoneu, però ara ja no us entenc —mestre Rifà va veure que aquell home, avesat a donar ordres, començava a deixar-se de subtileses. En el fons era una situació que divertia el mestre.

—Mireu "Pintor" —mestre Rifà sabia que més tard o més d'hora, s'utilitzaria el seu passat o per revenja o per xantatge— no és així com us anomenaven?

—Vaja, diputat Tamarit, veig que no us esteu de res per aconseguir el vostre propòsit.

En Tamarit es va aixecar de cop i es va apropar desafiant a mestre Rifà.

—Mentre jo em jugava la vida per aquests país vós el que fèieu era robar-li i matar-lo, si s'esqueia. No em doneu lliçons de moralitat, que no en sou digne. I ara, darrerament, amb aquesta aparent façana d'home culte, seguiu robant el que és dels altres, sense cap escrúpol.

Per fi havia sortit l'origen de tot, pensava mestre Rifà mentre entomava estoicament, sense moure ni un muscle de la cara, els retrets i les acusacions de Tamarit a un pam de la cara. Era clarament una venjança per gelosia.

Com si no hagués passat res, Tamarit va recuperar les maneres, es va girar de nou i va tornar a seure.

—Com podeu veure, mestre Rifà, no esteu en una posició... —va fer una pausa teatral gesticulant amb les mans— massa favorable com per a negar-vos a res. I vet aquí que pròximament ens trobarem per fer un viatge a França i us vull preparat. I no us ho demano, no. Us ho ordeno, us queda clar?

—Ja veig que per fi hem tret l'aigua clara de tot plegat. El meu destí per a comandar una tropa d'antics bandolers contra el terços, amb la possibilitat de ser abatut en combat i així fer-me fonedís per a vós, oi? I ara, un xantatge clar i directe de represàlies. Si no accepto a col•laborar amb un pacte que crec que només ens portarà altres maldecaps, però no pas l'alliberament per sempre del nostre país. Ja veig que no tinc cap altra sortida.

—Veig que heu entès la situació. Però us haig de dir, que en una cosa estem d'acord. Jo tampoc crec que sigui la solució fer una aliança amb França. Són tan imperialistes i uniformistes els uns com els altres. Però per ara és l'única solució per guanyar temps. I vós ara, aquí a la plana, teniu una bona reputació.

—No foteu diputat, vós no ho feu pel país i la meva reputació. Vós ho feu perquè jo us digui que no i poder desplegar el vostre poder per enfonsar-me. Vós ho feu per gelosia simplement, perquè no em necessiteu per res, diputat Tamarit.

En Tamarit es va aixecar somrient amb el plaer al ulls, amb la satisfacció d'haver aconseguit que aquell adversari es destapés del tot, i el plaer de saber que reconeixia que per fi el tenia a les seves mans.

—Molt bé Pintor, veieu com us subestimàveu —va fer una pausa— doncs sí, és cert. No us necessito per res, però serà tot un plaer per a mi poder decidir fins on heu de pagar-me per la vostra insolència. Sou vós que heu de decidir o servir-me fins que em plagui, o atendre a les possibles conseqüències i us asseguro que poden ser devastadores per a vós i el que heu sigut fins ara. Per tant, crec que ja ens ho hem dit tot.

Mestre Rifà es va quedar sense obrir la boca. No tenia opcions. En Tamarit va agafar el barret de sobre la taula i es va dirigir cap a la porta, llavors es va girar:

—Una cosa més, mestre Rifà, el meu cotxer pujarà ara per recollir el quadre de la meva dona. I pel vostre bé, us oblidareu de tot i, evidentment, de la Blanca, la meva dona, repeteixo. Per sempre més. Entesos, mestre?

Tamarit va donar mitja volta i va començar a baixar les escales. Minuts més tard pujava el cotxer d'en Tamarit i s'emportava per sempre el quadre. En aquells moments el pensament del mestre, no era pas el seu futur amb aquell home, sinó què li havia passat a la Blanca. No sabia com, però en Tamarit s'havia assabentat de tot. També la Blanca estava sofrint les represàlies d'aquell home gelós? Mai va tenir l'oportunitat de saber-ho.

Després de dinar, mestre Rifà, amoïnat per la situació, va baixar a Vic per intentar trobar-se amb el bisbe, tot sabent que el recriminaria. Ramon de Sentmenat ja l'havia avisat del perill d'aquelles relacions.
Com sempre, els primers passos abans de poder veure al bisbe eren odiosos. El camarlenc va obrir la porta, era el mateix de sempre i mestre Rifà el tenia travessat.

—Bona tarda, haig de veure al bisbe, és urgent...

El pobre mossèn s'encongia davant del mestre des de la darrera vegada. Però ara era diferent ja que no havia de decidir res. I afligit es va explicar:

—Em sap greu, mestre Rifà, el bisbe no us pot atendre.
—Què voleu dir? —va reaccionar mestre Rifà.
—Estarà un dies fora —va dir amb les dent petites.
—No sabeu pas on el podia trobar? És molt important.
—De moment, no. Quan va marxar a Barcelona per Corpus, ja no va tornar. Suposo que està al bisbat de Barcelona, si voleu anar a veure'l.
—Bé, de fet no sé si em podria pas ajudar —va remugar mestre Rifà.
—Com dieu, mestre?
—Res, mossèn. Coses meves. Bé, ja veuré què fer. Agraït, mossèn.
—Parleu amb el rector de Vilalleons.
Mestre Rifà, que ja feia l'acte de marxar, es va girar.
—Mossèn Balmes?
—Sí, ell de ben segur es podrà posar en contacte. Han estat sempre molt ben avinguts.

—D'acord —mestre Rifà, avergonyit de com l'havia tractat aquell dia, no sabia com disculpar-se i agrair-li la seva col•laboració—. Per cert, —va fer una pausa— crec que la darrera vegada no vaig estar molt correcte amb vós mossèn, em sap greu.

—No sempre estem d'humor, no us preocupeu i marxeu en pau, és aigua passada.

No va perdre temps i va pujar directament a Vilalleons. Va deixar el cavall davant mateix de Santa Maria i va entrar a l'església. Normalment, el mossèn estava sempre allí.
De cara a l'altar, netejant un canelobre, va trobar el rector.

—Bona tarda... —va dir a l'entrar mestre Rifà. Mossèn Balmes, enfeinat, va contestar sense girar-se ni veure qui era. A pocs metres del mossèn, el mestre va tornar a dirigir-se a ell— Perdoneu-me mossèn, teniu un moment? —llavors al sentir la veu del mestre, mossèn Balmes es va girar.
—Ah, Segimon! Perdoneu, però pensava que era algun feligrès que venia a pregar. Què us porta per aquí?
—Bé, vinc per veure si em podeu fer un favor, mossèn.
—Digueu-me amb què us puc ajudar.
—Com ja deveu saber, monsenyor Sentmenat ha deixat el bisbat de Vic per uns dies —mossèn Balmes va deixar el canelobre i va convidar el mestre a seure en els bancs de l'església.
—Sí, malauradament ja estic assabentat dels fets a Barcelona —va dir el mossèn amb cara de pocs amics.
—Bé, doncs la qüestió és que necessito parlar amb ell o posar-m'hi en contacte, i no sé pas on para. No sé si vós em podríeu ajudar, és important, mossèn.
—Sabeu que esteu jugant amb foc, mestre Rifà. No ha deixat el bisbat per pròpia voluntat. Sinó per encarrilar les desavinences amb el propi Pau Claris.
—Sí, ja m'ho imagino. Fa un temps que ja m'havia avisat que això podria passar mestre —Rifà es va aixecar i, amoïnat, va

seguir— mireu mossèn, tinc un problema i crec que ell encara ara podria intentar solucionar-lo.

—Aquests fantasmes del passat no us deixen pas tranquil, oi Segimon?

—Sí, mossèn —va fer una pausa— bé sabeu que he fet tot el possible per a erradicar aquest passat, però des de fa uns mesos, cada dos per tres haig d'apagar un foc si no vull cremar-me viu. I aquest és el darrer. No us diré el què mossèn. Sabreu perdonar-me. Però m'estan fent xantatge i si no ho soluciono estaré sempre a mercè d'aquells que volen treure profit de la situació.

—No patiu Segimon, no sóc jo qui us ha de jutjar. No cal que m'expliqueu res més —mossèn Balmes es va aixecar i agafant del braç el mestre el va acompanyar fins a la porta de l'església— De fet no sé concretament on és, però si fem arribar una carta al bisbat de Barcelona, que penso que és on pot ser, segur que la rebrà. I si ha marxat, li faran arribar de seguida, no us preocupeu. Porteu-me-la i jo l'enviaré com si fos en nom meu.

—No sé pas com agrair-vos el que feu per mi, mossèn. Això ho hagués pogut fer el camarlenc del bisbe?

—Potser no li heu demanat?

—El cert és que no tenim massa bona relació.

—Bé, com ja sabeu, els amics ens hem d'ajudar mútuament i penso que hi ha uns quants forats en aquestes parets... —mossèn Balmes es va girar i va assenyalar les parets de l'església— que potser necessiten del vostre penediment i, si més no, del vostre talent...

—Vaja rector, sou capellà però no pas ruc.

—Aneu-vos-en en pau germà Rifà i que Déu us protegeixi.

Mestre Rifà va pujar al cavall amb els ulls soneguers del mossèn clavats al clatell. Aquell capellà no en deixava passar una. Però al mestre aquella relació ja li estava bé. I si a més el podia ajudar, més que més, va pensar mestre Rifà mentre s'endinsava en el camí cap a Sant Julià de Vilatorta, per redactar una carta pel bisbe Sentmenat.

XXXI

Ja feia uns quants dies que mestre Rifà havia dut la carta al rector de Vilalleons perquè aquest, mitjançant els canals eclesiàstics, la fes arribar al bisbe de Vic Ramon de Sentmenat.
Malgrat el neguit de no saber encara si la carta havia donat els fruits desitjats, mestre Rifà va continuar aquells dies treballant com sempre. Una vegada enllestida l'obra de Blanca de Tamarit, i amb alguns petits encàrrecs, mestre Rifà estava decidit a tirar endavant la trilogia d'obres dedicades a l'incident del 12 de juny de 1634 al poble. Potser per recordar l'esdeveniment o potser per honorar la mort de la seva dona i el seu fill.
Amb tot el que havia passat aquells darrers dies, no havia pogut anar a prendre esbossos del natural com tenia previst. Per això aquell dia volia, fos com fos, sortir i dedicar-se plenament al tema.
Mestre enllestia els estris per poder treballar a l'aire lliure, va arribar en Miquelet. Venia tard i no era pas costum.

—Bon dia mestre —va dir el noi pujant de dos en dos els graons de l'escala.
—Bon dia Miquelet, has esmorzat?
—No encara mestre, és que he passat per agafar la carn que teníem encarregada i m'he trobat amb un missatger de Vic que parlava amb el batlle. Sembla ser que allí s'estan preparant pel que pugui passar. Hi ha molts voluntaris a files, la cosa pinta malament. A més m'ha donat aquesta carta per a vós. Sembla molt seriosa, està lacrada amb el segell de la Diputació.

Mestre Rifà la va agafar amb un xic de reticència. Temia que els seus esforços per desempallegar-se de l'acció d'en Tamarit hagués estat en va. La va obrir mentre en Miquelet seia a taula i es prenia un bol de llet amb un rosegó de pa. Però la carta el va sorprendre, doncs qui li adreçava era el mateix president Pau Claris.

Benvolgut Mestre Rifà,

Us escric afligit per les notícies que he rebut de mossèn Ramon de Sentmenat, amb el que sé que heu congeniat una bona amistat en la seva etapa de servir a Déu Nostre Senyor en el bisbat de Vic. Malgrat el seu cessament per motius que no vénen al cas, jo també hi conservo una bona relació i crec que, com ja li vaig comunicar personalment a ell i a la resta de servidors de Déu de la nostre església, ha fet una tasca més que honorable en el seu càrrec. A tot això i, com us deia, per la nostra relació, m'ha informat que us estan pressionant amb l'afer de França. Com vàrem acordar el dia que ens vam reunir a palau i que vós em vàreu deixar clar les vostres intencions sobre aquest afer, jo personalment no he ordenat, en cap cas, intentar fer-vos canviar de parer. Ni tampoc s'ha decidit burxar en el passat. Pel que fa al nostre acord, ara per ara, estic en disposició de garantir-vos que particularment ja he donat ordres de no comptar amb vós per aquest afer. Malgrat tot, benvolgut Rifà, us recomano que aneu amb peus de plom.

Espero que en situacions més propícies, pugui comptar amb vós, pel que fa artísticament. Desitjo que ens pugueu delectar amb el vostre art aquí a palau.

Atentament,
Pau Claris

Mestre Rifà va somriure lleument mentre es deixava caure sobre la cadira. Semblava que sí que havia donat el fruit desitjat la carta. Mentre restava absort amb la mirada en un punt de l'infinit del taller i amb un posat d'haver-se tret de sobre un gran pes, en Miquelet feia el darrer glop del bol de llet, mirant-se'l amb cara de no entendre res. Va deixar el bol a la cuina amb un bigoti blanc de llet. Va tornar a seure i fent un giravolt amb la llengua, se'l va llepar. Després, amb la màniga, es va eixugar. Va esperar uns segons, però veient que mestre Rifà seguia encantat amb la carta a la mà, no va poder més que preguntar:

—Mestre, que són males notícies? —el mestre va reaccionar a l'instant sense saber ben bé què li havia preguntat.
—Com dius?
—La carta, que són males notícies?
—Ah! Eh? No, crec que no. Vaja, no. Són bones.

Llavors, com si li haguessin injectat una dosi de pa amb tomàquet, mestre Rifà es va aixecar amb més ganes que mai per treballar. Aquella notícia donava per tancat una etapa i ja l'estava oblidant.

—Bé Miquel, avui anirem per feina. Prepara els estris que anirem a prendre apunts pels quadres.
—D'acord mestre.

En Miquelet va restar assegut a la taula mentre mestre Rifà deixava la carta i començava a preparar-se per marxar. Aleshores va veure que en Miquelet encara era assegut i amb el cap cot.

—Què passa noi, estàs dormint encara?
—No és que... voldria parlar amb vós, si voleu?
—Bé, podem parlar a fora mentre anem passant, no?
—Està bé mestre.

Ja al carrer, mestre Rifà va indicar al Miquelet anar pel camí ral de sortida del poble.

—Abans que res anem per aquí —va indicar el mestre— et vull ensenyar una cosa...

El dos van sortir del poble i uns metres més enllà, camí de Girona, es varen aturar.

—Ja hem arribat... —va dir mestre Rifà— veus El Pi, el mas?
—Sí, fa anys que hi és... —va contestar en Miquelet sense saber a què venia aquella pregunta.
—Sí home, ja ho sé, vull dir que l'he comprada i que serà la meva nova casa... Vaja, la casa de la Margarida i meva.
—Està bé... —va dir en Miquelet, a baixant el cap.
—Home, podràs venir sempre que vulguis, per això no t'has de preocupar.
—I el taller?
—On sempre, només és que viuré aquí en comptes del taller. No ha de canviar res.

Mestre Rifà va veure que en Miquelet estava preocupat i era molt possible perquè pensava amb la Marianna...

—Què et ronda pel cap Miquel? Et veig amoïnat...
—Bé, és que volia dir-vos... no sé.

—Anem passant i m'ho expliques? —els dos varen refer el camí fins al poble. Llavors en Miquelet va començar a parlar.
—Aquests dies he estat pensant i ...he decidit acceptar la vostra proposta d'anar a Itàlia per estudiar.

Mestre Rifà es va aturar en sec. Pensava que aquell tema estava tancat i ja no hi havia pensat més.
—Vaja, em deixes parat, pensava que no volies marxar...
—És que amb tot el que ha passat amb la Marianna. No sé,

m'ha fet rumiar. Què en penseu vós?
—Ja ho entenc, l'estimaves oi?
—Sí, molt.
—Mira Miquel, aquesta és una decisió que tu sol has de prendre. I si et fa portar més bé la situació, doncs pren-la. Aquestes coses no les podràs oblidar mai. Ja veus, estic a punt de començar una nova vida amb una altra dona, però mai podré oblidar la meva dona i el meu fill. Per molts anys que passin... Però s'ha de tirar en davant i tu trobaràs una noia amb qui de ben segur podràs començar de nou. Que t'estimarà i que malgrat tot tu també l'estimaràs. Ja saps que el fet que vagis a estudiar a Itàlia va ser una idea meva i que segueixo creient que és el millor que pots fer per la teva carrera. Si és que vols seguir fent de pintor.
—Això és el que he estat pensant. Ara aquí hi ha massa coses que contínuament em recorden a la Marianna. I si a més la Margarida ve a viure amb vós, pitjor. No és que no estigui content per vós mestre, no voldria que us enfadéssiu amb mi, però és que...
—Tranquil Miquel, t'entenc perfectament. Crec que és el millor que pots fer. A més, quan tornis tindràs un aprenent de seguida.
—Voleu dir?
—I tant, jo!
En Miquelet va canviar radicalment de cara i d'estat d'ànim. Tornava a estar com sempre. Però potser interiorment més satisfet perquè ell sol havia decidit un afer que li podia canviar la vida per sempre més. Mestre Rifà també es va alegrar pel noi. Intuïa que tenia un futur prometedor i que només aprenent dels grans mestres arribaria a ser un pintor excel•lent.

—Mestre, vós vàreu estar a Itàlia, oi?
—Sí, però molt poc temps, ja ho saps.
—Així és cert que les italianes estan per sucar-hi pa?
—Passa cap allà si no vols que t'estomaqui de valent...
—mestre Rifà li va donar un calbot amistosament, mentre que

en Miquelet intentava esquivar-lo rient. Unes passes més endavant mestre Rifà, amb un gest picaresc, va comentar—home pensant-ho bé, déu n'hi do com estaven les italianes...
Els dos van riure mentre passaven pel portal del taller i en Pinzell, el ca, s'afegia juganer, a la gresca.

Van arribar al voltant del mas Solà, on ell aquell dia fatídic havia arribat amb el cavall i havia trobat a la gent revoltada enfrontant-se a l'enemic. Varen seure en un rocam. Amb un carbó a la mà i un tros de paper a la falda, va començar a esbossar el paisatge. Les imatges al cervell li retornaven aquells moments d'angoixa i de por. Va tancar els ulls per concentrar-se millor. Com si fos una pel·lícula, veia com ell arribava al poble amb el cavall intentant travessar pel mig de la gent i colpejant als soldats que feien giravoltar les espases per obrir-se pas. Llavors va obrir els ulls i va començar a dibuixar. En Miquelet el seguia assegut al seu costat.

—Va ser molt dur aquell dia, oi? —va dir en Miquelet.
—Sí molt, com ho recordes tu?
—Confús. Sé que jugàvem i de cop tothom cridava i corria.
—T'has fitxat en una cosa, Miquelet... el nostre cervell ens fa veure les coses de diferent punts de vista i a vegades s'inventa les coses.
—No us entenc, mestre.
—Sí, home... —va deixar de dibuixar— mira, pensa en aquest matí quan has arribat, has esmorzat un bol de llet, oi?
—Sí, i un tros de pa.
—Exacte. Ara mira de recordar-te a tu mateix esmorzant, sucant el pa a la llet.
—Sí, i?
—Com ho veus?
—Com vol dir?
—Que com et veus? Tanca els ulls i concentra't —el noi va fer el que li havia demanat el mestre.
—Em veig sucant el pa i menjant.

—Vols dir, com si jo et veiés...
—Sí.
—Impossible!
—Sí home, és el que he fet.
—Sí, però és impossible que tu ho hagis vist. Tu hauries de recordar allò que tenies davant. El bol de llet, el pa, la taula i fins i tot les teves mans. Però, per contra, et veus tot tu, diguéssim des de fora, com ho farien uns altres ulls. Però això és impossible. Per tant, el cervell s'ha inventat per a nosaltres una imatge que mai tu has pogut veure amb els teus ulls.

En Miquelet es va quedar mirant al mestre mentre rumiava allò que li havia dit. Llavors va somriure:
—És veritat, com ho heu sabut això?
—Pensament, de vegades penso.
—Mira que sou estrany, mestre.

XXXII
22 DE JULIOL DE 1640
MORT DEL DUC DE CARDONA (VIRREI DE CATALUNYA)

La mort del duc de Cardona a Perpinyà va deixar sense virrei Catalunya. Malgrat l'esforç de Cardona per acontentar, tant al rei o més ben dit al duc d'Olivares i a les autoritats catalanes alhora, no va poder acabar la feina. Uns van dir que moria de vell i de malaltia i la dita popular va dir que de pena.

Per fi el país era plenament independent. Només els diputats eren els que podien exercir l'autoritat en tot el territori. Olivares treia foc pel queixals i preparava com fos, militarment amb el rei i aparellat amb l'Aragó, una conquesta radical per aturar la situació. Concretament, amb l'ajut de les tropes del marquès de los Vélez pel sud de Catalunya, els soldats estaven arribant a Tortosa.

A Vic, com en altres ciutats centrals del país, tothom o quasi tothom, veia amb satisfacció el treure's el jou de la monarquia espanyola. Els menys entusiastes eren òbviament les classes nobles que intuïen que perdien part de la seva autoritat envers el poble, ja que havien fet costat d'anys ençà, al monarca Felip IV de Castella. Tot i que se sentien força maltractats, malgrat tot, la noblesa catalana va apropar-se força al president Pau Claris, que com a membre del clergat català, també estaven enutjats amb el tracte dels espanyols. Les seves imposicions de bisbes castellans a seus catalanes, i les contínues taxes que havien de pagar, havien fet increpar els ànims de l'església catalana.

La situació inicialment va ser d'entendre que Catalunya era capaç d'autoprotegir-se. I així va ser durant aquells mesos. Es varen reforçar les fronteres i hi havia un clar convenciment en preparar un exèrcit català i en defensar aquesta lliure elecció de ser independents de cap monarca.

Però Pau Claris i els braços de la Diputació del General o Generalitat, seguien apropant-se a la França tan odiada durant aproximadament 30 anys pels catalans. Potser si la pressió del espanyols no hagués estat tan intransigent, Pau Claris hagués aturat aquelles converses amb el propi Richelieu. Però veient com el monarca movia les tropes per envair clarament Catalunya, Claris va témer no tenir un aliat poderós per fer front a l'envestida castellana.

A tot això, dies després de saber-se a Sant Julià i rodalies la mort del virrei, l'eufòria de ser un país lliure va aixecar els ànims del poble. Potser va ser això o potser va ser que el bon temps aixecava de per si els ànims.

Després de saber que en Miquelet havia acceptat anar a estudiar a Itàlia, mestre Rifà va preparar, a consciència, tant el viatge com l'estada que podia allargar-se mesos o, qui sap, anys. Per tot el que la família d'en Miquelet havia fet per ell, quan va passar la tragèdia de la mort de la seva esposa i el seu fill, mestre Rifà estava en deute moralment amb ells. Per això, des del principi de la proposta, mestre Rifà es va fer càrrec de tot i de tot el temps que en Miquelet estigués estudiant fora del país.

Aquell diumenge, la mare d'en Miquelet havia preparat un dinar de comiat amb tots els amics i veïns del poble. Les cassoles de rostits, verdures i moltes més viandes, anaven i venien de diferents cuines del carrer, per poder preparar tot aquell àpat. Els homes es varen encarregar de preparar l'espai i del vi. Tothom estava content de saber que un membre del poble, en Miquelet de can Morera, anava a aprendre l'ofici d'artista a l'estranger. Estaven orgullosos d'aquell noi. Perquè no només era un clar pintor en potència, sinó que era en Miquelet, aquell noi que sempre era feliç i que te'l podies trobar a tothora i a qualsevol lloc per ajudar-te amb un clar somriure als llavis.

La festa es va fer sota els arbres de la riera, uns metres més enllà del safareig del poble, a la font Noguera. El poble gairebé va restar buit durant aquelles hores de l'àpat. Tothom, qui més qui menys, va voler ajudar amb els seus possibles, pel llarg viatge. Uns van acumular per donar-li queviures; les iaies van teixir roba pel noi; els homes donaven consells i eines per defensar-se per si es trobava en algun mal tràngol. En Miquelet estava més que eufòric, mai havia tingut tants regals i no sabia com agrair a tothom aquella generositat. Va començar a emparaular quadres que pintaria quan tornés al poble: a cada persona que li donava alguna cosa per emportar-se. Però finalment, i amb el consell del mestre, va desistir. Potser amb tantes obres que havia de regalar, no podria ni pagar-se un tros de pa per alimentar-se. I no li hauria servit de res aprendre a Itàlia.

Els petits vailets i no tan petits es remullaven a la riera i de tant en tant, al safareig, cosa que indignava a les dones. La festa va durar fins entrada la tarda. Després, havent recollit i amb la panxa més que plena, tothom va tornar a casa seva.

Però com era habitual, i més en ple estiu, l'hora de la trobada després de sopar, a l'hostal de la Mariona, no la perdonava ningú. Aquella nit i com a comiat d'en Miquelet, la Mariona i mestre Rifà varen preparar una sorpresa al noi. Dues dones de curta moralitat l'esperaven en una de les habitacions. Mestre Rifà no les tenia totes, no eren coses amb les que combregava massa, però la resta d'homes del poble, conjuntament amb la Mariona, varen fer que acceptés després de veure com eren i quina edat tenien. Però la sorpresa no va anar com s'esperava, ja que en Miquelet, que ja havia begut força al migdia, va acabar a l'hostal per rematar la festa.

Una estona després de brindar amb tothom per l'èxit d'aquella aventura que en Miquelet estava apunt de fer, el varen fer pujar a les habitacions. De fet, el varen ajudar. Encara que el noi feia mans i mànigues per aparentar estar en perfectes condicions. Amb gresca i xivarri tothom engrescava al noi per l'estona que estava a punt de passar amb aquelles senyoretes, mentre pujava l'escala. Tant bon punt va arribar a l'habitació i va veure

l'espectacle, va tornar enrere per explicar, gesticulant i amb la llengua travessada per l'alcohol, a tothom, des de dalt el replà, què hi havia allí. La gent reia, encara que molt no l'entenien. Seguidament, va tornar amb aplaudiments i va entrar a la cambra.
No havien passat ni deu minuts que un dels homes que allí estava fent-la petar va cridar:

—Mireu, són les putes? —la gent va parar de xerrar i va mirar com les dues noies baixaven— Què ha passat?
—Què ha passat? Doncs que va més pet que tu...
—Que no se li aixeca? —va cridar un dels amics d'en Miquelet, en Jordi.
—És ell que no s'aixeca. S'ha quedat dormint com un tronc abans no hem pogut ni treure-l'hi.
—Ja que estem aquí, nois —va dir l'altra noia— potser algú vol aprofitar aquests malucs per agafar-se.
—Jo, jo! —va dir en Jordi, novament aixecant el braç, mentre tothom reia.
—Tu, ganàpia? —va dir la noia— Ja portes calés?
—Dona no pensava que...
—Noi, qui no paga, no folla...

El xivarri va ser ensordidor mentre les noies acabaven de baixar i es reunien amb grups per separat. Mestre Rifà s'ho mirava des d'una taula amb altres companys, inclòs el pare d'en Miquelet. En el fons, veure al Miquelet en aquell estat no li havia fet cap gràcia, per tant ja li estava bé que tot acabés allí. Temps tindria per ocupar-se dels afers sexuals amb un millor estat.

L'endemà, en Miquelet no va anar al taller, de fet quan es va acabar la gresca, entre el seu pare i el mestre el varen portar a casa i el varen deixar dormint. Per explicacions d'en Morera, el noi va dormir fins ben entrat el migdia i es va aixecar destrossat. Fins la nit, el pobre Miquelet no va tornar a ser el que era.

XXXIII

A finals de juliol, va arribar l'Agulin, l'occità, que venia del sud. Mestre Rifà havia pactat amb el marxant que en Miquelet viatgés fins a Itàlia amb ell. Així s'assegurava un viatge sense entrebancs. De fet, fou així com mestre Rifà i l'Agulin es van conèixer i es van fer amics. Quan el mestre va decidir viatjar fins a Itàlia, a mig recorregut, es va trobar amb l'occità per casualitat en un hostal d'Aix, a Provença, on mestre Rifà tenia problemes per entendre's amb l'amo de l'establiment. Allí, l'Agulin el va ajudar. Posteriorment, varen viatjar junts fins a Itàlia, on l'occità el va introduir en el món dels artistes i marxants italians. Per això, mestre Rifà, quan l'Agulin havia passat per Sant Julià per anar al sud del país, li havia demanat que en Miquelet l'acompanyés de tornada amb ell i repetís amb el noi el mateix que havia fet per ell anys ençà. Amb l'edat, l'occità s'havia tornat força rondinaire, però finalment va acceptar el pacte.
En Miquelet estava del tot esverat aquell dia de bon matí, que per fi havia arribat, de la seva marxa. Gairebé no havia dormit pensant en l'endemà. Mestre Rifà parlava amb l'Agulin, mentre el noi amb els seus pares acabaven d'enllestir l'equipatge que s'havia de emportar. La mare anava regalimant llàgrimes mentre l'advertia dels possibles perills de l'estada a Itàlia. En Morera anava per feina i acusava a la dona de posar-li al noi por al cos, mentre agafava la bossa i la introduïa dins del carro de l'occità. Mestre Rifà havia enllestit tot el necessari amb l'Agulin per la marxa.

—Bé Miquel, ja està tot, recorda el que t'he explicat i si hi ha alguna cosa, ja saps com pots contactar amb nosaltres. Per la

resta, tranquil, tot està més que lligat. El viatge és molt llarg, o sigui que gaudeix de veure i conèixer coses noves. Intenta no fer enrabiar l'occità, tingues paciència, a vegades té mal caràcter, però és un tros de pa.
—D'acord mestre, aniré en compte, no us preocupeu.
—Sobretot, Miquelet, porta't bé! —va dir la mare, abraçant-lo.
—Va dona... —va recriminar el pare— Coi, que és un home ja, deixa'l en pau.
—No pateixis mare, estaré bé i em portaré bé. T'ho prometo.

Després d'una darrera abraçada a tothom, en Pinzell va arribar corrents per acomiadar el Miquel. Li va fer quatre magarrufes al ca i el noi va pujar al carro al costat de l'Agulin. L'occità va fer petar el fuet i el cavall es va posar en marxa. La família, conjuntament amb mestre Rifà i, com no, en Pinzell, els van acompanyar fins la pujada del camí ral anant cap al Puigsec. De tornada, mentre sortia el sol, la mare somiquejava, mentre el pare l'intentava consolar. Mestre Rifà feia el cor fort, ja que encara que ho tenia tot lligat, perdia per sempre aquell marrec. De ben segur que tornaria fet un home i ja no seria el mateix.

Es va fer estrany aquell dia pel mestre. En moments determinats, no recordant la marxa d'en Miquelet, va arribar a pensar que feia tard a treballar. Quan s'adonava, somreia amb nostàlgia però orgullós del que estava a punt de fer el noi.
Com havia fet els darrers dies, mestre Rifà va seguir amb els seus esbossos pels quadres del 12 de juny de 1634 al poble. Gairebé tenia enllestida la trilogia. El primer, era l'entrada al poble i com les dones i els homes de Sant Julià i rodalies feien front als soldats. El segon, era dins del mateix poble amb la mort dels seus estimats, dona i fill i el darrer era la victòria sobre l'enemic i el comiat dels que varen morir per defensar al poble. Amb aquest esbós estava treballant en concret mestre Rifà. La imatge era més que evident: dones, homes i nens resaven al cementiri nou del costat de l'església, als taüts dels qui havien donat la vida. I al fons, a l'entrada de Sant Julià pel camí ral, una

munió de gent amb les eines a les mans, celebrant la victòria mentre es veia marxar, espaordit, un grup de genets pel camí a Vic.

Volia plasmar en aquells quadres, el sentiment de tots i, concretament, el seu, en aquell dia fatídic. Serien quadres amb el màxim de detall. les faccions de la gent, els gestos de dolor, ràbia i impotència. Volia fer com els pintors holandesos o italians, quadres històrics i de gran format.
Mestre Rifà, per fi, tornava a sentir-se viu amb la pintura. Havia començat amb el retrat de l'amiga de Blanca de Tamarit i va seguir amb el seu. On va decidir quin era el seu objectiu en el futur.

Durant aquells dies, mestre Rifà va anar perfilant els tres esbossos i preparant-se per començar a pintar. Només li restava la tela que encarregaria a can Coll. Però abans d'això tenia una missió molt important per enllestir. I era anar a veure a la Margarida i explicar-li que ja tenien casa, com ella volia i com preparar la seva vinguda a Sant Julià, si és que la mort de la Marianna no l'havia fet canviar de parer.
De bon matí, mestre Rifà, amb companya d'en Pinzell, va partir fins al mas Serrallonga. De passada, va fer una visita als pares al mas Rifà de Sant Sadurní d'Osormort. Allí els pares el van rebre amb entusiasme.

—Estic disgustada amb tu Segimon, no ens véns a veure mai. I jo pateixo —va dir la mare, abraçant-lo.
—Deixa'l estar, dona —va remugar el pare— si hi hagués males notícies ja ho sabríem prou. Sempre estem igual amb ta mare, és patidora de mena, no hi pot fer més.
—Bé, us volia veure, però a més us haig de donar una notícia.
—Ho veus dona, com no s'oblida de tu? —va dir Segimon pare.
—No, clar que no me n'oblido, mare. La qüestió és que he vingut a buscar la que possiblement sigui la meva dona. Bé,

potser més endavant.

—Ai, senyor, Déu meu! Has sentit pare? En Segimon se'ns casa.

—Ja estem, això no és el que ha dit, oi fill?

—Bé, no, de moment viurem junts a Sant Julià i després ja veurem.

—I qui és, nen? La coneixem?

—Margarida Serrallonga

—Mare de Déu Santíssima! Que ets boig, nen...

—Quin problema hi ha mare?

—Però aquesta dona és... vaja era la dona d'en Joan.

—Sí, però ara és viuda.

—No sé fill, amb tot el que va passar, aquesta dona et pot portar problemes...

—Problemes? —va dir el pare— Quins problemes? Ella no ha fet res. Només patir.

—És cert mare, i eren altres temps. Ara, després de reconstruir el mas, viu normal. Encara que no ha deixat de patir. No fa massa es va morir una de les seves filles. Potser ara és el moment més oportú per estar amb ella. A més, sempre ens hem estimat. I ara podem estar junts, oblidant el passat.

—Valga'm Déu, pobra noia. Si és el que tu vols fill... —va dir la mare— ja vas patir força amb la desgracia de la Mercè i el petit Ferran, que Déu els tingui a la glòria...

—Estic content, Segimon —va dir el pare— heu de tirar endavant i passar full.

El mestre va estar-s'hi un parell d'hores amb ells. Van preguntar per en Miquelet, la seva feina li varen fer prometre, que quan es decidís que la Margarida es traslladés a Sant Julià passarien a veure'ls per conèixer-la.

Després d'aquesta estona, mestre Rifà es va encaminar cap al mas Serrallonga, encara hi tenia un bon tros.

No va trobar a ningú. I va deixar el cavall amb aigua i menjar, mentre ell s'estirava sota la figuera que hi havia davant del mas. Des d'allí, per racons que deixaven les branques dels arbres, es podia intuir la silueta de l'església de Sant Martí de Querós. A l'altra banda, la vall on molts anys havia viscut amagat entre el bosc. Va resseguir amb la mirada les muntanyes i va poder localitzar un dels amagatalls que havien utilitzat. Un rocam que es dibuixava en el perfil del bosc. Pensava com havia estat possible que ell hagués viscut allí. Era com pensar amb un altra persona. Es veia incapaç ara de fer el que aleshores havia fet. Com si aquell que tenia al cap i que tants malsons li havia comportat, no fos ell, fos un intrús dins de la seva consciència. Amb tot això i, amb l'aire fresc que passava sota la figuera, mestre Rifà es va quedar adormit.

Sense saber quant de temps portava allí estirat dormint, és va despertar. Estirada com ell i agafada al seu pit, mirant-lo, hi havia la Margarida.

—Bon dia, sòmines. Per això has vingut, que trobaves a faltar el terra de Querós?
—Sí, de fet sí, i de pas he pensat... faré una visita a aquella pesada... —llavors la Margarida li va etzibar un cop de colze a les costelles i es va aixecar...
—Doncs ja pots començar a moure el cul, perquè aquesta pesada no pensa entrar el que porta al carro.

Mestre Rifà es va girar i va veure que la Margarida havia deixat el carro amb queviures i cabassos plens de verdures davant el mas. Aquesta enjogassada, fent-se l'ofesa, es va desentendre del tema i va entrar al mas. Mestre Rifà, amb un somriure, es va aixecar i va començar a descarregar-lo tot. El petit Isidre es va posar ajudar.

Després d'enllestir la feina entre els dos, varen seure en un petit banc de pedra davant del mas. Feia calor i la Margarida va treure un càntir amb aigua fresca.

—Com estàs? —va dir el mestre.
—Malament. Pensava que després de tot, estava avesada al patiment. Però m'enganyava, una filla és diferent.
—Em sap molt greu. Era una noia fantàstica.
—Com està en Miquelet? Va marxar d'aquí destrossat.
—Ha decidit marxar a Itàlia, hi havia massa records. A més, crec que té un futur molt prometedor amb la pintura.
—N'estava molt de la Marianna. M'hagués agradat molt que ells dos...
—Sí, feien bona parella.
—Per cert, com tenim allò nostre? —va dir la Margarida obligant-se a canviar de tema.
—Ah, però tenim res tu i jo? —va dir fent broma el mestre.
—Bé, de fet, a part d'unes quantes rebolcades que encara no sé si m'acaben de fer el pes, doncs res.
—Què vols dir amb això? —va exclamar mestre Rifà.
—No sé, potser hauríem d'insistir, fa massa que no practiquem i això es perd.
—Si és possible, doncs no perdem ni un segon.

Mestre Rifà es va aixecar i va agafar d'una revolada a la Margarida amb els braços. Els dos varen entrar al mas i van jeure al terra, davant de la llar, on un tupí s'estava escalfant per dinar. Amb segons, l'Isidre va aparèixer de nou, i sense embuts, el nen es va llençar damunt del mestre. Allò no era pas el que preveia el mestre, però entenent la situació, van començar a jugar el tres, rebolcant-se per terra.

Després de dinar van recollir quatre verdures dels horts i van agafar el carro per anar fins al poble, on la Margarida venia els seus productes a l'hostal. Mentre passaven pel pont, mestre Rifà feia memòria de les vegades que antany l'havia traspassat per anar a Querós. Era un punt de trobada per a tots els del bàndol.

El mestre va restar a fora, a la porta de l'hostal, mentre la Margarida i el petit deixaven les verdures. Un castanyer centenari, amb una petita font al costat i uns bancs de pedra a l'ombra, donaven la benvinguda al poble pel camí d'entrada. Quan va sortir la Margarida, van arribar-se fins a la font per refrescar-se. Feia molta calor i aquell espai amb ombra que feia l'arbre era d'agrair en una tarda com aquella. Els dos van seure i van gaudir del paisatge. Des d'allí, una mica alçats, es podien veure el riu i la resta del poble amb el campanar de l'església. També era un bon punt per controlar l'anada i vinguda de qualsevol pel pont romà. Mentre l'Isidre jugava amb altres vailets, els dos varen poder conversar.

—He comprat una petita casa a Sant Julià. Com tu volies.. —va engegar mestre Rifà— però potser no és el millor moment per a tu?
—Ah, sí? I on és?
—Hi has passat molts cops per davant. És a l'entrada del poble, pel camí de Girona, es diu el Pi. No és massa gran, però té terreny i molt de sol. Per darrere, s'hi poden veure les Guilleries. A mi, m'agrada.
—I m'hauré de trobar amb el batlle que em va fer aterrar el mas Serrallonga?
—Ja no és el mateix batlle. Segur que ni es recorda de tu i tu sempre el pots evitar si el veus. Has de posar terra pel mig.
—Sí, ja ho he intentat fer durant aquests anys, però costa i més si el torno a veure. Perquè jo sí que el tinc present.
—No va ser pas ell sol. Hi havia més batlles... —mestre Rifà va fer una pausa intentant ordenar idees— De tot aquell temps Margarida, he après, que ens agradi o no, nosaltres érem únicament els culpables.
—Sí, potser tens raó, però jo no tenia pas la culpa de tenir un espòs bandoler. I menys al final de tot. I tot i amb això ho vaig pagar car.
—Deixem-ho córrer, vols? —la Margarida va assentir amb el cap— Què et sembla, què vols fer?
—Ho tenia tan decidit abans, Segimon. Però ara...
—Podem esperar. Jo aniré arreglant la casa. Fa temps que haig

de deixar de dormir a l'estudi. Per tant, tenim temps. Ja sé que deixar el mas Serrallonga és difícil per tu, i més ara. Mentrestant, podem decidir com organitzar les teves terres perquè siguin el màxim de rendibles. No sé, tu decideixes, Margarida.

—Si no et fa res, podríem esperar, com dius i organitzar-lo millor. T'estimo Segimon i no vull que pensis que és un no. Tot al contrari. Et necessito de debò.

La Margarida es va apropar al mestre i li va fer un bes. L'Isidre ho va veure i es va posar a riure fent vergonyes. Tornaven al mas enjogassats amb el petit.

La nit va ser intensa pels dos. Amb la conversa a la font de Querós havien segellat el seu futur. Per això, aquella nit va ser especial. L'endemà, mestre Rifà no volia sortir massa tard, tenia feina i volia començar a preparar la seva nova llar. El petit Isidre volia marxar amb ell, però aquest el va convèncer amb la promesa que molt aviat es tornarien a veure. La Margarida, mentre el mestre ensellava el cavall, va estar indicant-li tasques domèstiques per a la nova casa. Aquest reia per com la Margarida ja començava a fer de mestressa. Finalment els dos es varen abraçar.

—Bé. Porti's bé, mestre Rifà. Sinó, el proper dia passarem comptes —va dir la Margarida.
—I vostè, què? Amb tants pretendents que corren per aquí...
—Saben que tinc un promès bandoler.
—Un altre?
—Sí, és el meu destí. M'agradaria que et quedessis més temps, Segimon.
—I jo també, però aviat ens tornarem a veure. Li he promès a ton fill. Hem quedat que seguiríem els plans acordats, recordes?

Mestre Rifà va pujar al cavall i va començar a marxar mentre s'acomiadava de la Margarida i de l'Isidre. Aquesta el va resseguir amb la vista fins que va desaparèixer pel camí. Llavors una angoixa sobtada la va envair interiorment i els ulls se li varen inundar de llàgrimes. Era una sensació estranya. El petit s'hi va fixar:

—No plori mare, m'ha promès que aviat ens veurem. M'agrada en Segimon, i a vós?

XXXIV

En Pinzell no parava d'emprenyar, estava inquiet de bon matí. Li va obrir la porta per si el que volia era sortir, però res. Potser tenia gana. Li va posar uns bocins de pa amb llet que sempre el tornaven boig, però res. Finalment, sense saber què volia, el va donar per impossible. Des que en Miquelet havia marxat, la comunicació amb el gos era més feixuga. Més que res, perquè el noi era qui s'encarregava generalment del seu manteniment. Però a banda d'això, aquell matí, al pobre gos li rondava quelcom diferent i el mestre no va ser capaç de saber què era.

Tenia una idea clara del que volia pintar i per això s'havia aixecat de matinada per començar a preparar la feina. Només li mancava la tela per iniciar el que per ell seria una nova etapa pictòrica. Havia decidit renovar-se. Seguiria amb els encàrrecs de la santa mare església, que era un bon sostén, però volia iniciar-se amb pintures històriques. Després del que havia vist aquells anys, podia recrear molts episodis de la Catalunya del segle XVII. Volia deixar un llegat important.

Va preparar l'estudi per encabir una tela de grans dimensions. En Morera, el pare d'en Miquelet, li havia fet un bastidor prou valent. Havien quedat més tard per poder clavar la tela. Solament restava anar a buscar-la a can Coll.

Llavors va rebre un carta que mai hagués esperat de Blanca de Tamarit:

Estimat Segimon,

T'escric simplement per informar-te que estic sana i a bon esguard. Com que sé que paties per mi, he trencat per aquesta vegada i última, si vols, el nostre tracte. Sé que em podràs perdonar.

Finalment, vaig marxar amb Flor de Neu. No com pots arribar a pensar. El fet és que les dues, per seguretat i d'acord amb els nostres respectius marits, ens hem traslladat a Viena. El fet és el mateix per a nosaltres. Estem juntes i és el que compta. També ens han acompanyat els teus quadres. Aquí estan fent furor. Tothom et vol conèixer i vol que els pintis. Evidentment, vestits. No sé si obrir un despatx per a fer-te de marxant de quadres. Et pots imaginar algú fent això?

Bé, bromes a part, només volia que sabessis que estic bé. I que espero que tu hagis encarrilat la teva vida com havies de fer.

Ja sé que vàrem fer un tracte, però no veig res de dolent en el fet d'escriure'ns com a amics. I poder-nos explicar allò que hem fet durant l'any. A mi m'agradaria molt saber com et va la vida i sobretot les teves obres. Aquí, i sense bromes, tenen en molta estima la pintura i els seus pintors molt venerats per a tots. Potser, fins i tot més endavant, quan tot això acabi i torni a Catalunya, pugui conèixer la Margarida. Segur que podríem ser unes grans amigues.

No sé, decideix tu.

M'acomiado esperant noves teves, seria molt feliç. Un petó.

Atentament la vostra amiga,
Blanca de Tamarit

Mestre Rifà va seure i va deixar la carta sobre la taula. No pensava pas, tal i com era la Blanca, que li arribés mai aquesta proposta de seguir en contacte, encara que fos per carta i com amics. Estava content i és clar que l'escriuria. Sabia que podrien ser grans amics. Passés el que passés, sempre l'estimaria.

Després d'esmorzar, mestre Rifà va sortir. En Pinzell seguia emprenyant. Finalment va començar a bordar des del portal, mentre veia com el mestre baixava pel carrer Nou. Cas omís li va fer, estava encaboriat amb el quadre. Els veïns se'l miraven i li preguntaven al mestre què li passava. Aquest gesticulava indiferent sense saber a què era degut.

Va comprovar el lli i les mides amb en Guerau. Estava excitat veient aquell tros de tela. Com que s'havia de tallar i era massa gran i pesada per emportar-se-la, mestre Rifà va preferir fer quatre encàrrecs i deixar al noi acabar una feina. Tornaria més tard a buscar la tela amb la carreta.

Just al sortir pel portal es va creuar amb un noi que entrava a can Coll. Es varen desitjar el bon dia i van seguir. Però mentre s'allunyava, mestre Rifà va pensar que en algun lloc havia vist aquella mirada. El noi va seguir pensarós al creuar-se, també li voltava pel cap haver vist el mestre. Llavors, abans d'entrar a can Coll el noi es va girar i va mirar com mestre Rifà seguia caminant. No sabent qui podia ser, ho va deixar estar. Mestre Rifà va seguir pensant on havia vist aquell noi. De sobte, un parell de marrecs van aparèixer pel carrer empaitant-se. Van topar de front amb el mestre. Un d'ells va aturar-se en sec i va apropar-se a l'altre per comentar-li a cau d'orella alguna cosa. Aquest va apropar-se al mestre que seguia caminant i el va cridar:

—Vós sou el mestre, oi senyor? —Mestre Rifà va aturar-se i es va girar somrient.
—Així m'anomenen, vailet.
—El meu pare diu que vós sou el millor pintor del món, oi?
—El teu pare és un bon home, pots estar content. Però jo... jo

no sóc ningú, vailet.

El noi, que estava a punt d'entrar a can Coll, al sentir aquella darrera frase va aturar-se en sec. Ja no va sentir res més de la conversa entre mestre Rifà i aquells dos petits. Es va girar i, decidit, va entrar al mas.
Allí hi havia en Guerau, eixugant-se les mans i a punt de començar a tallar la tela del mestre.

—Bon dia Jordi —va desitjar-li en Guerau. Però aquest ni se'n va adonar.
—Qui és aquest que ha sortit fa un moment?
—Noi, sí que vas fort avui, bon dia!
—Perdona, bon dia. Qui és?
—En Segimon Rifà, mestre Rifà, el pintor, que no el coneixes?
—N'he sentit a parlar, però no el coneixia.
—Què passa, que us heu discutit?
—No... no és pas això. Però... —en Jordi va restar callat pensant, en Guerau va començar a tallar la tela però ja va veure que alguna cosa li rondava pel cap.
—Apa treu-ho ja, què passa?
—És que m'ha vingut al cap una cosa que ja havia oblidat...
—Això ja passa, vaja, a mi em passa sovint...

En Jordi va seure i va restar pensatiu mentre mirava, però no veia com en Guerau enquadrava la tela per tallar-la. Aquest el va deixar estar per uns moments. Però veient que en Jordi no deia res més, es va aturar i li va preguntar:

—A veure Jordi, què passa tan important? És aquesta cosa que has recordat? —aquest se'l va mirar i va decidir parlar:
—Aquest home va matar a ton pare... —en Guerau va deixar de somriure i va apropar-se.
—Mestre Rifà? El pintor? No pot ser. Ets boig. Com pots dir que mestre Rifà va matar al pare. Ha estat sempre un bon amic

de la família. A més, tu sempre havies dit que va ser en Toca-sons i un altre bandoler. A ells vas veure aquell dia, no? I el mateix Masferrer, t'ho va dir.

—Sí, és cert, però quan vaig arribar on estava ton pare i havia un altre home i l'havia oblidat del tot.

—Però què hi feia allí en Segimon Rifà, potser es paregut, però... res, oblida-ho Jordi, impossible.

—És ell Guerau, és un dels homes que estava allí. Recordo que li vaig preguntar qui era i em va contestar que ningú. Recordo clarament aquells ulls i aquella cara. És un d'ells, Guerau.

En Guerau va seure al costat d'en Jordi pensant. Els records d'aquella nit el van envair. Van trucar a la porta i el batlle de Sant Julià i quatre homes més portaven amb una carreta el cos del pare ja mort. Li va tornar la ràbia i la impotència que va sentir en aquells moments.

—Guerau, n'estic segur. Quan fa que viu aquí?
—No sé pas... Com ho podríem saber del cert? Però és que no pot ser, Jordi —va preguntar en Guerau amoïnat per aquella insistència d'en Jordi..
—Només hi ha una manera.
—Quina?
—Preguntar-li a ell.
—Vols dir? Si fins ara a callat vols dir que... no Jordi, que no potser.
—Potser amb aquesta aparença s'amaga... Fins i tot la veu. Ha sigut el que m'ha fet recordar-ho tot de cop.
—No sé Jordi, em fas dubtar. Potser fins ara ningú no ho haurà fet, ningú li ha preguntat. Sempre ha sigut un home de paraula i s'ha portat molt bé amb mi i amb la meva família. Fins i tot... —en Guerau es va quedar pensarós— sabent ara això, potser massa i tot que s'ha portat amb nosaltres. Tot el poble l'ha tingut amb molta estima. No Jordi, no, pot ser ell, estàs equivocat, no pot ser...

—Em sap greu, però Guerau, tant de bo m'equivoqui, però...

Just en aquells moments, una carreta s'aturava davant de can Coll. En Guerau es va aixecar i va treure de sota la taula un pedrenyal ja carregat. En Jordi es va espantar.

—T'has tornat boig? Que vols que et pengin?
—No, només vull saber la veritat i si cal faré justícia.
—Què dius home, quina justícia, la teva. Això no funciona així. Si ho sé, no t'ho dic. Deixa-ho córrer.

De sobte, mestre Rifà va entrar. En Guerau havia deixat l'arma sobre la taula i la va tapar amb un drap. En Jordi es va girar per mirar per la finestra. Mestre Rifà no es va adonar de res.

—Com tenim això, Guerau? —en Guerau, seriós, se'l va escoltar i va contestar:
—Digueu-m'ho vós? —el mestre va veure la cara que feia el noi i es va preocupar.
—Que passa alguna cosa? Hi ha cap problema?
—No ho sé pas. —va contestar en Guerau i va seguir— vós, com us ho diria... Per què us heu portat tan bé amb mi i amb la meva família, per què sempre heu estar ajudant-nos, sense mai demanar res a canvi? Que sou un sant, potser?

Llavors en Jordi es va girar i es van creuar les mirades amb el mestre. De cop, aquella mirada li va retornar a la nit de la mort d'en Coll. Aquest, de cop, va entendre la situació. Sabia que més tard o més d'hora hauria de rendir comptes. No va saber mentir.

—Ara ja sé... t'ho hauria d'haver explicat fa molts anys, Guerau. Però no volia fer-te mal... altre cop. No ho sé, potser he estat un covard per no dir-te el...

En Guerau, esperava una resposta, però en el fons no volia que fos aquella. Quan va escoltar aquelles paraules va embogir. Ja no l'escoltava. Va agafar d'una revolada l'arma, en Jordi va intentar aturar-lo però no va arribar a temps i va disparar contra el mestre. Tot va ser molt ràpid. Mestre Rifà va veure com el noi feia el gest i en el fons no va sentir por. No va fer res, va entomar, amb valentia, el plom. El soroll del tret va avisar a molts dels que passaven per davant del mas i van entrar corrent. Un d'ells era el propi batlle. Va veure com mestre Rifà estava estirat a terra amb un toll de sang a l'estómac i que en Jordi l'estava auxiliant com podia. En Guerau, immòbil, restava encara amb l'arma a la mà. No havia reaccionat encara.

—Què collons has fotut, noi? Deixa el pedrenyal! —va ordenar el batlle, mentre li treia l'arma de la mà— Aviseu un metge, de pressa...

Llavors en Guerau es va desplomar, va entendre el que havia fet i va intentar auxiliar el mestre amb plors als ulls. La gent havia començat a moure's. Amb uns draps, en Morera que també havia entrat, taponava la ferida.

—Què passat, Segimon? —va preguntar. Aleshores el batlle va ordenar que agafessin el noi. Mestre Rifà, amb un fil de veu, va sortir en defensa d'en Guerau.
—No, deixeu-lo... ell no en té la culpa.
—Què vols dir, refotut pintor? —va dir en Morera.
—Jo vaig ser-hi quan van matar a son pare...
—Què dius ara, que ets foll?
—No... és cert, Morera. Jo anava amb la colla d'en Toca-sons aquella nit... i vaig... —va aturar-se per agafar aire— i no vaig fer res per aturar la seva mort. Vaig ser un covard.
—Però vós el vau matar? —va preguntar en Guerau.
—No... va ser en Toca-sons.

En Guerau va reaccionar i es va ajupir davant del mestre. S'havia equivocat, ell no havia matat a son pare i ara ell l'havia ferit de mort. Amb llàgrimes es va apropar:

—Ho sento molt... jo no sabia què em feia... Perdoneu-me si us plau. Aviseu un metge ràpid, què espereu?

—No Guerau... no t'haig de perdonar de res. Vaig ser un covard... Res ni ningú m'importava llavors... sabia que podia passar i no vaig fer res per evitar-ho. He intentat fer el millor que he pogut... el bé per a tothom, però aquestes... coses s'han de pagar i ja era l'hora. Perdona'm tu a mi per no dir-te la veritat...

Llavors va entrar el metge, el va examinar ràpidament. Havia perdut molta sang. El van agafar entre tots i el van portar a casa del metge que vivia dues cases més enllà. Pel camí, mestre Rifà va fer prometre al batlle que no li passaria res a en Guerau. Que encara que ell morís, el noi restés lliure de cap culpa.

En Morera i el propi Guerau van estar allí acompanyant el mestre, mentre el metge feia l'impossible per aturar l'hemorràgia. Llavors en Morera li va dir:

—Sempre ho he sabut, mestre.

—Em sap greu Joan, varen ser altres temps. He... he volgut tapar-los... el millor que he sabut.

—Deixeu-vos de xerrameca, Segimon —va dir el metge— heu de descansar.

—No —va dir mestre Rifà— no has de deixar que en Miquelet abandoni els seus estudis Joan. Està tot arreglat perquè mai li falti de res... Promet-me que fins d'aquí uns mesos... fins que estigui ja estudiant, no li diràs res d'això... M'ho has de prometre...

—No caldrà home, li ho diràs tu, si vols.

Hores més tard el lladruc d'en Pinzell va sentenciar la fi de Segimon Rifà. El poble va restar de dol i el dia de l'enterrament tots els veïns i coneguts van retre homenatge al pintor, sota la prohibició explícita de les autoritats de Vic i Barcelona. Algú va aprofitar l'incident per finalment destapar tot el seu passat i venjar-se per fi. Per ordre explícita, mestre Rifà va ser enterrat en una fossa comuna, fora de les altres tombes del poble, com a bandoler.

En Miquelet no va saber de la mort del mestre fins uns mesos més tard i per carta, com havia fet prometre a son pare. Margarida Serrallonga va seguir per sempre més al mas Serrallonga fins la seva mort el 1652, amb l'angoixa d'haver tingut el pressentiment que quelcom passaria.
Ja sent un home, en Miquelet va tornar a Sant Julià. Havia rebut una bona educació artística. Es va instal•lar a casa del mestre i va començar a rebre encàrrecs. Ell no ho volia reconèixer, però tothom sabia que superava de bon tros la qualitat pictòrica del mestre. En Pinzell, després de viure uns anys amb els pares d'en Miquelet, va tornar també a viure a casa del mestre.

Mestre Rifà no va arribar mai a veure, per pocs mesos, el seu país lliure, però amb guerra, de les urpes del monarca castellà Felip IV. Les tropes castellanes envairien pel sud Catalunya, fins arribar a Barcelona. Després de llargues trobades amb els representants francesos, Francesc de Vilaplana, nebot del president, aconsegueix la signatura a Barcelona el 12 de desembre de 1640, d'un pacte d'ajuda militar del rei Lluís XIII de França. Després d'aquesta signatura, el 16 de gener de 1641, és proclamada la República Catalana. Per fi, Pau Claris havia aconseguir la promesa del rei francès i Catalunya era independent i no hauria de rendir vassallatge. Però malgrat que aquesta intenció era al cor de tots els diputats, la realitat era que Catalunya, com mestre Rifà sempre havia defensat, no podia fer front als costos d'organitzar la república, tant a nivell dels exèrcits com del propi govern i que això segur que tenia una doble lectura per part dels francesos. Finalment, amb les tropes de Los Vélez a Montjuïc, Pau Claris, en nom del Principat, no pot sinó que rendir-se a la proposició de l'enllaç amb França du Plessis Besançon, que havia estat suggerint, que l'única manera que França auxiliés el Principat, era posant-se sota l'obediència de Lluís XIII. Aconseguit l'objectiu francès el 23 de gener, tres dies després, les tropes catalanes i franceses obliguen a retirar l'exèrcit de Felip IV fins a Tarragona, amb una gran victòria. Lluís XIII esdevé comte de Barcelona i, posteriorment, el fill

Lluís XIV, fins a 1652. La guerra dels segadors va durar el mateix que el canvi de monarca a Catalunya, prop de 12 anys.

Malgrat els esforços de Pau Claris per situar Catalunya com una nació lliure dins del món, un mes després de la victòria a Montjuïc, Pau Claris va morir sobtadament, no se sap de què, però han sortit indicis, darrerament, que podia haver estat enverinat.

Sempre va haver-hi flors damunt la fossa d'en Segimon i en Pinzell hi anava cada dia a seure una estona quan el sol era més valent. Ell i en Miquelet feien llargues passejades que acabaven allí. Anys més tard, un dia, en Miquelet va perdre de vista el gos durant uns dies. El va acabar trobant mort ajagut sobre la tomba del seu amo.

Un any després que les autoritats oblidessin el tema, una làpida va aparèixer, en nom de tot el poble, amb una inscripció que honorava el que havia estat en vida mestre Rifà pel seu talent artístic i la seva generositat envers tots ells. I perdonava el que havia estat Segimon Rifà com a bandoler i com el Pintor de la banda d'en Serrallonga.

F9

Agraïments

Vull dedicar aquest llibre als meus fills, en Marc, en Pol i, en especial a la Marta, la meva dona, que amb la seva paciència, com sempre, ha sigut i han sigut víctimes de les meves contínues, soporíferes, pesades i monòtones xerrades històriques.

Vagi per endavant la meva gratitud envers els molts historiadors, com Ferran Soldevila, J. H. Elliott, per anomenar els més significatius, dels quals m'he servit, amb les seves obres, per a situar la història d'aquest llibre. També vull deixar clar que en cap cas he volgut fer d'historiador, això tinc clar que s'ha de deixar als professionals com els que abans he mencionat. Simplement, he volgut situar una història fictícia en un moment molt significatiu de la nostra pròpia història i omplir amb fets reals i contrastats la vida quotidiana del moment. Els personatges de la novel·la, el mestre Rifà i Blanca de Tamarit, són del tot ficticis i no coincideixen amb cap personatge històric. Però com ja he esmentat al començament del llibre, els altres, com el propi Francesc de Tamarit, Margarida Serrallonga, el bisbe Ramon de Sentmenat i molts més, sí que varen existir en aquell període del 1640. També són fets verídics alguns que he anat encabint dins de la ficció del personatge. Com, per citar-ne alguns, la mort d'en Pere Joan Coll a mans d'en Toca-sons, el fet que el batlle de Sant Julià i, alguns més de les contrades, executessin l'ordre reial de l'enderrocament del mas Serrallonga i els fets del 12 de juny de 1634, a Sant Julià de Vilatorta, on els vilatortins varen fer front als soldats del rei de l'esquadra polonesa.

Un d'aquest personatges, la Margarida de Serrallonga. Em va capgirar breument el relat d'un dels personatges, la Marianna Serrallonga, la seva filla, una vegada ja fet. Quan ja donava per acabada la novel•la, vaig poder llegir les actes de naixement dels seus cinc fills: Elisabet, Antoni, Marianna, Josep i Isidre. Aquest darrer, que el propi Serrallonga no va arribar a conèixer. I també el darrer testament de la Margarida Serrallonga. Curiosament, la Margarida anomena a tots els seus fills en aquest darrer testament, menys a la Marianna. Per això vaig decidir, encertadament o no, fer emmalaltir a la pobra noia fins a la mort. És molt possible que la Marianna també estigués en el testament, que marquessin parts d'aquest i per això no hi surt. O que per algun motiu, la Margarida, ni l'anomenés. Per això, vull constatar que aquesta petita trama en la narració ha estat totalment inventada.

El cert és que la pròpia Margarida Serrallonga ja és tot un personatge de novel•la. De fet, una vegada t'assabentes de la veritable història del bandoler, no pas la que ens han deixat d'heroi, arriba a ser més important la vida, amb fets contrastats, de la pròpia Margarida, que no pas del bandoler, que malauradament no deixava de ser un dels tants lladregots que hem tingut. Però malgrat tot, estic orgullós d'elevar-lo a heroi nacional. No serem pas menys que altres nacions.

També vull fer esment dels altres historiadors o estudiosos de Sant Julià de Vilatorta, com Carles Puigferrat, Josep Romeu i, com no, a Antoni Pladevall, que m'han guiat amb els seus llibres per entendre, conèixer i fer una composició sempre, més o menys, de com podria ser Sant Julià i Vilalleons el 1640. També esmentar els autors del llibre de Les Caramelles del Roser de Sant Julià de Vilatorta d'Anton Carrera, Carme Font, Santi Riera, Lluís Vilalta, Maria Vilamala, d'on he extret detalls puntuals d'aquesta nostra tradició o també a la meva correctora, Marta Borrós, que amb molta paciència, ha contribuït notablement a deixar l'obra en perfectes condicions. I en

especial, a Francesc Orenes, pel seu suport.
Seria llarg d'anomenar a tothom i dels quals segur que me'n deixo molts. Per això, vull agrair-los la seva col•laboració. Tant sigui pels seus escrits com per comentaris, que al llarg d'aquests anys m'han servit per relatar aquesta novel•la. També vull puntualitzar que alguns dels noms dels personatges del poble han estat triats per casualitat o afinitat i amb cap ànim de comparança amb els que actualment tenen aquests noms. Simplement ha estat un joc.
Durant aquests, aproximadament, tres anys de gestació, he viscut en dos mons paral•lels: El meu, del segle XXI, i el del segle XVII, del qual he après que les coses sempre són cícliques.

Finalment, vull expressar, que malgrat tota novel•la ha de tenir un final, en el context que he col•locat el meu relat, l'any dels fets del Corpus de Sang i el començament de la Guerra del Segadors, he estat temptat molt sovint en anar més enllà del que tenia previst i del que el meu relat, amb començament i final, tenia estipulat. Són tantes les dades, els fets, els detalls, d'aquesta història nostra, que malgrat tot, tenim tan oblidada per nosaltres mateixos, que em vaig sentir atrapat del tot, sense haver-ho previst. Com sempre ens ha passat a la nostra nació, ja sigui a la força o bé per deixadesa o voluntat, hem valorat molt més fets històrics o no d'altres països que no pas del nostre.
Vull arribar a pensar que, amb la modèstia d'un petit gra de sorra, he pogut situar novament Sant Julià de Vilatorta en el mapa de la història de Catalunya.

Joan Soler Riera
Setembre de 2011
Sant Julià de Vilatorta

Printed in Great Britain
by Amazon.co.uk, Ltd.,
Marston Gate.